천극의 서

天極之書

권인호 신무협 장편소설

ORIENTAL FANTASY STORY & ADVENTURE

5

dream books
드림북스

천극의 서 5

장경각에서의 술판

초판 1쇄 인쇄 / 2011년 5월 18일
초판 1쇄 발행 / 2011년 5월 28일

지은이 / 권인호

발행인 / 오영배
편집장 / 허경란
편집 / 신동철, 문보람, 오미정, 윤상현
본문 디자인 / 신경선
펴낸 곳 / (주)삼양출판사 · 드림북스

주소 / 서울특별시 강북구 송천동 322-10호
대표 전화 / 02-980-2112 팩스 / 02-983-0660
편집부 전화 / 02-980-2116 팩스 / 02-983-8201
블로그 / blog.naver.com/dreambookss

등록번호 / 제9-00046호
등록일자 / 1999년 3월 11일

값 8,000원

ISBN 978-89-542-3978-3 04810
ISBN 978-89-542-3675-1 (세트)

* 지은이와 협의하에 인지는 생략합니다.
* 잘못된 책은 구입한 곳에서 바꾸어 드립니다.

천극의 서
天極之書
권인호
장편소설
5
dream books
드림북스

목차

제1장

무당산의 무례한 불청객

천극의 서

무거운 정적.

사락.

책장을 넘기는 소리가 간간이 정적을 깨트린다.

꿀꺽.

도진이 마른침을 삼켰다.

도진의 앞에는 나이를 짐작기 어려운 도사 복장의 노인이 앉아 있었다.

사락.

노인이 다시 책장을 넘겼다. 책장을 넘기는 손길은 부드러웠지만 그 눈매는 날카로웠다. 그러면서도 깊고 심연해서 어떤 초월적인 느낌마저 났다.

'무당장문인 해천(海天)…….'

칠십 년의 봉문으로 그에 대해서는 별로 알려진 것이 없었다. 기껏해야 제자 진현에 관한 소문 속에 해천의 이름이 끼어있는 것 정도가 도진이 들은 전부였다.

게다가 그조차 터무니없고 허무맹랑한 소문으로, 해천 본인의 인물됨과는 상관없이 제자 진현을 다음 대로 이어 주기 위한 가교로서 해천이 장문 직에 오르게 되었다는 것이었다.

진현이 아무리 개파조 장삼풍의 후신이라 일컬어질 정도로 뛰어난 인재라고 해도, 단지 그를 다음 대의 장문 직에 앉히기 위해 해천이 선택되었다는 것은 도무지 말이 되지 않았다.

무당파 장문인의 자리가 그리 만만할 리도, 그리 허술할 리도 없었다.

필경 하릴없는 사람들이 아무렇게나 지껄여대는 농지거리에 지나지 않을 것이다.

아니나 다를까, 역시 소문은 소문에 지나지 않았다.

지금 도진이 보고 있는 해천이란 인물은 제자의 가교 역할이나 할 그릇이 아니었다.

거인이었다. 그것도 일찍이 한 번도 본 적이 없는……. 스승 단학영에겐 죄스러운 생각이지만, 지금 해천에게서 풍기는 기도는 단학영의 그것보다 분명 크고 무거운 것이었다.

해천을 보고 있자니 무당파를 왜 무림의 태산북두라 하는지 알 것 같았다. 해천의 존재 하나로 칠십 년 공백이 메워져 버리는 느낌이었다.

그 존재 자체로 무당파의 저력이라는 것을 가슴 절절히 깨닫게 한다.

마땅히 장문 직에 올라야 할 사람이 올랐다. 해천을 대신할 인물이 달리 또 있을 리가 없다. 만일 무당파 장문인의 자리에 그보다 더 잘 어울리는 인물이 또 있다면 그건 하늘의 편애가 지나치게 심한 까닭일 것이다.

탁.

긴 정적 끝에 해천이 책의 마지막 장을 덮었다. 그러고도 잠시 동안 말이 없다.

도진은 깊이 가라앉은 해천의 눈에서 작은 흔들림을 보았다. 비록 작은 흔들림이었지만, 지금 그가 얼마나 격동되어 있는지 도진은 느낄 수 있었다. 천류검법을 본 직후 단학영의 반응도 지금 해천과 조금도 다르지 않았기 때문이다.

"단 장문인께서 구대문파의 회합까지도 말씀을 하셨다면 내게 보여 줄 것이 천류검법 한 권만이 아닐 듯한데……."

긴 정적 끝에 해천이 도진을 보며 그렇게 말했다.

그 말에 움찔하는 도진이다. 물론 천류검법 외에도 이십사수매화검법이 지금 품속에 있다. 그러나 화산의 비전절예였다. 무당파 장문인에게 내어놓기가 선뜻 내키지 않았다.

하지만, 필요하다면 주저 말고 보여 주라는 스승 단학영의 당부가 있었다.

게다가 엄밀히 따지면, 천풍의 손을 거친 순간 그것은 더 이상 화산의 비전절예라고 할 수 없었다.

도진이 잠깐의 망설임 끝에 천하오절표 이십사수매화검법을 해천 앞에 내밀었다.

그것이 이십사수매화검법임을 확인한 해천이 놀란 눈을 하며 물었다.

"이건 이십사수매화검법이 아닌가? 하면 이것마저도……?"

"예, 그분이 적은 것입니다."

"듣기로 천하오절의 비급이라 하면 삼류검법뿐이라고 들었는데…… 아니, 그보다 화산파의 비전인 이십사수매화검법을 그가 어찌 알고?"

"과거 그분과 검을 겨룬 적이 있었습니다. 지난 무림대회에서 제 비무를 구경도 했다고 하더군요."

"……설마하니 그게 전부란 말인가?"

"예."

해천의 얼굴에는 불신이 가득했다.

처음 천풍으로부터 이십사수매화검법의 무공서를 받았을 때의 도진도, 그 같은 사실을 앞서 들었던 단학영의 얼굴도 지금 해천이 보인 것과 조금도 다르지 않았다.

해천이 불신 가득한 눈으로 두 권의 책을 번갈아 보았다.

"정말로 이십사수매화검법에도 같은 것이 담겨 있는 것인가?"

그래도 믿기지 않는지 재차 묻는다.

직접 보면 될 일이었다.

책을 향하는 눈에는 불신과 더불어 어찌할 수 없는 강한 호기심이 보였다. 그 눈빛만 보자면 당장에라도 책을 집어들 것 같았다. 한데도 천류검법과는 달리 이십사수매화검법에는 일절 손을 대지 않는다.

화산파에 대한 배려일 것이다. 그 배려가 고마운 한편, 해천에 대한 소문들이 얼마나 얼토당토않은 것이었는지 새삼 되새기게 된다.

"예."

도진의 대답에 해천이 다시 물었다.

"고작 몇 번 본 것만으로 정녕 그것이 가능하다는 말인가?"

"예."

"허허……."

해천이 허탈한 웃음을 터트린다.

그리고 잠깐의 정적이 흐른 후,

"그자는 사람이 아니로군."

그렇게 결론을 내린다.

"……?"

"그자가 사람이라고 한다면, 그자의 그 같은 능력이 사람의 것이라고 한다면, 무공이라는 것이 그렇게 간단히 높일 수 있는 것이라면 평생을 한 자루 검에 바쳐 온 내 지난 삶이 너무 허무하지 않겠는가?"

말투는 심각한 듯했지만 입가에 걸린 미소는 담담해 보였다. 그러면서도 그 속에는 어찌할 수 없는 씁쓸함이 있었다.

"하나…… 그게 과연 나쁜 것일까?"

불쑥 던져 오는 질문에 도진이 어리둥절해하자 해천이 입가의 미소를 걷어내며 사뭇 진지한 모습으로 말을 이었다.

"그자가 지닌 능력이 사람의 것이 아니라고 해서 나는 그것이 나쁜 것이라고는 생각지 않네. 천절문이 개파를 함에 있어 악(惡)을 기치로 내건 것도 아니거니와 천하오절이 무림에 큰 해악을 끼치는 대마두도 아니지 않은가? 오히려 뛰어난 인재의 등장은 두 팔 벌려 반겨야 할 일이지. 물론, 그자로 인해 무림이 큰 혼란을 겪게 될 거라는 단 장문인의 말씀에는 충분히 공감을 하네. 그러나 그 혼란마저도 기대가 되는 것이 지금 내 솔직한 심정이네. 해서 서두르고 싶지 않네. 조금 더 느긋이 그자를 지켜보고 싶네. 그러니 단 장문인께서 말씀하신 구파의 회합은 차후에 다시 논의했으면 한다고 그리 전해 주시게나."

같은 것을 보았음에도 단학영과는 전혀 다른 생각을 한다.

그렇다고 기분이 나쁘진 않았다.

도리어 저도 모르게 고개를 끄덕끄덕대기까지 했다.

그도 그럴 것이 천풍에 대한 것만큼은 단학영보다 해천의 생각이 더 도진과 맞았다.

사실 단학영의 천풍에 대한 경계는 이해는 했지만 마음으로 납득을 한 것은 아니었다. 적어도 그가 겪어 본 천풍은 무림에 해악이 될 만한 사람이 아니었다.

천풍에게 가지는 감정 또한 해천의 것과 같은 호감과 기대였다. 오히려 이렇게 해천의 의견을 듣고 보니 해천과 단학영의 그릇 차이만 더 여실히 엿본 것 같아 괜스레 입맛이 썼다.

'스승님도 당대의 영웅호걸이시건만…….'

이것이 무당과 화산의 차이인 것일까?

생각이 거기까지 미치자 더는 해천을 마주하고 있기가 불편했다.

해천을 보면 볼수록 스승에 대한, 사문에 대한 불경한 마음만 커질 것 같았다. 그가 보고 있는 해천은 그만큼이나 크고 깊었다.

어쨌거나 단학영의 말은 전했고 해천의 대답도 들었다.

무당파에서의 볼일은 끝났다.

도진은 지체 않고 두 권의 책을 품속에 갈무리하고는 정중히 인사를 하고 자리에서 일어섰다.

장문실을 나오니 밖에선 곱상하게 생긴 젊은 도사 하나가 그를 기다리고 있었다.

'진각이라 했었지?'

해천의 셋째 제자였다. 도진이 무당파에 도착했을 때 그를 해천에게 안내해 준 것도 진각이었다.

"따라오시지요. 산문 아래까지 모시겠습니다."

진각이 그리 말하며 앞장서 걸었다.

도진은 가볍게 묵례를 하고 그 뒤를 따랐다.

한데, 맡은 바 일을 끝내서 마음이 홀가분해졌기 때문일까?

무당파로 들어오면서는 보지 못했던 풍경이 뒤늦게 시야에 들어왔다. 그것은 저 멀리 경내 너머 자리한 도관들이었다.

원래는 아름다운 풍경과 어우러져 고풍스러워야 할 도관들이 불에 타서 시커먼 뼈대만 남아 있다.

백이십 개의 도관 중 마흔여섯이 불에 타고, 칠백 명의 제자가 떼죽음을 당한 칠십 년 전의 참변……. 그날의 참화가 거기에 고스란히 남아 있음이다.

'규모로만 따지만 장경각을 잃은 소림보다도 더 큰 피해를 보고 더 심한 고초를 당한 것이 무당이라더니…….'

그러니 무당이 봉문을 선언한 것도 당연한 일이다.

이야기로만 듣던 과거의 참상을 단편적으로나마 엿보고 나니 마음이 무거웠다. 그런 한편으로 칠십 년이 흘러 봉문을 깬 지금까지도 재건을 하지 않고 그대로 두고 있는 것이 의아스러웠다.

그런 생각이 얼굴에 고스란히 드러나 버린 모양이다.

"딱히 특별한 의도가 있는 것은 아닙니다."

진각이 그렇게 말했다.

"……."

"그저 갑작스럽게 결정된 봉문이다 보니 그럴 만한 재원이 마련되지 않았던 것뿐입니다. 언제 다시 문을 열게 될지 알 수 없는 상황에서 함부로 돈을 허비할 수는 없는 거니까요."

담담히 웃고 있는 진각이지만, 왠지 그 웃음이 씁쓸하게 보이는 것은 단지 기분 탓만은 아닐 것이다.

'천하의 무당파가 돈이 없어 도관을 재건하지 못하고 있었다니…….'

참으로 기가 막힐 노릇이 아닌가.

남 일 같지 않았다.

황군의 칼이 화산에 앞서 소림과 무당부터 향하지 않았더라면, 그리해 황군의 칼이 단지 위협이 아니라 정벌의 뜻이었음을 알지 못했더라면, 그리해 한 줌의 자존심을 지키기 위해 저항의 깃발을 세웠더라면 화산파 또한 소림과 무당처럼 백만 대군의 군홧발에 무참히 짓밟혔을 것이다.

한데도 여유롭다.

칠백 명의 제자가 목숨을 잃고 마흔여섯 채의 도관이 불에 탔건만, 불에 탄 도관을 재건조차 못 하고 있을 만큼 좋지 못한 상황에 있으면서도 무당파에 면면히 흐르는 것은 여유로움이었다.

'이 또한 무당파의 저력이라는 건가? 아니면 해천 장문인의

도량이 그만큼 크고 넓게 미치고 있는 것일까?'

해천에게 생각이 이르자 문득 잠시 잊고 있던 것이 다시금 떠올랐다.

"강호의 소문이란 건 참으로 믿을 게 못 되나 봅니다."

도진이 툭 던지듯 그렇게 말하자 진각이 의아하다는 얼굴로 도진을 본다.

"강호에 떠도는 해천 장문인에 대한 소문 말입니다."

"사부님에 대한 소문이라니요?"

"해천 장문인과 진현 도사님에 관한 것인데…… 모르십니까?"

진각은 여전히 어리둥절한 얼굴이다.

'하긴, 천 리 밖을 보는 사람도 제 눈썹은 보지 못하는 법이니까. 더욱이 그동안 문을 닫아걸고 있었음에야…….'

도진은 어리둥절해하는 진각에게 강호에 떠도는 소문을 간략히 설명했다.

"무당파 장문인이 고작 그런 이유로 선출되었다니, 참으로 얼토당토않은 소문이지요. 참으로 얼토당토않은 소문이지만, 무당파가 너무 오랫동안 가려져 있었던 탓에 그 소문에 귀 기울이는 사람이 적지 않은 것도 사실입니다. 솔직히 말씀드리자면 저 또한 혹시나 하는 마음을 가지고 있었으니까요. 해천 장문인을 직접 뵙고 나니 그런 마음을 가졌던 것이 그저 부끄러울 따름이지만 말입니다."

"강호에 그런 소문이 떠돌고 있었군요. 하지만 도우께서 부끄러워하실 일은 아닌 듯싶습니다. 그 소문이 단지 얼토당토않은 소문만은 아니니……."

"무슨……?"

"물은 막아도 역시 말은 막을 수가 없나 봅니다. 어떻게 그 일이 강호에 퍼져 나갔는지는 모르겠지만, 그 소문…… 사실입니다."

"……!"

"사부님께서 장문 직에 오르신 것은 사부님 이전에 대사형이 먼저 고려되었고, 그것이 가장 크게 작용한 것 또한 사실이니까요."

도진은 일순 멍한 눈을 했다.

정말이지 예상치 못했던 대답이었다.

'그 해천 장문인께서 장문 직에 오른 게 고작 자신의 제자 덕을 본 거라고?'

무당파 장문인이라는 이름에 더없이 어울리던 인물이었다. 한데도 그의 제자가 먼저 고려되었다면 그 진현이라는 자는 대체 얼마나 대단한 인물이라는 말인가?

아니, 그전에 어찌 보면 해천의 이름에 흠이 될 수도 있는 민감한 사안이었다. 적어도 외부인인 자신에게 이렇듯 스스럼없이 다 털어놓을 일은 분명 아니었다.

"낭중지추라 하지 않습니까? 강호에 이미 그 같은 소문이

돕고 있다면 숨긴다고 숨길 수 있는 일이 아니니까요. 게다가 감출 수 없는 것이라면 차라리 대사형에 관한 것은 하나 빠짐없이 다 보여 주라는 것이 사부님의 뜻이기도 하고요. 어차피 향후 무당은 대사형의 이름이 높아지는 만큼 높아지고 대사형의 이름이 커지는 만큼 커져 갈 테니까요."

진각의 말인즉슨 무당파의 명운 자체가 그 한 사람에게 걸려 있다는 것이다.

무당파가 무슨 삼류 하오문도 아니고, 아무리 오랜 시간 봉문을 하고 있었다지만 단지 한 사람의 이름에 그 명성이 좌지우지될 만큼 허술한 곳이 아니었다.

제아무리 뛰어난 인재라 해도 그 하나의 이름이 무당파보다 우선할 수는 없다.

진각의 말은 극찬을 넘어서 과찬이었다. 아니 그것은 칭찬이라기보다는 오히려 숭배였고 맹종이었다.

해천의 일을 떠나서 한 사내에게 저 같은 마음을 품게 한다는 것만으로도 도진에겐 충분히 놀랍고 충격적인 일이었다. 더구나 그자가 도진과는 필연적으로 비교 대상이 될 수밖에 없는 무당파 장문제자라면 더욱 그러했다.

"진현 도사님은 어떤 분이십니까?"

호기심의 한편으로 어찌할 수 없는 호승심이 묻어나는 질문에 진각이 무언가 의미심장한 표정을 했다. 한데, 그 뒤로 흘러나온 말은 방금 전의 말과는 상당히 상반된 것이었다.

"진현 사형은…… 많이 부족하고 많이 모자라는 분이십니다."

이젠 어딘가 해학적인 느낌의 미소마저 입가에 걸고 있다.

'낭중지추니 뭐니 한껏 추켜세울 때는 언제고, 이젠 또 많이 부족하고 모자란다고?'

도진이 미간을 찌푸리며 혼란스러워하는 거야 당연했다.

그래도 답을 구할 곳은 진각뿐이라 다음 말을 기다리는데,

"아직 걸음마도 떼지 못하셨으니까요."

정작 이어진 말은 그를 더욱 혼란스럽게만 했다.

이젠 아예 걸음마도 떼지 못했다니?

대체 뭐가 뭔지 알 수가 없다.

무슨 의도로 이런 말들을 하는지도 도통 이해가 안 간다.

하지만, 단 하나 확실한 것은 진각의 눈에는 시종일관 무한하다 싶을 만큼의 존경과 흠모가 깃들어 있다는 것이다.

덕분에 진현에 대한 호기심만 더 커졌지만 안타깝게도 진각에게선 그 이상의 것은 들을 수 없었다.

진각이 알 듯 모를 듯한 미소를 남기고는 멈췄던 걸음을 다시 옮긴 것이다.

진각이 해 줄 수 있는 말은 다 해 줬다는 것을 알았기에 도진도 더는 묻지 못하고 호기심을 접을 수밖에 없었다. 그리해 머릿속 혼란을 잠시 접어 두고 묵묵히 진각의 뒤를 따르는데, 어느 전각 앞에 이르러서였다.

무당파 내에 면면히 흐르는 청정도량의 차분함과는 사뭇 다른 소란이 담 너머에서부터 들려왔다.

"여긴……?"

"건청전(乾淸殿)입니다. 손님들을 모신 빈청(賓廳)입니다."

"무당파의 명성에 걸맞게 벌써 많은 분이 와 계신 모양입니다."

"대개 과거에 맺은 인연들이지요. 봉문을 선언한 후로 사실상 그 연이 끊어졌던 속가제자들의 후손들이니까요. 어쩔 수 없는 선택이었다고는 하나, 그분들의 입장에서 보면 무당파로부터 버림받은 거나 마찬가지인데도 이렇듯 잊지 않고 어렵게 먼 걸음을 해 주시니 참으로 고맙고도 미안한 노릇입니다."

그러고 보면 무당파의 봉문으로 가장 큰 타격을 받은 것은 무당파의 속가제자일는지도 모르겠다. 무당파라는 든든한 뒷배를 잃고 끈 떨어진 연 신세가 되어 거친 세파를 홀로 헤쳐 나가야 했을 테니 말이다.

하지만 그렇다고 무당파가 미안해하거나 고마워할 일은 아니다. 어차피 무림에서 믿을 것은 그 자신뿐이고, 자신을 지키지 못한 책임 또한 그 자신에게 있는 것이니까.

도리어 이렇게나마 다시 무당파와 이어질 수 있게 되었다는 것만으로도 그들에게는 충분한 은혜고 기회인 셈이다.

'그러니 이젠 인연이라고 하기에도 민망한 그 가늘고 옅은 끈을 빌미 삼아 콩고물이라도 얻어먹을까 이렇게들 찾아드는

것이겠지.'

어쨌거나 무당파가 세상에 나왔다는 사실이 새삼 실감이 되었다.

앞으로 무림의 판도가 어떻게 변할지도 자못 궁금해지는 도진이다.

"혹시 구파에서는 사람이 오지 않았습니까?"

"웬걸요. 종남파의 운곡 도우께서는 이미 열흘 전에 다녀가셨습니다. 형산과 청성에서도 인사차 오신다는 기별이 있었고요."

무당파라는 이름의 크기만큼이나 역시 다들 발 빠르게 움직인다.

"게다가 소림에서도……."

진각의 덧붙이는 말에 도진이 흠칫하며 급히 물었다.

"소림에서도 사람을 보내왔단 말입니까?"

무당과는 달리 소림은 아직 봉문을 풀지 않았다. 그런 소림에서 무당파로 사람을 보내왔다니?

"예, 소림의 혜광 스님께서 어제저녁에 도착하셔서 아직 머물러 계십니다."

도진이 다시 한 번 흠칫 놀란 눈을 떴다.

"혜광 스님이라면…… 신승 혜광 말씀이십니까?"

신승 혜광이라면 소림의 장문제자이자, 진현과 더불어 신주오기의 하나로 불리는 자였다.

"그러고 보면 대사형을 포함해서 구파의 장문제자 셋이 한 자리에 모인 셈이군요."

진각이 재미있다는 듯한 표정으로 그렇게 말했지만 도진은 전혀 재밌지가 않았다.

"그럼…… 소림도 문을 여는 것입니까?"

"예?"

"무당파가 봉문을 푼 것도 혹시 사전에 먼저 소림과 말을 맞춘 것은 아닙니까?"

"아니, 자세한 것은 저도 잘…… 다만……."

"……?"

"사부님으로부터 소림도 곧 봉문을 풀 것이라는 말씀은 들었습니다. 해를 넘기지 않을 거라고도 하시더군요."

해를 넘기지 않는다면, 이제 채 한 달도 남지 않았다.

무당파에 이어 소림마저도 문을 연다.

칠십 년 동안이나 숨죽이고 있던 무림의 태산북두가 드디어 세상을 향해 기지개를 켠다.

놀람이었고 충격이었다.

도진에게 있어서 그것은 그야말로 격변의 예고나 다름없었다. 하지만 놀람의 한편으로 그 같은 소식을 소림이 아닌 무당파를 통해 듣게 되었다는 사실이 그리 유쾌하지 못했다.

무당이 봉문을 푼 것과 때를 맞추어 소림도 문을 연다. 그리고 그 소식을 전하기 위해 일찌감치 신승 혜광이 무당파로 달려왔다.

분명 사전에 그들끼리 말을 맞춘 것이 틀림없다.

'칠십 년 전에도, 칠십 년이 흐른 지금도 저들에게 화산은 결국 두 번째일 수밖에 없다는 건가?'

물론 소림과 무당이 한 뿌리에서 나왔고, 힘들었던 시절 황군의 칼에 칠백 명의 제자를 도륙당한 무당파와 장경각을 비롯해 삼대불전을 모두 화마에 잃은 소림이 남다른 동병상련의 유대를 가지고 있는 거야 당연한 일일 것이다. 그래도 소외감이 들고 샘이 나는 것은 어쩔 수가 없었다. 그들의 그 같은 유대가 오만함으로까지 느껴지는 것은 단지 도진의 속 좁음일지도 모르겠지만 말이다.

도진이 그렇게 혼자서 시기도 하고 불쾌해도 하고, 그런 한편으로 대범히 넘기려 마음을 다스릴 때였다.

돌연 건청전 담벼락 끝의 월동문이 열리며 그 안에서 열두어 살쯤 되어 보이는 소동 하나가 불쑥 얼굴을 내밀었다.

"어? 진각 사형?"

소동이 진각을 확인하고는 총총걸음으로 다가왔다.

진각이 의아히 물었다.

"지금쯤이면 산문을 지켜야 할 녀석이 여기서 무얼 하는 게냐?"

"뭘 하긴요. 손님이 오셔서 모셔다 드렸죠."

"손님?"

"어휴, 말도 마세요. 아무리 오랫동안 봉문을 했었다지만, 무당파를 무슨 씹다 버린 칡뿌리쯤으로 아는지 별 어중이떠중이까지 다 무당파를 우습게 보고 엉겨대잖아요."

소동이 입술을 댓 자나 내밀고 투덜거리자 그 즉시 상황을 알아차린 진각이 다시 물었다.

"또 누가 비무라도 청해 온 거로군. 그래, 이번엔 누구라더냐?"

"제가 열받는 게 바로 그거예요. 비무를 청해 온 것까지도 좋다 이거예요. 객기란 게 원래 무모하고 무식한 거니까. 하지만 적어도 무당파의 검을 보고자 왔으면 기본적인 예의는 갖춰야 하는 거 아니에요? 근데 글쎄 무당파의 검을 보겠다면서 비무첩도 안 가지고 왔지 뭐예요. 무당파를 업신여기는 것도 유분수지, 세상에 무례도 이런 무례가 어딨느냐구요! 진원 사형만 아니었으면 제가 아주 혼쭐을 내서 쫓아 버리려고 했는데……."

소동이 생각하면 생각할수록 분한지 연방 콧바람을 씩씩거렸다. 그런 소동의 말을 받은 것은 도진이었다.

"감히 무당파에 비무를 청한 자가 있단 말입니까?"

비무첩이니 예의니 하는 것을 떠나서 비무를 청한 자가 있다는 것만으로도 도진에겐 충분히 놀랄 만한 일인 모양이었다.

어찌 아니 그렇겠는가?

화산만 해도 감히 그 앞에서 검을 뽑아 드는 자가 없는데 이곳은 무림의 태산북두라는 대무당파가 아닌가?

하지만 안타깝게도 그게 당금 무당파의 현실이었다.

진각이 씁쓸히 웃으며 말했다.

"부끄러운 일이지만 사실 이번이 처음도 아닙니다."

"처음이 아니라고요? 하면 그전에도 이런 일이 또 있었단 말씀입니까?"

"문을 닫아건 칠십 년 세월은 무당파에 대한 경외나 두려움을 지우기엔 충분한 시간이었던 거지요. 그리고 경외나 두려움이 사라진 무당파는 이름을 얻고자 하는 자들에겐 더할 수 없이 좋은 먹잇감이고요."

우선 잃을 것이 없다.

상대가 무당파라면 지더라도 그것이 치부가 되지 않는다. 오히려 무당파와 검을 나누었다는 것만으로도 사람들은 그 이름에 더욱 금칠을 할 것이다.

"게다가 칠십 년 동안 문을 닫아걸고 있었던 만큼 무당의 검에도 먼지가 끼고 녹이 슬었을 거란 생각도 했을 테고요."

'해볼 만한 승부라 이건가?'

져도 그만이지만, 그리해 만에 하나 무당파라는 대어를 낚게 된다면 그야말로 천하에 그 이름을 떨칠 수가 있다.

듣고 보니 그렇게 무모한 객기로 무당파를 찾는 자들이 한둘이 아닐 듯했다.

소동의 말투에서도 지긋지긋하다는 기색이 역력했다.

그러나 해천을 만나 본 도진에겐 그들의 무모한 객기가 그저 불쌍하게만 보였다.

'칠십 년 아니라 칠백 년을 닫아건다 해도 무당파는 무당파인 것인데…….'

불을 향해 달려드는 불나방인들 저처럼 어리석을까?

'무당파와 검을 맞대 보기는커녕 시전 약장수 취급이나 당하지 않으면 다행이지.'

도진은 이내 그에 대한 생각을 접었다.

지금 그의 가장 큰 관심사는 뭐니 뭐니 해도 진현과 혜광이었다.

향후 무림에서 동지로서, 혹은 경쟁 관계로서 오랜 시간을 같이 경주해야 할 인물들이다. 무성한 소문만큼이나 궁금함이 컸다.

진현은 물론이고 신승 혜광까지 무당파에 있다고 하니 선뜻 걸음이 떨어지지 않는다. 다만 며칠이라도 머물며 그들과 만날 기회를 만들어 볼까 싶기도 했다.

하지만 그런 생각은 잠깐이었다.

물론 그가 그리한다고 무당파가 싫어할 리는 없겠지만 괜한 신세를 지게 될 수도 있고, 또한 스승 단학영의 명을 받고 온 몸이니만큼 지금 무엇보다 우선해야 할 것은 화산으로 돌아가 단학영에게 해천을 뜻을 전하는 것이었다.

'해가 가기 전에 소림이 문을 연다고 했으니 오래지 않아 기회야 또 있겠지.'

그렇게 도진은 무당산을 떠났다.

진현도, 혜광도 잡지 못한 걸음…… 하지만 만일 건청전 담 너머에 있을 무모한 객기의 주인이 누군지만 알았더라면 도진은 결코 그토록 쉽게 무당산을 내려가진 않았을 것이다.

*　　*　　*

"이렇게 만나게 된 것도 인연이라면 인연인데 우리 통성명이나 합시다. 나는 산동 제남에서 온 임도평이오. 형씨는 어디서 오셨소?"

유청이라는 소동의 안내를 따라 들어선 넓고 정갈한 방 안에는 네 개의 침상이 있었고, 그에 앞서 이미 세 개의 침상에는 각기 그 주인이 있었다.

그가 들어서자 두 명은 어색한 미소를 입가에 걸고는 가벼운 묵례로 인사를 대신한 것에 반해, 남은 한 사내는 천풍이 행장을 풀기도 전에 대뜸 다가와서는 괄괄한 목소리로 통성명부터 청해 왔다.

"절강에서 온 소천풍입니다."

"오호! 그 멀리서 여기까진 어쩐 일로? 소형도 무당파 속가제자의 후예나 뭐 그런 겁니까?"

"예? 속가제자요?"

임도평의 물음에 임도평뿐만 아니라 다른 두 사내마저도 눈을 반짝였다.

영문 모를 관심에 천풍이 급히 손사래를 쳤다.

"아닙니다. 속가제자라니…… 무당파와는 아무런 연고도 없습니다."

천풍의 대답에 두 사내의 눈에 실망이 어렸다. 그러고는 별 관심 없다는 듯 이내 고개를 돌려 버린다. 그러한 태도에서는 어딘지 모르게 오만함도 느껴졌다.

그런 두 사내와는 달리 임도평은 오히려 더욱 살가운 표정을 한다.

"그럼 무당파에는 무슨 일로 오셨소?"

"그냥 뭐…… 한데, 속가제자 분들이 많이 계신 모양이네요?"

떠들고 다닐 일은 아니라는 생각에 그렇게 대강 얼버무리며 말문을 돌렸다.

천풍의 질문에 임도평이 달갑지 않다는 표정으로 뚱하게 대답했다.

"뭐, 그런가 보더이다. 여기 계신 두 분도 그렇고 다른 방에 계신 분들도 대부분, 뭐…… 나야 그런 분들과는 신분부터가 다른 일개 표국의 표두입니다만……. 그래도 우리 국주님으로 말씀드릴 것 같으면 과거 무당파 속가제자 중 그 명성이 자자

했던 섬전검(閃電劍) 이학충(李鶴忠) 대협의 조카분인 데다, 이학충 대협으로부터 무당파의 비전절기인 유운검법을 직접 사사받으신 분이니 다른 분들에게 꿀릴 건 없소! 그분을 대리해서 온 나 또한 꿀릴 것 없고!"

뚱하게 시작했던 대답은 과할 정도로 당당하게 마무리가 되었다. 그리고 마지막 말을 할 때의 임도평은 천풍을 보고 있지 않았다.

적의에 가까운 눈으로 임도평이 보고 있는 것은 고개를 돌린 두 사내였다.

천풍은 대강의 사정을 바로 알아차렸다. 아무래도 출신이 다르다는 이유로 그간 그들로부터 따돌림이라도 당한 모양이었다.

'무당파 속가제자라는 것이 그렇게도 대단한 건가?'

구파일방의 속가제자라면 분명 어딜 가도 무시당할 위치는 아니었지만, 검문의 문주 금천우에서부터 도제 백무강, 염가상단의 주인에 화산파의 장문제자, 그리고 신주오기의 하나인 일기도향 추도향까지……. 워낙에 대단한 사람들과 인연을 맺다 보니 지금의 상황이 그다지 와 닿지가 않았다.

그래도 무당파 속가제자의 조카를 대리해 왔다며 큰소리 탕탕 치는 임도평이나 그런 임도평을 비웃는 듯한 두 사내의 태도에서 무당파에 대한 자부심만큼은 너무도 선명하게 느낄 수 있었다.

'무당파라…….'

그다지 기분이 좋지 않았다.

지금 천풍은 기운이 많이 빠져 있는 상태였다.

처음부터였다.

'무당파의 검…… 한 수 배우고자 왔습니다.'

무당산에 올라 무당파를 마주한 그때, 그 말을 내뱉은 순간부터 무언가가 어긋나기 시작했다.

사실 그로서는 무당파가 발칵 뒤집힐 줄 알았다.

그것이 분노든 가소로움이든 놀라움이든 간에 무당파 모든 이들의 관심을 한 몸에 받게 될 거라 생각했다. 그도 그럴 것이 그의 그 말은 무당파에 대한 명백한 도전이었으니까.

그래서 그 말을 꺼내기까지 천풍으로서는 상당한 용기와 결심이 필요했다.

한데, 그렇게 각오를 다지고 꺼낸 말이건만 정작 산문을 지키던 무당 제자는 잠깐의 당혹감만을 드러냈을 뿐, 이내 시큰둥해졌다. 게다가 자신을 유청이라 밝힌 어린 소동은 그를 건청전까지 안내하는 내내 무슨 물건 팔러 온 몹쓸 잡상인 취급이었다.

'당연한 것 아닌가요? 그럼 그저 이름 석 자 밝히는 것으로 무당파의 검을 볼 수 있을 거라 생각하셨어요? 모름지기 무림의 태산북두라는 무당파예요. 어중이떠중이들의 도전에 일일이 다 응해 줄 리가 없잖아요. 그랬다가는 일 년 내내 비무만

해대고 있어야 할 걸요?'

추도향이 말인즉슨 무당파의 검을 보려면 그에 합당한 지위와 자격이 있어야 한다는 것이다.

'아니면 한 달이고 두 달이고 기다려 보시든가요. 설마하니 가기 싫다는 사람을 쫓아내진 않을 테고, 그렇게 기다리다 보면 귀찮아서라도 한 번은 상대해 주겠죠. 뭐, 그게 싫으면 지금이라도 당신이 옥면신룡이라고 밝히셔도 되고요. 천절문의 주인 정도라면 무당파도 함부로 홀대하진 않을 테니까.'

기약 없는 기다림도, 천절문을 내세우는 것도 천풍으로서는 모두 마뜩지가 않았다.

'그냥 비무만 청하면 간단할 거라 생각했건만…….'

세상사라는 게 참, 뜻대로 되지 않는다.

그나마 하나 위안이 되는 것은 여자라는 이유로 이제는 추도향과 방을 따로 쓰게 되었다는 점이다.

물론 세 사내가 숨김없이 적의를 드러내는 이 삭막한 공간도 불편하긴 매한가지지만 말이다.

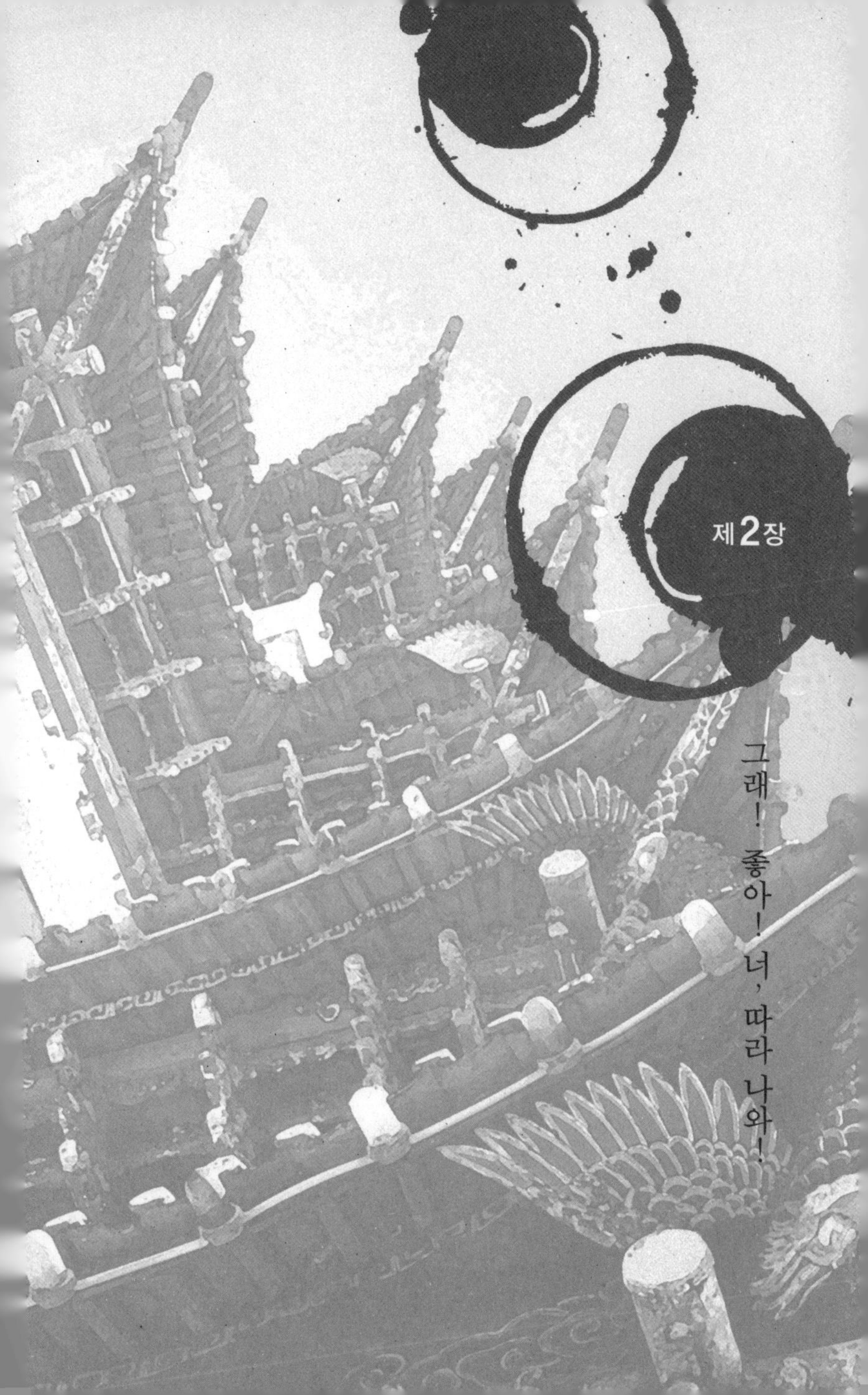

제2장

그래! 좋아! 너, 따라 나와!

천극의 서

천풍이 무당에 도착한 지 사흘이 지났다.

사흘이 지났건만 달라진 것은 아무것도 없었다.

방 안 삭막한 공기는 여전했고 무당파에서는 그의 존재를 까마득히 잊어버린 듯했다. 하지만 그렇다고 아무런 소득이 없었던 것은 아니다. 오히려 무당파의 검을 보겠다 했던 처음의 목적에 더없이 충실한 하루하루를 보내고 있었다.

그도 그럴 것이, 속가제자의 후예라고 하는 자들은 공간만 확보되면 건청전 안 어디에서든 검을 수련하고 있었던 것이다.

보통은 자신의 무공을 감추고 숨기려 하는 것이 정상인데 여기서는 오히려 드러내지 못해 다들 안달을 내는 듯한 모습이었다.

'그야 따지고 보면 모두가 동문이기도 하고, 익힌 무공도 다 같은 무당의 속가무공이니 굳이 감출 이유가 없지 않소? 게다가 혹시 모르잖소. 열심히 하고 있다 보면 무당파 어느 고인의 눈에 들어 한 수 가르침이라도 받게 될지. 그렇게 해서 무공 한 자락 배워 나간 사람이 실제로 있기도 하다니까, 뭐…….'

임도평으로부터 들은 말은 그러했다.

어쨌거나 덕분에 비록 속가무공이나마 구경은 실컷 하게 된 천풍이다.

하지만 속가무공의 한계인지 처음 잠깐만 즐거웠을 뿐, 이십사수매화검법에서 느꼈던 설렘이나 떨림은 전혀 느낄 수가 없었다.

그렇다고는 해도 지루하고 무의미하게 흘러가는 일상에 심심풀이 정도는 되었다.

'유운검법이라 했지?'

지금 천풍은 임도평을 보고 있었다.

일개 표국의 표두라던 말과는 달리 그 역시 무당의 속가무공을 익히고 있었다.

정식 제자는 아니라고 했다.

표국주 이원정(李元程)의 배려 덕분에 어깨너머로나마 배움의 기회가 있었다는 것이다.

'그래 봐야 결국 어깨너머인 것이지만…….'

소위 속가제자의 후예라 거들먹거리는 자들에 비하면 많이 부족한 것이 사실이었다. 같은 방을 쓰고 있는 고흥과 송문영만 해도 그보다 훨씬 자세가 안정적이었다.

임도평이 얼마나 노력해 왔는지는 검 끝에 실리는 기합만으로도 충분히 알 수 있었지만, 힘의 분배나 호흡, 초식 간의 연계 등 기본적인 것에서 부족함을 여실히 드러내고 있었다.

그래서 안타까웠다.

고쳐 주고 싶었다.

기본은 갖추고 있다 해도 이곳에 모인 자들 중 천풍의 눈에 차는 자는 사실 한 명도 없었다.

어디까지나 임도평과 비교해서 낫다는 것뿐이지, 어설퍼 보이기는 매한가지였다. 그럼에도 유독 임도평에게만 그런 마음이 드는 것은 임도평이란 사람 자체가 마음에 들어서였다.

아무래도 다른 이들과는 다른 부류라는 연대감이 형성된 때문인지 지난 사흘, 유달리 살갑게 대해 주는 임도평이었다. 때때로 지나치게 살갑게 굴어서 귀찮을 때도 있었지만, 그게 싫지만은 않았던 것은 임도평이란 사내 자체가 상당히 직선적인 인물이라 사람을 대함에 숨김이 없었기 때문이다.

달리 보면 단순무식하달 수도 있지만 어쨌든 지금까지 이처럼 있는 그대로의 모습으로 마주해 오는 사람을 만나지 못했던 천풍에겐 그것이 신기하기도 하고 재미있기도 했다.

그러고 보면 살면서 친구라는 말을 쓸 수 있는 상대가 없었다. 그나마 마음을 나눌 수 있는 또래라고 한다면 도진 정도였지만, 도진과는 친구라는 이름을 쓰기에는 묘한 거리감이 있었다.

그래서일까?

문득, 임도평과는 친구란 걸 해 봐도 좋겠다는 생각이 들었다.

임도평이라면 평생 마음을 나눌 수 있는 친구가 될 수도 있겠다 싶었다. 그런 생각을 하니 임도평의 허술한 검이 더욱 안타깝게만 느껴졌다.

둥둥!

점심을 알리는 북소리가 들린 것은 그때였다.

북소리에 맞춰 검을 거둔 임도평이 그제야 천풍을 발견하고는 반갑게 손을 들어 보인다.

"소형, 거기 언제부터 있었던 거요?"

천풍의 존재도 눈치채지 못할 만큼 수련에 열중하고 있었던 모양이다.

"조금 전에요."

"하하, 그런 줄 알았다면 삼십육식유운검법을 좀 더 멋지게 펼쳐 보일 걸 그랬습니다."

멋지게 펼쳐 보인다고 한들 그 허접스러움이 어딜 가겠는가.

임도평의 호방한 말에 그저 고소만 짓는 천풍이다.

임도평이 이마의 땀을 훔치고는 대뜸 천풍의 어깨에 팔을 툭 걸쳤다.

"땀을 흘렸더니 아주 배고파 뒈지겠소. 자, 밥이나 먹으러 갑시다."

그러고는 천풍을 끌다시피 하며 성큼성큼 걸음을 내딛는다.

어떨 때는 귀여운 동생 취급하듯 머리를 쓰다듬어대기도 했던 터라 새삼스럽지도 않았다. 한데, 그렇게 몇 걸음을 내딛던 임도평이 문득 뭔가가 생각났다는 듯 들뜬 목소리로 물었다.

"그나저나 소형, 그 소식 들으셨소?"

"무슨 소식 말입니까?"

"열흘 후에 해명 사백의 검술 지도가 있을 거라는 소식 말입니다."

해명이라면 현재 무당파의 무공교두였다.

"검술 지도요?"

"그게 장문인의 지시가 있었다고 합디다. 속가제자의 후예랍시고 찾아들 왔는데 제대로 대접도 못 해 주니, 대신 무공이라도 한 수 가르쳐 주라고 말이오. 사실 우리에게 그보다 더 값지고 훌륭한 대접이 어딨겠소? 정말이지 꿈같은 일이잖소. 게다가 말이오. 소문에는 검술 지도 중에 능력이 뛰어난 자가 있으면 향후 이 년간 무당파에서 무공을 배울 기회까지 준다지 뭐요. 다시 말해 해명 사백의 눈에만 들면 속가제자의 후손이니 뭐니 그딴 게 아닌, 정식으로 무당파 속가제자가 될 수 있다 이 말입니다!"

격앙된 목소리였다.

특히 속가제자가 될 수 있다는 부분에서는 북받치는 감정을 주체하지 못하고 상당히 흥분한 모습이었다.

핏발 선 눈에서는 옅은 물기마저 보였다.

그러고 보면 임도평도 그렇고 다른 사람들도 그렇고, 오늘따라 유달리 더 열심히들 했다.

"그렇게도 속가제자가 되고 싶은 겁니까?"

정말 궁금해서 물었다.

임도평이 무슨 그런 당연한 걸 묻느냐는 표정을 지었다.

"속가제자의 후손이라는 것만으로 사람을 얼마나 우습게 보는지 소형도 보셨잖소? 그런 작자들이 괘씸해서라도 보란 듯이 속가제자가 되면 그 얼마나 통쾌한 일이겠소? 뭐, 물론 속가제자가 되고 싶은 게 고작 그런 이유 때문만은 아니지만……. 사실 내 꿈은 말이요. 우리 금봉표국(金鳳鏢局)을 산동 제일의 표국으로 만드는 것이오. 표국이 성장하기 위해선 그 무엇보다 중요한 게 신뢰고, 무림에서 신뢰란 곧 이름이요, 명패인데 속가제자의 조카라는 명패로는 어림도 없거든. 그런 차에 내가 떡 하니 속가제자가 되어 보쇼? 금봉표국의 일개 표두가 무당파의 속가제자라더라 하는 소문이 나면 우리 금봉표국이 산동 제일이 되는 것도 꿈은 아니라 이 말씀이오."

참 우직한 생각이다. 속가제자란 것이 그렇게 대단한 것이라면 스스로 입신양명을 먼저 생각해 볼 법도 하건만 어디까지나 표국만을 생각한다.

어릴 적부터 표국주 이원정의 보살핌이 있었다고 했다. 그래서 표국에 대한 충정이 남다른 것인지도 모르지만, 어쨌거나 역시 그 우직함이 싫지 않은 천풍이다.

그렇게 이런저런 얘기를 나누다 보니 어느새 식당 앞이었다.

건청전 손님들만을 위해 마련된 식당인데, 이미 배식을 위해 늘어선 줄이 상당히 길었다.

"이런! 소형과 얘기를 나누다 보니 너무 지체를 해 버렸나 봅니다. 아아, 배고파 돌아가시겠는데……."

임도평이 자책으로 혀를 끌끌 차며 울상을 짓는다.

한데, 왠지 뒤통수가 따갑다.

아니, 뒤통수뿐만 아니라 앞통수 옆통수 할 것 없이 죄다 따끔거렸다. 그도 그럴 것이 식당 안 많은 사람이 곱지 않은 시선으로 그들을 보고 있었던 것이다.

노골적인 적의는 아니었지만 그 시선들에 깃든 것은 약간의 귀찮음과 약간의 불쾌감, 그리고 오만함이었다.

같은 방에 묵고 있는 고흥과 송문영의 그것과 조금도 다르지 않았다.

무당파 속가제자의 후손이라는 것이 얼마나 대단한 것인지, 얼마나 대단한 것이기에 이처럼 출신을 따져 벽을 치고 선을 그어대는 것인지는 여전히 이해가 되지 않았지만, 무당파에 도착한 첫날부터 줄곧 받아 왔던 것이라 이젠 익숙해질 대로 익숙해졌다.

한데, 오늘은 익숙하지 못한 일이 발생했다.

배식을 위해 기다리던 그들 앞으로 웬 사내 하나가 불쑥 끼어든 것이다.

"이보시오. 지금 이게 뭐하자는 거요?"

임도평이 욱해서 따지자 사내가 뻔뻔스러운 얼굴로 어깨를 으쓱해 보였다.

"왜?"

"왜라니? 여기 우리가 줄 서 있는 거 안 보이시오?"

"그게 뭐 어때서?"

사내의 뻔뻔스러운 태도에 임도평이 황당해하자 사내가 가소롭다는 듯이 물었다.

"들어 보니 산동의 금봉표국에서 왔다며?"

"……?"

"나 단조문의 단양이야. 내 이름 정도는 들어 보았겠지?"

순간, 임도평의 눈이 휘둥그레졌다.

"역시 이름 정도는 들어 보았나 보네. 그럼 이제 불만 없지?"

사내가 비웃듯 입꼬리를 말아 올렸지만, 어쩐 일인지 임도평은 아무 대꾸도 하지 못했다. 그 같은 임도평의 태도가 의아하기만 한 천풍이다.

천풍은 알지 못했지만, 단조문은 산동 제남을 대표하는 문파였다. 그리고 단양은 단조문의 소문주였다.

신분으로만 따지면 임도평은 물론이고 이곳에 모인 어느 누구도 단양에 비할 바는 아닐 것이다. 물론 임도평이 꿀 먹은 벙어리가 될 수밖에 없었던 데에는 단지 단양의 신분이 높아서만은 아니었다.

금봉표국도 단조문과 마찬가지로 산동의 제남에 자리 잡고 있었다. 그뿐만 아니라 금봉표국의 일 년 예산 중 절반이 단조문과의 거래에서 얻어지는 것이었다.

다시 말해 금봉표국의 생살여탈권을 단조문이 쥐고 있는 것이다. 그러니 아무리 자신의 감정에 솔직한 임도평이라고 해도 단양의 비위를 감히 건드리지 못하는 것이다.

“그나저나 너무한 거 아냐?”

임도평이 꼬리를 내리자 단양의 목소리가 한층 더 거만해졌다.

“도대체가 말이야. 금봉표국에서 무당파엘 왜 오느냔 말이지. 아무리 떨어지는 콩고물이 탐나도 그렇지, 앉을 자리 누울 자리는 가려야 하는 것 아냐? 아, 그러고 보니 금봉표국의 국주가 섬전검의 조카라 했나? 그래 봐야 조카잖아? 그렇게 자잘한 인맥까지 다 따질 거 같으면 아예 사돈에 팔촌까지 다 부르든가. 무당파 살림이야 거덜 나든 말든 간에 말이야.”

면박도 그런 면박이 없다.

사람을 면전에 두고 듣기 거북한 비난을 거침없이 뱉어낸다. 그런데도 누구 하나 눈총을 주는 사람이 없다. 오히려 동조로 고개를 주억거리거나 속이 시원하다는 듯 키득거리는 게 대다수다.

지금 이 공간 안에서 가장 화가 나 있는 것은 천풍이었다.

직선적인 성격의 임도평이 이런 모욕을 받으면서도 참는 데에는 뭔가 그가 알지 못하는 사정이 있을 듯하여 차마 끼어들지는 못했지만, 성질 같아서는 단양의 재수 없는 면상에 주먹이라도 박아 넣고 싶은 심정이었다.

"소형…… 죄송하지만 오늘은 혼자서 드셔야겠소. 속이 좀 좋지 못해서……."

그러고는 황급히 걸음을 돌리는 임도평이다.

"그렇다고 밥을 굶을 것까지야 뭐 있어? 그냥 웃자고 한 말인데…… 그대 하나가 밥 좀 축낸다고 설마하니 무당파 살림이 정말로 거덜이야 나겠어? 안 그래?"

돌아서는 걸음까지도 끝끝내 모욕을 준다.

멈칫 멈춰선 임도평의 어깨에서 주체할 수 없는 노기가 느껴졌다.

굳게 쥔 주먹도 파르르 떨렸다.

하지만 그뿐이었다. 이내 큰 걸음을 성큼성큼 내디뎌 식당을 빠져나가 버렸다.

단양을 비롯한 이곳에 모여 있는 자들의 치졸함에 천풍도 밥맛이 없는 건 마찬가지였다.

천풍도 이내 걸음을 돌렸다.

한데, 단양은 그런 천풍마저도 곱게 보내지 않았다.

"아무튼 무당파 문턱이 낮아 보인다고 별 잡것들이 다 기웃거린다니까."

사실 단양은 천풍에겐 별다른 감정이 없었다. 그저 자신과는 신분이 다른 임도평이 무당파에서 자신과 같은 위치에 있는 것이 못마땅했던 것뿐이었다. 그래서 배배 꼬인 심사를 그렇게 풀어낸 것인데 하다 보니 감정이 격앙되어서 저도 모르게 풀다 남은 감정의 찌꺼기를 천풍에게마저 쏟아낸 것이었다.

덕분에 드물게도 화가 많이 나 버린 천풍이다.

울컥 치밀어 오른 화를 주체하기 힘들 정도로 화가 났다. 하지만 이번에도 참았다.

역시 임도평이 걸렸다. 혹여 임도평에게 괜한 피해라도 끼치게 될까, 이를 악물어 치미는 울화를 삼킬 수밖에 없었다.

한데 그로부터 두 시진 후, 생각지 않게 가슴 속 울화를 풀 기회가 찾아왔다.

* * *

천풍과 임도평은 방에 돌아온 후, 두 시간이 흐르는 동안 한 마디도 하지 않고 있었다.

임도평은 임도평대로 단양에게 당한 굴욕과 그로 인한 분한 마음을 좀처럼 삭이지를 못했고, 천풍은 천풍대로 평상시와 너무도 다른 임도평의 모습에 섣불리 위로의 말도 건넬 수가 없었다.

그렇게 그들이 만들어내는 무거운 공기에 고홍과 송문영마저도 말을 아껴 방 안은 숨소리조차 들리지 않을 만큼 때아닌 정적을 맞았다.

밖에서 귀에 익은 목소리가 들려온 것은 그 무렵이었다.

"여기가 소천풍이란 작자가 묵는 방이 맞소?"

분명 단양의 목소리였다. 한데 어쩐 일인지 그 목소리는 분기에 차 있었다.

'저 사람이 왜 날……?'

의아한 것은 비단 천풍만이 아니었다. 고홍과 송문영은 물론이고 임도평마저 의아히 천풍을 보고 있었다.

천풍이 뭐라고 대꾸도 하기 전이었다.

벌컥.

거칠게 문이 열리는가 싶더니 허락도 받지 않고 대뜸 방으로 들어오는 단양이다.

"대체 무슨 일로……?"

"무슨 일이나 마나 내가 조금 전에 하도 이상한 소리를 들어서 말이야."

"……?"

"너! 감히 무당파를 상대로 비무를 청했다는데 사실이야?"

순간, 임도평과 고홍 등이 놀란 눈을 부릅뜨며 천풍을 본다.

그들뿐만 아니라 이 같은 소란에 무슨 일인가 싶어 문밖을 기웃거리던 다른 사내들 역시도 그와 같은 눈으로 천풍을 보고 있었다. 하지만 정작 천풍은 그게 뭐 대수냐는 듯 대답했다.

"사실이오. 한데 그게 뭐가 잘못됐소?"

"뭐?

천풍의 그 대수로울 것도 없다는 태도에 단양이 기가 막힌다는 표정을 한다.

단양도 단양이지만 주변의 기색도 심상치가 않았다.

아직도 믿지 못하겠다는 눈으로 천풍을 보는 임도평을 제외하고 이 자리에 있는 모든 시선이 적의로 번뜩이고 있었다.

도무지 이해가 안 간다.

'내가 무당파에 비무를 청한 것이 이렇게도 힐난받을 일인가?'

무당파 속가제자조차 칠십 년 전 무당파가 봉문한 후 끈 떨어진 연 신세가 되었다던데, 속가제자도 아니고 기껏 속가제자의 후손인 그들에게 무당파의 일에 이렇게까지 흥분할 만한 의리나 정리가 과연 있기나 한 걸까?

사실 말이 나왔으니 말이지만, 그들이 무당파를 내세워 거들먹거릴 때면 솔직히 가소롭다 못해 그가 도리어 민망하고 부끄러울 지경이었다.

물론 지금 천풍이 가장 이해 못 하겠는 것은 뭐니 뭐니 해도 단양이다.

무림의 태산북두라는 무당파인 만큼 마음에 자부심이 넘치면 거들먹거릴 수도 있다지만, 고작 비무를 청한 것을 가지고 이렇듯 한달음에 달려와서는 그를 죄인 취급하는 것은 너무 과한 행동이었다. 게다가 단양의 과한 행동은 거기에서 한 술 더 떴다.

"좋아! 그 비무란 것, 내가 대신 받아 주지!"

이젠 아예 대놓고 무당파를 대신하겠다고 한다.

"과연 무당파에 도전할 만한 실력인지 아닌지 내가 먼저 확인해 보겠다, 이거야! 왜? 대 무당파를 상대로 비무를 청하신 분께서 설마하니 내 검을 무서워하는 건 아니겠지? 아니면 내 사상류검(四象流劍) 따위는 상대해 줄 가치도 없다는 건가?"

천풍이 그저 어이없어서 아무 말도 않고 있자 제멋대로 떠들어댄다.

한데, 그대로 가만히 있다가는 또 무슨 말이 나올지 몰라 천풍이 입을 열려는데 돌연 그런 천풍을 잡아채는 손길이 있었다.

임도평이었다. 임도평이 천풍을 자신의 뒤로 밀쳐내며 단양과 마주했다.

"단 공자님, 소형이 강호 경험이 없어서 분명 뭔가 오해가 있었던 듯하니……."

이대로 가다가는 천풍이 단양의 손에 크게 낭패를 볼 거라 생각한 모양이었다. 그래서 다급히 나서서 앞으로 있을 참변을 막아 보려고 한 것인데 단양에겐 전혀 통하지 않았다.

"그렇게 강호 경험이 많은 분께선 나설 때 안 나설 때 구분도 못 하시나? 곧 있을 검술 지도에서 한 수 배움이라도 얻고 가려면 지금은 조용히 없어져 계시는 게 좋을 거야. 괜히 저런 자와 가까이하다가 무당파 높으신 분들의 눈 밖에라도 나면 너한테도, 금봉표국한테도 좋을 건 없지 않겠어?"

다분히 협박조의 말이었다. 그리고 그 협박 속에 금봉표국이라는 이름이 있는 한, 임도평은 목줄 잡힌 강아지 새끼나 다름없었다.

그래도 그 마음만으로도 충분히 고마웠다. 그리고 덕분에 단양이 이곳으로 쳐들어온 진정한 목적도 알게 되었다.

역시 무당파에 대한 자부심이나 의리 때문이 아니었다.

곧 있을 검술 지도를 위해 무당파에 어떻게든 잘 보이려는 것이 틀림없었다.

'거기서 뛰어난 재능을 인정받으면 정식으로 속가제자가 될 수 있다고 했었지, 아마?'

결국 목적은 그것일 것이다.

단양의 목적을 알고 나니 더 화가 나는 천풍이다.

아니, 이미 화는 날 대로 나 있었다.

이젠 단양의 얼굴을 보는 것만으로도 울컥울컥 울화가 치밀어 오른다. 행동 하나하나가, 심지어 턱 오른쪽에 박힌 점 하나까지도 기분이 나빴다. 게다가,

'날 언제 봤다고 다짜고짜 반말이냐고!'

다른 때 같았으면 별 신경도 쓰지 않았을 일인데도 지금은 쇠를 긁어대는 소리보다 더 귀에 거슬렸다.

그리해 천풍도 더는 참지 않았다.

임도평을 옆으로 비켜 세우고는 단양에게 당당히 말했다.

"그래! 좋아! 너, 따라 나와!"

"뭐?"

"대신 받아 주겠다며? 내가 무당파에 비무를 청할 만한 자격이 되는지 나도 시험해 보고 싶으니까 따라 나오라고!"

천풍으로서는 정말이지 큰마음 먹고 한 회심의 반말 공격이었다.

큰맘을 먹었는데도 여간 어색한 게 아니라서 '너, 따라 나와!' 뒤에 절로 '요' 자가 붙으려는 걸 간신히 씹어 삼켜야 했다. 한데, 그런 노력에도 불구하고 정작 단양은 천풍의 반말에는 신경도 쓰지 않았다.

지금 단양의 모든 관심은 천풍이 자신과의 대결에 겁도 없이 응했다는 그 사실 하나에 모여 있었다.

"하!"

기가 차다는 듯, 가소롭다는 듯이 헛웃음을 터트리는 단양이다.

그러거나 말거나 천풍은 다시 용기 내서 한마디 했다.

"뭐 해? 안 나와?"

* * *

어쨌거나 그렇게 해서 단양과 검을 맞대게 된 천풍이다.

비무를 하기에는 충분할 정도로 넓은 공터에 많은 사람이 몰려들었다.

행색은 저마다 달랐지만 그들이 바라는 것은 크게 다르지 않았다.

감히 무당파의 권위에 도전장을 내민 이 괘씸한 작자를 단양이 모두를 대표해서 그 버르장머리를 고쳐 주는 것. 개중에 눈치 빠른 자들은 단양이 의도하는 바를 깨닫고 그 약삭빠름에 곱지 않은 시선을 보내기도 했지만, 그건 그저 무당파에게 잘 보일 기회를 먼저 잡게 된 것에 대한 시샘과 부러움이지 천풍에 대한 호의는 아니었다.

그야말로 사방이 적으로 둘러싸인 형국이었다.

하지만 상관없었다.

이러지도 저러지도 못한 채 그저 안타까이 그를 보고 있는 임도평의 걱정 가득한 눈빛만으로도 충분히 든든했다.

더구나 지금 천풍은 조급증이 날 정도로 흥이 나 있었다.

비웃음을 한가득 물고 있는 저 재수 없는 면상을 당장에라도 뭉개주고 싶어 안달이 났다.

그것은 단지 자신만의 화풀이는 아니었다.

지금 천풍은 임도평을 대신한다는 일종의 의무감도 있었다. 그래서 더 손속에 인정을 두고 싶지 않았다.

'강호의 법은요, 받은 만큼 돌려주는 게 아니에요. 은혜든, 원

한이든 받은 것의 열 배를 돌려주는 것이 강호의 법이에요!'

산사에서 내려와 무림에 대해 가장 먼저 배운 것이 그것이었다.

임도평이 당한 모욕…… 그래, 열 배로 되갚아 주리라!

그런 마음으로 묵필을 들었다.

그 순간 가장 먼저, 그리고 가장 크게 반응을 한 것은 임도평이었다.

천풍이 묵필을 들어 취한 자세가 다름 아닌 유운검법의 기수식 천유도도(天流濤濤)였던 것이다.

임도평에 대한 천풍 나름의 배려였다. 임도평의 분함을 풀어 주는 데에는 그것이 가장 좋을 듯해서 택한 것이었다.

지난 며칠 동안 임도평을 지켜보며 유운검법은 이미 외워 둔 상태였다.

보이지 않는 데서 남몰래 익혀도 두었었다.

임도평이 들으면 좌절하게 될지도 모르지만 임도평보다 더 잘할 자신도 있었다.

한데, 임도평뿐만 아니라 단양도 그 기수식을 알아본 모양이다.

"설마 네놈이 지금 하려는 게 유운검법인 것은 아니겠지?"

"맞는데? 왜? 내가 유운검법을 쓰는 게 뭐 잘못됐어?"

"그럼 무당파의 무공을 익힌 주제에 무당파에 도전을 했단 말이냐?"

“무당파 무공 좀 알고 있다고 도전 못 할 건 또 뭔데? 어차피 무당파와는 아무 연고도 없는데.”

그렇게 일일이 따지고 들면 천풍은 아예 비무란 것을 해선 안 되었다. 그가 익힌 무공들을 하나하나 다 따지면 관계되지 않은 문파를 찾기가 어려울 지경이니 말이다.

그나저나 반말도 계속해 보니 그리 어렵지가 않다. 게다가 상대가 상대다 보니 재미도 재미지만, 묘한 쾌감까지 있어 점점 입에 붙었다.

그야말로 일취월장이다.

‘그러고 보면 상무 말투가 이랬었는데…….’

분명 지금 천풍의 말투는 진사우에게 하던 상무의 말투랑 상당히 닮아 있었다.

‘역시 무슨 일이든 좋은 스승이 중요한 거로군.’

생각하자니 왠지 웃긴다.

그래서 절로 입술이 실룩실룩거린다.

그런 천풍을 보는 단양은 그저 기가 막히고 어이가 없을 따름이다.

‘무당파와는 아무런 연고도 없다고?’

아무런 연고도 없는데 유운검법을 익혔다.

‘어디서 주워 익혔다는 거잖아?’

적어도 제대로 된 스승 밑에서 제대로 사사를 받은 것은 아니라는 뜻이었다.

'그런 주제에 감히 이토록 건방을 떤단 말이지?'

아니, 제대로 된 스승 밑에서 제대로 유운검법을 익혔다고 해도 감히 그 앞에서 이렇게 건방을 떨어서는 안 되는 것이었다.

같은 무당의 속가무공이라고 해도 유운검법과 자신의 사상류검은 천양지차였다. 유운검법도 속가무공 중에 제법 괜찮은 무공으로 인식되긴 하지만 사상류검에 비할 바는 아니었다.

사상류검은 속가무공임에도 불구하고 무당파를 대표하는 검법 중 하나로 인식될 만큼 상승의 검법이었다. 단조문이 사상류검 하나로 제남 제일의 문파가 된 것만 봐도 알 수 있는 일이다.

대 무당파에 도전장을 내밀었다기에 그래도 제법 한 가닥 하는 자일 줄 알았다.

식당에서 천풍을 만나지 못했더라면, 그래서 해볼 만한 상대라는 판단이 서지 않았더라면 아예 엄두도 내지 못했을 것이다.

해볼 만한 상대라 판단을 하긴 했지만, 천풍이 당당하게 따라 나오라 했을 때는 아주 잠깐이지만 살짝 긴장을 하기도 했다. 헛웃음을 터트린 것도 그것을 감추기 위한 허세였던 셈이다.

한데, 알고 보니 이 눈앞의 시건방진 녀석은 그저 지나치게 겁대가리를 상실한 녀석일 뿐이었다.

'아니면 그냥 정신이 온전치 못한 녀석이거나…….'

그렇게 생각을 하고 보니 이런 정신 나간 녀석에게 잠깐이나마 겁을 먹었다는 사실에 새삼 화가 치밀어 올랐다.

생각하면 할수록 화가 커진다.

그렇게 화가 커질 대로 커지고 있는데 반말, 아니, 막말에 재미가 붙은 천풍은 거기에 더해 아예 기름까지 끼얹었다.

"뭘 멍하니 있는 거야? 검 안 뽑아? 설마 인제 와서 겁이라도 나는 건 아니겠지? 뭐, 겁나면 지금이라도 꺼지시든가. 그게 내 손에 피떡 되는 것보다는 나을 테니까."

그것은 단순히 상무의 흉내가 아니었다.

단지 흉내나 내는 수준이 아니었다.

경극 배우가 자신이 맡은 배역에 심취해서 그 배역과 혼연일체가 되듯이, 적어도 지금 이 순간만큼은 천풍은 천풍이 아니라 상무였다.

그랬다.

시건방진 눈빛하며 오만불손하고 껄렁껄렁한 태도하며, 그것은 차라리 빙의라 해야 맞았다.

덕분에 제대로 열 받은 단양이다.

"이 개똥에 붙은 지푸라기보다도 하찮은 놈이!"

분기탱천이다.

차앙!

사납게 뽑아 든 검에서는 진득한 살기마저 피어오르고 있었다.

무당파도 잊었고 검술 지도도 잊었다.

주위에 그를 보고 있는 많은 눈들도 잊었다.

지금 이 순간 단양의 머릿속에 있는 것은 천풍의 주둥이를 갈기갈기 찢어 놓겠다는 무시무시한 일념뿐이었다. 그러니 격식이니 형식이니 따질 겨를이 없다.

"하앗!"

검을 뽑아들기가 무섭게 천풍을 덮쳐 가는 단양이다.

워낙에 급작스럽게 이루어진 공격이었다.

단양이 이렇게까지 돌발적으로 달려들 줄은 미처 생각지 못했는지, 아니면 연기에 혼을 너무 실은 나머지 잠시 상황을 잊고 있었던 건지 순간 당황해 하는 기색이 역력한 천풍이다.

'흥! 오늘 이후로 다시 그 주둥이를 함부로 놀리지 못할 것이다!'

단양의 입가에 회심의 미소가 걸렸다.

뒤늦게 부랴부랴 자세를 취하는 천풍이지만 단양의 눈에는 어설프기 그지없었다. 막아내기에는 이미 늦었다 판단했는지 양패구상의 각오로 유운검법을 펼쳐 오지만, 그마저도 어설픈 데다 또한 한발 늦은 발악에 지나지 않았다.

한데,

"헛!"

닿았다. 절대로 닿지 않을 거라 생각한 순간, 그의 검보다 앞서 천풍의 묵필이 먼저 그의 가슴을 파고들고 있었다.

뭐가 어떻게 된 일인지 판단할 겨를이 없었다.

생각지도 못한 상황에 급급히 검을 거두어들여 천풍의 묵필을 쳐냈다. 하지만 생각지 못한 상황은 그 후로도 계속되었다.

까앙!

"커억!"

그것은 마치 산처럼 거대한 바윗덩이 같기도 했고, 집채만 한 파도 같기도 했다. 검과 묵필이 닿는 순간 항거할 수 없는 힘이 밀려드는 느낌이었다.

아니, 단지 느낌이 아니었다.

이미 단양은 그의 의지와는 상관없이 주르륵 미끄러져 가고 있었다.

기혈이 진탕되어 울혈이 목구멍까지 치솟은 것을 간신히 씹어 삼켰다.

검을 쥔 손은 물론이고, 팔이며 어깨까지 한겨울 찬바람 맞은 강아지 새끼처럼 바들바들 떨렸다.

단양으로서는 정말이지 생전 처음 접해 보는 괴력이었다. 그 한 수로 자신의 판단이 잘못된 것이었음을 절실히 깨달았다.

생긴 것과는 어울리지 않게 시건방지고, 생긴 것답지 않게 입에 걸레를 문 이 눈앞의 사내는 단지 겁대가리를 상실했던 것도 정신이 나갔던 것도 아니었다.

어쩌면 정말로 무당파에 도전할 만한 한 수를 숨기고 있는지도 모른다.

그게 아니라 해도 적어도 유청이라는 어린 도사에게 들었던 '별 시답잖은 어중이떠중이'는 결코 아니었다.

입술을 질끈 깨물어 약해지려는 마음을 다잡았다.

단지 완력인지, 아니면 내력인지는 모르지만 어쨌든 힘에서만큼은 분명 밀렸다. 하지만 비무라는 것은 힘과 힘의 대결만이 아니었다.

힘으로 안 되면 기(技)로 승부하면 되었다. 그리고 기술로만 따지면 그의 사상류검은 유운검법 따위와는 비할 바가 아니었다. 또한 그것이 지금 현재로서 단양이 믿을 수 있는 유일한 무기였다.

그러나 그 하나의 믿음마저도 천풍의 본격적인 공세가 시작되자 모래성처럼 너무도 간단히 부서져 버렸다.

그야말로 단순 무식한 공격이었다.

그가 아는 유운검법은 결코 저런 단순 무식한 검법이 아니었다.

'역시 제대로 된 스승 밑에서 제대로 배우지 못한 티를 내는군!'

잠시 잠깐 그런 생각도 했다.

이 정도면 그에게 충분한 승산이 있다고 가뭄에 단비 같은 희망을 품기도 했다.

그러한데, 허술하기 짝이 없어 보이는데 막상 반격을 하려니 어디서부터 어떻게 반격을 해야 할지 막막했다.

그가 아는 유운검법과는 분명 다른데, 그래서 어설프게만 보이는데 막상 빈틈을 찾으려면 아무것도 보이지 않는다.

'대체 뭐가 어떻게 되어 가는 거야!'

미치고 환장할 노릇이다.

마치 망망대해 속에 홀로 덩그러니 놓인 듯한, 길을 알 수 없는 첩첩의 미로 속에 갇혀 버린 듯한 기분이었다.

잠깐의 희망, 다음은 바로 절망이다.

궁지에 몰린 쥐가 고양이를 깨물어도 결국 고양이 밥 신세가 될 수밖에 없다는 처절한 좌절감…… 괜한 욕심에 화를 자초했다는 때늦은 후회도 밀려든다.

단조문의 차기 주인으로 거칠 것 없이 살아온 그의 인생에서 처음으로 세상사라는 게 뜻대로만 되지 않는다는 회한 어린 깨달음도 있었다.

하지만 인제 와 후회를 해 본들 달라질 것은 아무것도 없었다.

어찌할 바를 몰라 하는 그에 반해 천풍의 공격은 갈수록 거침이 없어졌다.

아니, 갈수록 단순 무식해진다.

괴물 같은 괴력 말고는 깊이도 날카로움도 없는데 오히려 그게 더 무섭다. 한 달 전만 같았어도 어쩌면 지금과 같은 양상은 아니었을지도 모른다.

단양에게는 불운한 일이지만 무림대회에서 천무구룡과 일전을 벌이며 하수를 상대하는 요령을 터득해 버린 천풍이다. 거기에 불운을 하나 더 더하는 것은 천풍은 아직도 상무의 빙의에서 완전히 벗어나지 못하고 있다는 것이다.

그래서 그의 묵필은 천무구룡을 상대할 때보다 훨씬 더 단순 무식했고, 훨씬 더 거침이 없었으며 훨씬 더 그 손속이 잔혹했다.

게다가 천풍은 아직도 화가 덜 풀린 상태였다.

그 혼자의 화라면 손속에 작으나마 인정을 두었을지도 모르지만, 지금 천풍은 임도평의 원한까지 같이 짊어지고 있었다.

강호의 법에 따라 임도평이 맛본 굴욕과 모욕감의 열 배를 갚아 주어야 한다는 사명감으로, 그의 묵필은 희디흰 종이 위를 일필휘지하여 미끄러지듯 그렇게 몰아쳐 단양의 몸에 먹물 대신 핏물을 아로새겼다.

퍼퍼퍼퍼퍼퍽!

그리고 남은 것은 단양의 처절한 곡소리뿐이었다.

제 3 장

도문혈풍(刀門血風)

천극의 서

단양에게 강호의 법과 겸손의 의미를 친절하게 가르쳐 준 다음 날 아침의 일이었다.

"평생 스승님으로 모시겠습니다. 제발 가르쳐 주십시오!"

천풍이 눈을 떠 자리에서 일어나기가 무섭게 그 앞에 무릎을 꿇는 임도평이다. 간절한 눈빛이며 절박한 표정이며 마치 바짓가랑이라도 잡고 늘어질 기세였다.

단양과의 비무 탓이었다.

단양과의 비무가 있고부터 천풍을 보는 눈빛이 달라졌다.

뭔가 할 말은 있는데 차마 못 하겠는지 밤새 끈적끈적한 시선을 보내오는 통에 잠조차 편히 자질 못했다. 그러더니 급기야 이렇게 무릎을 꿇기까지 하는 것이다.

유운검법을 가르쳐 달라고 한다.

그렇게 뛰어난 유운검법은 평생 본 적이 없다고 한다.

"표국주님께는 죄송한 말씀이지만 표국주님의 유운검법에선 이처럼 감동을 해 본 적이 없었는데 소형, 아니, 공자님의 유운검법에는 완전 감동을 했다 이겁니다. 제가 익힌 유운검법이 제대로 된 것이 아니라는 것쯤은 알고 있었지만, 지금처럼 한심하게 느껴진 적이 없었습니다. 이대로라면 저, 공자님의 유운검법이 머릿속에 아른거려서 다시는 검을 잡지 못할지도 모릅니다. 이미 크고 넓은 바다를 보았는데 작고 냄새나는 도랑에서 무슨 재미로 헤엄을 치겠습니까? 그러니 제발 가르쳐 주십시오! 평생 성심성의를 다해서 스승님으로 모시겠습니다!"

애끓는 진심이 절절히도 묻어나는 말이었다.

사실 이렇게까지 감동할 만큼 큰 차이가 있는 것은 아니었다. 그 차이를 느낄 수 있을 만큼 임도평의 재능이 남다른 것도 물론 아니었다.

무공 자체의 차이보다 단양을 압도하던 천풍의 신위에 감동한 것뿐이었다. 거기다 자신의 원한과 울분을 대신 풀어 준 것에 대한 고마움과 대리 만족도 감동을 더하는데 한몫을 한 것이고.

어쨌거나 그렇잖아도 임도평이 수련하는 모습을 지켜보며

많이 안타까웠던 참이다. 임도평의 제안이 너무 갑작스러웠고, 그래서 당혹감도 느끼긴 했지만 거절할 이유가 없었다.

"무당파에 머무는 동안만이라도 괜찮으시다면 제 능력이 닿는 만큼은 조언을 드리도록 하겠습니다. 다만 어디까지나 조언 정도인 거니까 스승이니 가르치니 하는 건 좀……. 저보다 나이도 많으신 분께 스승 소리 듣는 것도 민망하고……."

천풍의 말에 임도평의 얼굴에는 대번에 화색이 돈다.

"정히 그러시면 그럼 형님으로 모시겠습니다!"

"그러니까 저보다 나이도 많으신데 어찌……."

"아닙니다! 사내들 간에 위아래를 논하는 데 나이가 무슨 상관이겠습니까? 도원결의도 나이순으로 정한 것은 아니지 않습니까? 이 아우는 이미 천풍 형님을 형님으로 모시기로 천지신명께 맹세를 해 버렸습니다!"

워낙에 완강한 임도평이다. 자꾸 거부하겠다고 하면 아예 스승님으로 모시겠다는 으름장에 천풍도 결국 못 이기는 척 수락을 할 수밖에 없었다.

그렇게 해서 생각지 않게 동생을 얻게 된 천풍이다.

한데, 방 안에는 그 둘만 있는 것이 아니었다. 고흥과 송문영이 둘이 하는 양을 처음부터 빠짐없이 지켜보고 있었다.

어제 같았으면 같잖다는 듯 콧방귀나 뀌어댔을 그들이건만, 단양과의 비무 이후 천풍을 보는 임도평의 태도가 달라진 것처럼 그들 또한 천풍을 보는 눈이 달라져 있었다.

물론 천풍에 대한 눈이야 달라졌지만 임도평에 대한 시각까지 달라진 것은 아니었다.

실로 한심하다는 눈빛을 보내고 있었다.

염치도 모르고 무공 동냥질이나 해댄다며, 입꼬리에는 비웃음도 걸려 있었다. 하지만 그런 중에도 숨길 수가 없는 것은 어쩔 수 없는 부러움과 시샘이었다.

천풍으로 인해 임도평이 자신들보다 고수가 되어 버리는 건 아닐까 하는 걱정도 있었다.

그러거나 말거나 연방 히죽히죽 웃음을 참지 못하는 임도평이다. 지금 이 순간 임도평은 마음만은 이미 절세의 고수였다.

어쨌거나 그렇게 해서 지루했던 무당파 생활에 소일거리를 얻게 된 천풍은 그날부터 바로 유운검법의 전수를 시작했다.

* * *

임도평을 가르치는 일은 생각보다 쉽지 않았다.

사우와 상무를 가르칠 때를 생각했었는데, 임도평은 사우와 상무와는 재능에서부터 차이가 컸다. 게다가 좋은 스승 밑에서 제대로 배우지 못한 탓인지, 검을 쥐는 법부터 해서 곳곳에 나쁜 습관이 밴 상태였다. 그 나쁜 습관을 일일이 교정해 주면서 하다 보니 동작 하나를 가르치는 데에도 상당히 애를 먹고 있었다.

한데, 그렇게 임도평을 가르치고 있자니 하나둘 구경꾼들이 기웃거리기 시작했다.

건청전 안에는 딱히 숨어서 임도평을 가르칠 만한 장소도 없었고, 천풍이나 임도평도 그런 시선들에는 별로 신경을 쓰지 않았다. 그러다 보니 호기심에, 혹은 어떤 기대감으로 그렇게 하나둘 모여드는 구경꾼들이었다.

그로부터 사흘이 지나자 그렇게 모여든 구경꾼의 수가 무려 스무 명이 넘었다. 천풍이 임도평을 가르치는 시간만 되면 그 장소에 사람들이 몰려들어 눈을 빛내고 귀를 기울여 천풍의 가르침을 경청했다.

아니, 단지 보고 듣는 것만이 아니라 순간순간 궁금한 점이나 의문이 있으면 질문을 던져 오기도 했다. 그것은 마치 유명한 학자의 강연장을 방불케 하는 광경이었다.

천풍은 막힘이 없었다.

황산사에서 수많은 무공서를 읽은 덕에 무리(武理)에는 정통해 있어 그야말로 달변이었다. 질문이 오면 전혀 생각지 못하고 있던 것까지도 술술 풀어내는 통에 간혹 자신이 이런 지식을 가지고 있었나, 자기 자신도 놀랄 때가 있었다.

재밌었다.

'참 한가하군요. 누가 보면 무당파의 검을 보러 온 것이 아니라 무당파의 검을 가르치러 온 건 줄 알겠네요. 이참에 그냥 탈속해서 무당파 제자가 되어 보시는 건 어때요? 무공교두 한

자리쯤은 얻을 수 있을지도 모르잖아요?'

추도향이 매일같이 그렇게 핀잔을 주었지만, 천풍에겐 그렇게 보내는 시간이 상당히 충실한 느낌이었다.

그렇게 보내는 매일의 일상이 또한 즐거웠다.

한데, 그 매일 같던 일상에 약간의 변화가 찾아온 것은 그로부터 이틀 후의 일이었다.

"형님, 그 소식 들으셨습니까?"

그날도 모두와 더불어 하루를 충실히 보낸 천풍은 침상에 누워 내일을 준비하고 있었다. 한데, 오늘따라 유난히 더 힘들었다고 등목이라도 하고 오겠다며 나간 임도평이 머리의 물기도 다 닦지 않은 채로 허겁지겁 달려와서는 그렇게 말하는 것이었다.

"무슨 소식?"

"방금 산서(山西)에서 새로 왔다는 이정량(李亭樑)이란 사람한테서 들었는데 말입니다. 글쎄 감숙성에 있는 도문의 난주(蘭州) 지부가 하룻밤 새에 몰살을 당했다지 뭡니까?"

"도문이 몰살을?"

"예. 감숙 난주 지부의 지부장이라면 도문십이절(刀門十二絕)의 하나인 철장금도(鐵掌金刀) 진문회(陳文會)인데 진문회를 포함해서 칠십 명이 떼죽음을 당했답니다. 더욱 귀신이 곡할 노릇인 것은 그 같은 참변이 벌어지고 있었는데도 인근 주변

에선 아무도 몰랐다고 합니다."

"대체 누가 그런 짓을……?"

"워낙에 소리 소문 없이 벌어진 일인 데다 흉수들의 흔적도 남아 있지 않아 소문만 무성하답니다. 도제가 무한 땅에 도문을 세우는 과정에서 맺은 원한 때문이라고도 하고, 천절문이다 뭐다 어수선한 틈을 타 세력 판도를 바꾸어 보려는 암중 세력의 짓이라고도 하고, 같은 이유로 새외에서 중원을 침범해 온 거라는 말도 있다고 합니다. 아무튼 누가 그랬든 이유가 어떤 것이든, 잔악한 손속이나 흔적 하나 남기지 않는 치밀함 등으로 미루어 보아 이번 한 번으로 끝나지는 않을 거라더군요. 도문의 지부라면 웬만한 문파 못지않은 무력을 지닌 곳인데 그런 곳을 하룻밤 사이에 쥐도 새도 모르게 몰살을 시킬 정도라면 간단히 해결될 일은 아닐 겁니다."

무림이 한바탕 시끄러워질 거라는 말이다.

오랫동안 평온했던 무림에 한바탕 피바람이 분다.

하지만 아직도 무림이라는 세계가 낯선 탓인지, 심히 심각한 얼굴을 한 임도평과는 달리 그러한 일들이 그다지 피부에 와 닿지 않는 천풍이다.

지금 천풍의 머릿속에는 그저 추도향에 대한 걱정뿐이었다.

천풍에겐 다른 세계의 일처럼 현실감이 없는 사건이지만, 도문의 관계자인 그녀에겐 실로 참담한 일일 것이다. 어쩌면 철장금도 진문회을 비롯해 떼죽음을 당한 칠십여 명 중에 그녀와 가족처럼 지내던 사람이 있었을지도 모른다.

과연 그녀도 이 소식을 들었을까?

만일 듣지 못했다면 지금이라도 알려 주어야 하는 것은 아닐까?

생각이 복잡했다.

이 소식을 접하게 되면 과연 어떤 반응을 할지 심히 걱정도 된다.

그간 만난 그 어떤 사내들보다도 강인해 보였던 추도향이고, 이 정도의 일로 흔들리거나 눈물을 보일 여인이 아니라는 것을 알고 있음에도 그간 쌓인 정이 생각보다 무거웠던 것인지 괜스레 안쓰럽고 애처로운 마음이 든다.

그래서 선뜻 추도향을 찾아가기가 망설여졌다.

하지만 천풍의 그 같은 걱정과 망설임은 괜한 것이었다.

이미 건청전 안에 그 소문이 자자한 상태였기 때문이다. 그리고 추도향의 귀는 임도평의 귀보다 훨씬 더 밝았다.

임도평이 천풍에게 그 일을 전하기도 전에 이미 추도향은 도문의 참변을 알고 있었다. 다만 천풍이 그런 것처럼 추도향도 천풍으로 인해 망설이고 있었을 뿐이다.

*　　*　　*

핏빛처럼 붉은 종이였다.

인편을 통해 전달되어 온 서찰 봉투 속에 그것이 들어 있었다.

추도향이 그것을 받은 것은 도문 난주 지부에서 벌어진 살육 소식을 듣고 난 직후의 일이었다.

아무것도 없었다.

거기에는 아무런 글도 적혀 있지 않았다. 하지만 추도향은 그 핏빛처럼 붉은 종이가 무엇을 의미하는지 알고 있었다.

혈인(血印). 도문의 위급을 전하는 신호였고 증표였다.

도문이 위급에 처했다.

난주 지부의 참변 때문일 것이다. 또한 난주 지부 때문만은 아니라는 뜻이기도 했다.

아무리 참담한 살육이 벌어졌고 그로 인해 칠십여 명이 목숨을 잃었다고 해도, 그것이 단지 그 하나로 그치는 것이었다면 그녀의 손에 이렇듯 혈인이 들려 있지는 않을 것이다.

즉, 난주 지부의 참변은 그저 시작일 뿐이라는 뜻이다.

'역시 흉수가 노리는 것은 도문이라는 건가?'

대체 왜?

소문대로 무림의 판도를 바꾸려는 암중세력의 음모일까?

아니면 도문에 대한 원한?

아니, 그전에 중원 땅에서 감히 도문을 상대로 이처럼 무모한 짓을 벌일 만한 세력이 과연 존재하기나 했단 말인가?

그 같은 의문들이야 도문으로 돌아가 보면 알게 될 일이다.

사실 이렇듯 혼자서 고민하고 있을 일이 아니었다. 혈인을 받은 이상 무엇보다 우선해야 하는 것은 도문으로의 복귀인 것이다.

한데, 망설임이 있다.

천풍이 걸렸다.

천풍과 직접 칼을 맞대어 보겠다는 처음의 목적을 아직 이루지 못했다. 무당파와의 비무는 과연 어떻게 될지, 그 후에는 또 어떤 일이 벌어질지도 궁금했다.

그래서일까?

조금도 망설일 일이 아님에도 망설여진다.

이미 무당산을 내려가고 있어야 할 걸음임에도 아직 이렇듯 뭉그적거리고 있는 자신이 이해가 되지 않았다.

그것이 고집인지 미련인지도 구분할 수가 없다.

어쩌면 다시는 못 볼지도 모른다 생각하니 마음은 또 왜 이렇게 허전하고 아쉬운지 모르겠다.

그 같은 감정이 낯설고 어색하기만 한 추도향이다. 그리고 낯설고 어색하다는 것이 왠지 불쾌했다.

아니, 천풍으로 인해 망설여지는 마음 자체를 인정하고 싶지 않았다.

추도향은 망설이는 마음을 애써 떨쳐 버리고 짐을 챙겼다.

그렇게 방을 나선 추도향은 곧장 천풍에게로 향했다.

"떠나신다고요?"

천풍이 어리둥절한 얼굴을 했다. 그러다 문득 짐작 가는 것이 있다는 듯 다시 물었다.

"난주 지부에서 벌어졌다는 그 일 때문입니까?"

추도향이 고개를 끄덕였다.

천풍은 조심스레 그런 추도향을 살폈다.

혹시 그 일로 인해 달리 상처라도 받았을까 걱정했는데 다행히 그런 기색은 보이지 않았다. 죽은 사람 중에 그녀와 친분이 두터웠던 자는 없었던 모양이다.

그래서 한편으로는 마음이 놓였지만, 역시 이로써 그녀와 헤어진다 생각하니 가슴 한구석에 찬바람이 부는 것은 어쩔 수 없었다.

그러고 보면 사람 마음이 찬 간사하다.

지금까진 그렇게도 귀찮고 불편하기만 했는데, 막상 이별이 닥치니 괜스레 애잔하고 각별한 느낌이 든다. 아니, 사람 마음이 간사한 것이 아니라 헤어짐이란 것이 원래 그런 것인지도 모르겠다.

없던 마음도 생기게 하고 몰랐던 마음도 알게 하고 옅었던 마음도 괜스레 짙게 만드는……. 그것은 추도향도 마찬가지인지 천풍을 보는 그녀의 눈빛도 여느 때와 달리 사뭇 감상적이 되어 있었다.

자연스레 둘 사이에는 어색한 정적이 흘렀다. 하지만 그 정적은 길지 않았다.

"무한(武漢)으로 오세요."

어색한 정적을 깨고 추도향이 불쑥 그렇게 말했다.

무한이라면 도문의 총단이 있는 곳이다.

천풍이 어리둥절해하자 추도향이 새삼스럽다는 듯이 물었다.

"설마 이걸로 우리의 약속이 깨어진 것이라 생각하는 건 아니겠죠?"

"……?"

"자루뿐인 검에 다시 날을 채우게 되면 저를 상대해 주겠다던 약속 말이에요. 자루뿐인 검에 다시 날을 채우게 되면 반드시 무한으로 오세요. 그 정도의 신의는 있는 분이라 믿고 있겠어요."

부탁이 아니라 이건 숫제 명령 투였다.

그런데도 싫지 않았다.

그녀의 말투에는 이미 적응도 마쳤거니와 이렇게나마 다시 만날 수 있는 기약이 생겼다는 것만으로도 허전했던 마음이 한결 든든해지는 느낌이었다.

그것은 추도향이라고 별반 다르지 않았다. 이대로 돌아서기가 못내 아쉬운 마음에 뱉어낸 말이었지만, 그로써 끝이 아니게 되었다 생각하니 무겁던 걸음이 한결 가볍고 홀가분했다.

망설임도 지웠고 아쉬움도 털어냈다.

추도향은 그렇게 떠났다.

* * *

추도향이 떠나고 나서도 천풍의 일상은 별반 달라진 것이 없었다.

많은 사람에 둘러싸여 강연을 하듯 임도평을 가르치며 그렇게 하루를 보냈다. 여느 때와 다를 것 없는 일상이었고 모습이었지만, 천풍의 마음은 그렇지가 못했다.

낯선 무림에서 추도향이 얼마나 든든한 길잡이였는지 새삼 깨달았다. 귀찮고 불편해하면서도 그간 얼마나 그녀를 의지하고 있었는지 이제야 알았다. 툭툭 쏘아대던 말투도, 차갑게 쏘아보던 눈빛도 벌써 그립다.

그것이 불안 때문인지 외로움 때문인지는 모르겠지만, 그만큼 그녀의 빈자리는 컸다. 그래서인지 괜스레 조급증이 났다.

무당파에서의 생활이 괜히 더 답답하게 느껴졌고, 그렇게 흘려보내는 시간이 괜히 더 아깝고 무의미하게만 생각되었다.

이렇듯 자신을 방치해 버린 무당파의 무관심에도 짜증이 났다.

차라리 이럴 바에야 추도향의 말대로 옥면신룡이든 천하오절이든 정체를 밝혀 버리는 게 낫겠다는 생각마저 들었다.

그렇게 답답하고 지루한 시간을 보내고 있을 때였다.

그런 답답하고 지루한 일상에 그나마 기분 전환이라도 되는 일이 있었으니, 임도평이 말했던 검술 지도의 날이 다가온 것이었다.

제4장

무당파의 검술 지도

천극의 서

칠십 년간의 봉문으로 인해 현 무림은 무당에게 낯선 땅이었다. 그런 만큼 대외적인 활동을 시작하는 데 있어 무당파가 기댈 수 있는 것은 결국 속가제자의 후손들뿐이었다.

험난한 무림에서 무난한 대외 활동을 하기 위해서는 그들이 필요했다.

아니, 필요한 정도가 아니라 무당파를 위해서라면 목숨도 아끼지 않을 정도로 더없이 든든한 우군이 되어 줘야 했다. 그러자면 무당파에 대한 충성을 보다 공고히 해야 하는데, 그저 형식적인 인사나 나누는 것으로는 결국 형식적인 관계가 될 수밖에 없다.

그래서 생각해낸 것이 검술 지도였다.

그들에게 실질적인 도움이 될 뿐만 아니라, 무당파 제자라는 자부심을 심어 주기에 그것만큼 확실한 것이 없었으니까.

그 중차대한 일을 담당하게 된 것이 올해 나이 마흔둘로 해자 항렬 중에서 가장 젊은 해명(海鳴)이었다.

사형제들 사이에선 산도적 해명이라 놀림을 받을 정도로 해명의 생김은 청정도량의 무당파와는 사뭇 어울리지 않는 것이었다.

눈은 부리부리하고 뚜렷한 정도를 넘어 우락부락한 생김에, 수염은 장비 수염이다. 그런 해명에게 이런 중차대한 임무를 맡긴 이유는, 해명이 생긴 것과는 달리 자상하고 세심한 성품이라 어린 입문제자들의 무공 지도를 담당하고 있었기 때문이다.

* * *

해명은 들떠 있었다.

무공에 대한 순수한 열정을 마주하는 일은 언제나 즐겁고 흐뭇한 일이었다. 더구나 오늘은 늘 대하던 어린 입문제자들이 아니었다.

전혀 새로운 얼굴들이었고 그 새롭다는 것이 그를 더욱더 흥분시켰다.

대연무장에서 기다리고 있을 속가제자의 후손들은 과연 어떤 눈빛을 하고 있을까?

오늘을 손꼽아 기다렸던 것만큼이나 정말이지 기대가 컸다.

"사부님, 시각이 되었습니다."

아침 해가 간신히 산등성을 벗어난 시각, 제자 진유가 그를 독촉했다.

혹여 흠이라도 잡힐까 한 번 더 동경에 얼굴과 옷매무시를 비춰 본 후에야 방을 나섰다.

방에서 나오니 진유가 공손히 머리를 조아린다.

이제 겨우 열다섯, 관건의 예를 마친 것이 불과 두 달 전이고 그의 제자가 된 것 또한 그때였다. 그래서 아직은 사부님이라 부르는 것도, 사부님이라 불리는 것도 어색하기만 한 사제지간이었다.

"그래, 얼마나 모였더냐?"

"예순두 명이었습니다."

"예순둘이라……."

생각했던 것보다 많다.

그가 알기로 어제까지 무당파에 온 속가제자의 후손은 마흔 명이 채 되지 않았다. 하지만 그리 이상히 여길 일은 아니었다.

무당파에 온 손님이 속가제자의 후손만 있는 것도 아니었고, 오늘의 검술 지도 또한 속가제자만 참가할 수 있게끔 자격을 따로 정해 놓은 것도 아니었다. 그도 그럴 것이 워낙에 오래전에 끊겨 버린 관계다 보니, 신분 확인 자체가 쉽지 않은 상태였다.

속가제자 누구의 후손이라 해도 그 누구가 누군지도 모르는 경우가 태반이었다. 그러니 그 후손까지의 관계를 확인하는 것은 사실상 불가능한 일인 것이다.

그래서 아예 신분에 구분 없이 원하는 사람이면 누구나 참가할 수 있게 한 것인데, 그렇다곤 해도 무당파와 관계없는 자가 이렇게 많이 모일 줄은 미처 예상치 못했다.

'칠십 년간의 봉문을 깨고 세상에 나온 무당파에 대한, 무당파 무공에 대한 관심이 그만큼 높고 큰 것이겠지.'

그리 생각을 하며 걸음을 서둘렀다.

그리해 대연무장에 도착하고 보니, 한 무리의 사내들이 필요 이상으로 경직된 표정을 지은 채 그를 기다리고 있었다.

더러는 과도하게 긴장을 하고 더러는 과도하게 의욕을 불태운다.

익숙했다.

똘망똘망 눈을 빛내는 모습은 갓 입문한 제자들의 그것과 별반 다르지 않았다. 그 아이들의 눈빛이 천진함이라면 지금 그를 보는 눈빛은 순박함이다.

개중에는 거친 세파를 헤쳐 오며 세상의 때가 잔뜩 묻은 자들도 있겠건만, 이곳이 무당파라는 특수성 때문인지 아니면 지금의 기분이 그저 유쾌해서인지 해명의 눈에는 모두가 순박해 보였다.

해명은 모두를 쓰윽 한 차례 둘러본 후 입가에 한 가닥 미소를 걸었다. 딴에는 분위기를 다소나마 풀어 보고자 온화한 미소를 보인 것이지만, 워낙에 험악한 인상이다 보니 대연무장 안 사람들의 얼굴은 오히려 더욱 경직되어만 갔다.

그 모습에 온화한 미소는 이내 씁쓸한 고소로 바뀌었다. 그러나 다소 실망은 했지만 크게 개의치는 않았다. 이러한 상황 또한 입문제자들을 가르치며 숱하게 겪었던 일이었으니까. 아니, 차라리 입문제자들보다는 나았다. 그래도 울음을 터트리는 자는 아무도 없었으니 말이다.

어쨌거나 해명은 더 미적대지 않고 입을 열었다.

"오늘 하루, 여러분의 지도를 맡게 된 무당파 이십사 대 제자 해명입니다. 여러분께 조금이라도 도움이 될 수 있도록 부족하나마 최선을 다하겠습니다. 오늘 하루는 시각을 쪼개고 다시 쪼개어 써도 아까우실 테니 인사는 이쯤으로 하고 바로 시작하도록 하지요. 이제 막 사시(巳時)가 지났습니다. 정확히 한 시진 후인 오시(午時)까지 자율 수련의 시간을 갖겠습니다."

해명의 말에 모두가 어리둥절해하는 표정들이다.

검술 지도를 하러 와서, 시간을 쪼개고 쪼개어 써도 아깝다는 것을 알면서 뜬금없이 한 시진이나 자율 수련을 하라니?

어리둥절해하는 모두의 표정을 본 해명이 설명을 덧붙였다.

"오늘 하루 동안 모든 분께 조금이나마 도움이 되어 드리려면 먼저 여러분의 실력을 보아야 하는데, 한 사람씩 개별적으로 확인을 하기에는 시간이 턱없이 부족합니다."

무당파 제자들이 써야 할 대연무장을 며칠이고 사용하게 할 수는 없다. 오늘 하루 개방을 한 것만으로도 무당파 제자들의 수련에 상당한 방해가 되고 있었다.

게다가 해명 역시도 입문제자를 가르쳐야 하기에 시간에서 그리 자유롭지가 못했다.

결국 그들에게 주어진 시간은 오늘 하루뿐이었다.

"그래서 한 시진 동안 자율 수련의 시간을 갖는 것입니다. 그 시간 동안 조금의 소홀함도 없이 여러분의 실력을 지켜볼 것입니다. 그리고 그 후에 제가 느낀 바를 토대로 지도를 시작하도록 하겠습니다. 그러니 저는 의식하지 마시고 평상시 하시던 대로 자신의 진신절기를 마음껏 펼쳐 주시기 바랍니다."

의식하지 말라고 해도 의식이 되지 않을 수 없는 상황이다. 더구나 사람이란 본시 늘 하던 일도 막상 멍석을 깔아 주면 못하기 마련, 모두가 서로의 눈치만 살피며 머뭇머뭇한다.

그때 누군가가 해명에게 물었다.

"듣기로는 오늘 검술 지도에서 실력을 인정받으면 무당파에서 정식으로 무공을 배울 기회를 준다고 하던데 그게 사실입니까?"

사실 배움에 대가를 바란다 하여 혹여 해명의 눈 밖에라도 나게 될까 봐 차마 묻지 못하고 있었을 뿐, 이곳에 모인 모두의 가장 큰 관심사가 바로 그것이었다.

물론 해명은 불쾌해하지 않았다. 오히려 모두의 기대와 열망하는 마음을 충분히 이해한다는 표정으로 고개를 끄덕였다.

"분명 장문인으로부터 그 같은 명이 있었습니다. 오늘 제게 재능과 가능성을 보여 주시는 분은 무당파의 속가제자로서 향후 이 년간 무당파에서 검을 배우게 될 것입니다."

순간, 모두의 눈빛이 달라졌다.

해명으로부터 확언이 있자 언제 머뭇거렸느냐는 듯 누가 먼저랄 것도 없이 자리를 잡고 검을 뽑아 든다. 그들의 눈빛이며 표정에선 해명의 눈에 들어 반드시 무당의 속가제자가 되고 말겠다는 각오가 절절히 묻어나고 있었다.

그들이 진지해지면 진지해질수록, 열정을 불태우면 불태울수록 즐거움이 더하는 해명이다. 하지만 그들의 간절한 마음과는 달리 해명은 그리 큰 기대를 하고 있지 않았다.

무당파의 속가제자라는 것이 무림에선 행세깨나 할 수 있는 명패일지 모르지만, 해명의 위치에서 보면 어디까지나 무당파의 곁가지일 뿐이었고 제대로 된 배움을 얻지 못한 자들이었다. 그런 속가제자들로부터 전수받은 실력들이니 그들의 배움 또한 얼마나 조악하고 얕은 것일지 보지 않고도 충분히 짐작할 수 있었다.

그래도 구색은 맞출 생각이었다.

상징적인 의미에서 하나, 혹은 둘 정도는 선별해 속가제자로 맞아들여야 한 자락 작은 인연이라도 가지고 있는 자들에게 동기부여가 되고, 그래야 그들을 무당파의 입맛에 맞게 길들여 써먹을 수가 있는 것이다.

무당파답지 않은 지나친 정칫속이라 할지도 모르지만, 고고한 이상만을 추구하려 했다면 애당초 다시 문을 열고 무림으로 나오지도 않았을 것이다.

고고한 이상만으로 헤쳐 나갈 수 있을 만큼 무림은 녹록한 곳이 아니었다. 옷에 때를 묻히는 것쯤은 얼마든지 할 각오가 되어 있어야 하고, 그런 각오가 되어 있기에 다시금 문을 연 것이었다.

그러한 속내도 모른 채 자율 수련에 임하는 자들은 여느 때보다 진지했다. 그런 그들의 눈빛은 마치 생사결을 앞둔 듯했고, 그로 인해 대연무장은 삽시간에 치열한 긴장감이 들어찼다.

'호오?'

자율 수련이 시작되고 반 각 정도가 지났을 무렵이었다.

얕보는 마음으로 지켜보던 해명의 눈이 이채를 띠었다.

누구 하나 때문은 아니었다. 자율 수련에 임하는 자들의 검술이 생각보다 높은 수준에 이르러 있었기 때문이었다.

상당히 볼만한 검술을 펼치고들 있었다.

그들이 펼치는 검에는 뜻이 있었고 길이 있었다. 비록 속가의 무공이지만 결코 조악하지 않았다.

얕잡는 마음이 사라졌다.

정말이지 뜻밖이었다.

그만한 경지에 오르기 위해서는 그만큼의 노력이 필요하다는 것을 알기에 그들의 성취가 기특하면서도, 혹시 무당파가 봉문을 하고 있던 동안에 무림이 이렇게나 발전해 버린 것은 아닐까, 무당파만이 우물 안 개구리 신세가 되어 시대에 뒤처져 버린 것은 아닐까 하는 생각에 걱정도 되었다.

그러나 그러한 걱정은 잠깐이었다.

생각보다 좋은 검을 보게 되자 해명의 눈빛도 보다 진지해졌다.

그들이 진심을 다해 검을 연마해 온 것을 알게 된 이상, 그 역시 허투루 대해서는 안 된다는 책임감이 들었다. 마음을 고쳐먹고 비록 하루일지라도 진심을 다해 가르치기로 결심했다.

그리해 매의 눈이 되어 전보다 신중히 그들의 검술을 살피는데, 문득 다른 이들과는 조금 다른 느낌을 내는 부류가 보였다.

다른 이들은 대부분 따로 더 가르칠 것이 없다 싶을 만큼 검법 본연의 동작에 충실한 것에 반해, 다른 느낌을 내는 그 부류는 본래의 검법과는 미묘하게 틀린 동작을 취하고 있었다.

그 부류가 펼치고 있는 검법은 특이하게도 한 종류였다.

유운검법(流雲劍法).

각기 다른 종류의 검을 펼치는 자들은 서로 간에 수준의 차는 있었지만 본래의 검법에 최대한 맞추려 하는 것에 반해, 유운검법을 펼치는 자들은 마치 미묘하게 틀린 그 동작들이 유운검법 본래의 것인 양 그것을 따르기 위해 애를 쓰고 있었다.

'설마 유운검법이 무림에 잘못 전해지기라도 했다는 말인가?'

있을 수 없는 일이었다.

유운검법이 어디 아무 데서나 구해 익힐 수 있는 하오문의 삼류 잡공이던가.

무당파에서 유운검법을 잘못 가르쳤을 리도 없고 속가제자들 또한 유운검법을 잘못 배웠을 리가 없다. 그들 후손에게도 이렇듯 하나같이 잘못된 것이 전해졌을 리는 더더구나 만무한 일이다.

'하면 대체 어찌 된 일이란 말인가?'

한데, 유운검법을 펼치는 자들 중에 유난히 그 정도가 심한 자가 있었다.

조금 전 실력을 인정받으면 무공을 배울 기회를 주느냐고 물었던 바로 그자였다. 그러고 보면 유운검법을 펼치는 자들 중 하나는 그자의 동작을 힐긋거리며 따라 하기까지 하고 있었다.

'저자가 원흉이로군.'

어떻게 된 상황인지는 모르지만 원인을 찾자면 분명 저자와 연관이 있는 것이 틀림없었다.

"저자가 누군지 아느냐?"

제자 진유에게 물었다.

이미 해명의 지시로 여기에 모인 자들의 신상을 파악해 두었기에 진유가 그 즉시 대답했다.

"산동 금봉표국의 표두 임도평이라는 자입니다."

진유의 대답에 살짝 미간을 찌푸리는 해명이다.

금봉표국이라는 이름도 생소했고 임도평이란 이름도 낯설었다.

"누구에게 가르침을 받았다고 하더냐?"

"자세히는 모르지만 금봉표국의 표국주가 본파의 속가인 섬전검 이학충의 조카입니다."

해명의 찌푸려진 미간에 주름 하나가 더 생겼다.

별호는 그럴듯해 보이는데 이학충이란 이름도 낯설기는 마찬가지다. 그래도 하나 이해가 되는 것은, 이학충의 조카도 아니고 조카의 수하라면 임도평이란 자가 유운검법을 제대로 된 과정을 통해서 배운 것은 아닐 거라는 사실이다. 미묘하게 틀린 동작인 것도 그러한 이유에서일 것이다.

다만 한 가지, 그럼에도 이해가 안 되는 것은 그렇게 근본도 없는 자가 어떻게 저들 무리 속에서 저만한 영향력을 가지게 되었느냐 하는 거였다.

대체 저자의 무엇이 근본부터가 틀려먹은 유운검법을 모두가 따라 하게끔 한 것인지 도무지 짐작조차 할 수가 없다.

'설마하니 저 엉터리 유운검법에 달리 뭔가 특별한 구석이라도 있단 말인가?'

혹시나 하는 마음으로 임도평의 검술을 살폈다.

하지만 아무리 눈을 씻고 찾아봐도 특별한 구석이라곤 보이지 않았다. 그의 눈에는 그저 엉터리 유운검법일 뿐이었다.

'역시 애초에 배우길 잘못 배웠던 것인 게지.'

풀리지 않는 의문들은 여전했지만 결국 그렇게 결론을 내린 해명은 어디를 어떻게 얼마나 잘못 배웠는지를 확인하기 위해 조금 더 임도평의 검술을 지켜보았다. 그런 후 임도평에게로 다가가 말했다.

"장홍관일(長虹貫日)은 그렇게 하는 것이 아니네. 들어 올릴 때는 하늘을 꿰뚫을 듯 검 끝이 천공을 향해야 하고 내려칠 때는 서푼의 힘을 남겨야 만하석조(晩霞夕照)로의 이어짐을 부드럽게 할 수 있는 것이네. 만하석조 또한 잘못되긴 마찬가지. 오른발을 내디딜 때는 두 치의 과함이 있고 베어 갈 때의 힘은 두 푼의 모자람이 있네."

해명의 지적이 갑작스러웠는지 임도평이 멀뚱멀뚱한 얼굴을 했다.

그러거나 말거나 해명의 지적은 계속해서 이어졌다. 유운검법 삼십육식을 하나도 빠짐없이 짚어내는 통에 그 설명은 장황하기까지 했다.

그럴 수밖에 없는 것이 임도평 하나만을 위한 것이 아니기 때문이다.

한 발을 잘못 내딛으면 그 잘못된 발을 되돌리기 위해서 두 발을 뒤로 물려야 하는 노력이 필요한 것이 무공이란 것이다. 한데 유운검법을 익힌 자들은 어떤 이유에서인지 너무도 경솔하게 그 잘못된 길을 가려 하고 있었다.

그들이 더 큰 후회를 하지 않게 하기 위해서라도 지금 이 자리에서 확실하게 고쳐 줘야 할 필요가 있었다.

하지만 그런 해명의 선의를 너무도 몰라주는 임도평이다.

동작 하나까지 세심하게 짚어 줬는데도 시종일관 잘 모르겠다는 표정이다.

아니, 잘 모르겠다는 것이 아니라 해명의 지적을 전혀 납득하지 못하겠다는 얼굴이었다. 심지어 그 눈은 해명을 마치 잔소리 심한 시어머니 보듯 한다.

'잘못 배운 것이 단지 유운검법만은 아니었던 모양이군.'

배우려는 자세부터가 틀려먹었다.

불쾌했다.

불쾌함과 더불어 임도평의 검이 얼마나 잘못된 것인지 깨닫게 해 주어야겠다는 오기도 생겼다.

"백문이 불여일견이요 백견이 불여일행이라. 아무래도 말보다는 직접 그 몸으로 느껴보는 것이 좋을 듯하군. 진유야. 목검을 가지고 오거라."

그렇게 해서 대연무장에 때아닌 지도 대련이 시작되었다.

* * *

사람들이 걸음을 물려 대연무장에 대련 공간을 만들었고, 그 공간에 임도평과 해명이 마주하고 섰다.

해명이 임도평에게 말했다.

"유운검법은 누대에 걸쳐 고쳐지고 다듬어진, 이미 완성되고 검증된 무공이네. 동작 하나마다 그만의 뜻이 있고 그만의 도가 깃들어 있는 것이지. 그런 만큼 바르게 익혀야 하네. 바르게 익혀야 그 뜻과 도를 온전히 검에 실을 수가 있거든. 분명히 말하지만 자네가 익힌 유운검법은 바른 것이 아니네. 어찌하여 그런 엉터리를 몸에 익혔는지는 모르겠지만, 그리해서는 결코 유운검법의 오의를 깨칠 수가 없을 것이네."

비단 임도평에게만 하는 말이 아니었다.

유운검법을 익힌 모두에게 하는 말이었다.

하지만 임도평의 표정은 여전히 뚱했다.

그의 유운검법이 잘못되었다며 해명이 지적한 부분들은 이미 그가 익히 알고 있던 것들이었다.

표국주 이원정에게 어깨너머로 배웠던 유운검법과 크게 다를 것이 없었다. 어쩌면 해명의 말대로 그것이 바른 것일지는 모르지만, 그것이 천풍이 가르쳐 준 엉터리 유운검법보다 뛰어난 것이라고는 인정할 수가 없었다.

단양과의 대결에서 보여 준 천풍의 유운검법에 이미 눈도 마음도 완전히 사로잡혀 버렸기 때문이다.

해명이 시범 삼아 보여 주고 있는 유운검법보다 단양을 상대로 신위를 떨치던 천풍의 엉터리 유운검법이 단연코 강해 보였다.

그것이 왜 강한지, 어째서 그리되는 것인지는 아직도 이해 불가지만 어쨌거나 천풍의 유운검법은 그를 반하게 만드는 뭔가가 있었다.

그러니 어찌 해명의 말이 곧이곧대로 들리겠는가.

고지식하고 고리타분하게만 들렸다. 심지어 자기 것만 옳다 하는 편협한 말투에 무당파에 대해 가졌던 경외의 마음조차도 한풀 꺾여 버리는 기분이었다.

워낙에 자신의 감정을 숨기지 못하는 임도평이다. 그 같은 마음이 고스란히 얼굴에 드러났고 그것을 해명도 보았다.

울컥 화가 치밀어 올랐다.

어디까지나 선의에서 한 말이었다. 이렇듯 시간을 할애하는 것 또한 그들을 위함이건만, 고마워는 못할망정 이 무슨 오만불손한 태도란 말인가.

아마도 이럴 때 가장 적합하게 쓰일 말이 문답무용일 것이다.

긴말이 필요 없었다.

"유운성월(流雲星月)부터 시작하지. 자, 그럼 들어와 보시게."

그 순간, 그들의 무지에 안타까워하던 자상한 스승은 더 이상 거기에 없었다. 그저 이 무식하고 무례한 자에게 사문의 어른으로서 따끔한 훈계를 해야겠다고 마음을 고쳐먹은 엄한 스승만이 있을 뿐이었다.

그러나 임도평은 해명의 그 같은 심경의 변화도 알지 못한 채 한껏 상기된 얼굴을 하고 있었다.

아무리 무낭파에 대한 경외의 마음이 전과 같지 않다고 해도 해명이란 존재는 그에게 있어 하늘처럼 높고 까마득한 존재였다.

한데 천풍에 대한 믿음이 그만큼 굳건하기 때문일까, 아니면 그저 순간의 객기인 것일까?

막상 이렇게 마주하고 보니 구름 위의 존재로만 생각되지 않았다. 손을 뻗으면 얼마든지 닿을 수 있을 것만 같았다.

'까짓 안 될 건 또 뭐 있어!'

어디서 그런 자신감이 생겨나는 것인지, 천풍으로부터 배운 유운검법이라면 충분히 해볼 만하다는 생각마저 들었다.

그런 생각을 하니 미리부터 기분이 좋다.

고작 지도 대련일 뿐이지만 여기서 해명을 이겨 버린다면, 아니, 이기지는 못한다 하더라도 그를 곤란케만 할 수 있어도 임도평이란 이름 세 글자는 더 이상 이름 없는 표국의 이름 없는 표사의 것이 아니게 될 것이다.

'그래, 까짓 안 될 게 뭐 있겠냐고!'

그리해 힘껏 발돋움을 하며 외쳤다.

"유운성월!"

하나, 정확히 반 호흡만큼의 검을 휘둘렀을 때, 그는 자신의 꿈이 얼마나 터무니없고 얼토당토않은 망상이었는지 뼈저리게 통감해야 했다.

"헉!"

어떤 항거할 수 없는 힘이 밀려든다 싶더니,

"크윽!"

눈앞이 번쩍한다 싶은 순간 옆구리에 아찔하리만큼 극심한 통증을 느끼며 튕겨져 날아갔다.

뭐가 어떻게 된 상황인지 알아차릴 새도 없이 간신히 신형을 추스르자니 해명의 근엄하고 위압적인 목소리가 귀를 파고들었다.

"유운성월은 어디까지나 다음의 전제비홍(電制飛虹)을 보조하기 위함이니만큼 공이 삼이요, 수가 칠이어야 하는데 자네는 유운성월에 일격필살의 기세를 담으니 그만큼 물러섬이 느려 반격에 대비치를 못하는 것이네."

뭐가 어떻게 된 상황이었는지를 모르니 해명의 훈시가 마음에 와 닿지 않기는 처음이나 지금이나 매한가지였다.

하지만 정신은 번쩍 들었다.

조금 전에 가졌던 자신감이 얼마나 무모한 것이었는지도 알았고, 그 바람에 해명이 얼마나 화가 나 있는지도 알았다.

“이제 전제비홍이군. 알다시피 전제비홍이야말로 지극히 공격 지향의 초식인 만큼 마음껏 들어와 보시게.”

가볍게 말아 올린 미소나 여유롭게 내려뜨린 목검에서 임도평은 해명이 아주 제대로 작심을 하고 있다는 것을 느꼈다.

그러고 보니 새삼 산도적 같은 저 얼굴이 예사 인상이 아닌 것 같다는 생각이 들었다. 이대로라면 정말이지 피가 튀고 살이 찢기는 지도 대련이 될지도 모른다는 생각에 벌써 등허리가 서늘하게 젖어 왔다.

그러나 물러서지 않았다.

금봉표국이 워낙에 이름 없는 작은 표국이다 보니 표행길에 산적을 만나는 것은 예삿일이었다. 개중에는 해명보다 더 험악한 얼굴을 한 자들도 있었고, 그런 자들을 만날 때마다 피가 튀고 살이 찢기는 일 또한 늘 있는 일이었다.

거기에 비하면야 가혹한 매질이야 당할망정 죽을 일은 없을 테니 해명 쪽이 훨씬 나았다.

더구나 무모하고 얼토당토않은 망상이었을지언정 완전히 희망을 버린 것은 아니었다. 절망스런 상황 속에서도 그 한 가닥 희망만은 놓지 못하는 것은 천풍에 대한 믿음 때문이었다.

비록 짧은 시간이었지만 그 사이 천풍은 그의 안에 너무도 깊고 크게 들어와 있었다. 어린 시절 베풀어 준 표국주 이원정의 작은 은혜에 보답하는 것만이 삶의 이유였고 목적이었을 만큼 우직한 성정의 임도평인만큼 처음으로 사내로서, 무인으로서 꿈을 가지게 해 준 천풍에 대한 믿음이 이 정도의 위협에 흔들릴 리가 없는 것이다.

'아무렴 천풍 형님이 가르쳐 준 것이 잘못된 것일 리가 없지!'

그것을 의심하는 것 자체가 천풍에 대한 배신처럼 느껴져서 마음을 더 굳게 먹었다.

그가 해명을 당해내지 못하는 것은 유운검법이 잘못되어서가 아니라 그저 해명과의 실력 차이일 뿐이다!

그리해 다시금 검을 들어 올렸다.

"전제비홍!"

이윽고 땅을 박차 올랐다.

물론 의지를 높이 세워 부당함에 당당히 맞선다고 해도 결과는 별반 달라질 것이 없었지만 말이다.

퍽!

"크!"

콰당!

퍽퍽!

"크헉!"

우당탕!

해명의 매질 또한 갈수록 더 매섭고 가혹해질 뿐이었지만 말이다.

그렇게 삼식육식 중 절반을 넘었을 때였다.

임도평은 어디 한 곳 멀쩡한 곳이 없을 만큼 만신창이가 되어 있었다.

매에는 장사 없다고 했다.

임도평도 크게 예외는 아니었다. 오기와 고집으로 억지스럽게 버티고는 있지만 처음의 굳건했던 눈빛이 아니었다.

흔들리고 있었다.

단지 가혹한 매질에 기가 꺾여서가 아니었다. 해명 앞에서 너무도 무기력한 자신의 검 때문이었다.

까짓 안 될 게 뭐 있겠냐며 덤벼들었지만 막상 맞대고 보니 해명의 검은 태산처럼 크고 바위처럼 단단했다.

태산처럼 크고 바위처럼 단단한 해명의 검 앞에서 자신의 검은 바위를 깨려는 계란이었고 태산을 옮기려는 젓가락이었다.

해명의 적수가 되지 못하리라는 것은 이미 알고 있었지만, 그래도 이 정도로까지 무기력할 줄은 생각지 못한 탓에 지금 그가 느끼고 있는 것은 그저 아득한 좌절이었다.

더불어 천풍에 대한 믿음이 흔들린 것은 너무도 당연한 일이었다.

'어쩌면 천풍 형님이 가르쳐 준 유운검법은 본래의 유운검법보다 뛰어난 것이 아니었는지도 몰라.'

돌이켜 생각해 보면 천풍에게 반했던 것도 단양을 상대로 보여 준 그 위풍당당한 신위에 반해서였지 검술 자체에 반해서는 아니었다. 천풍이 뛰어난 것과 천풍의 검이 뛰어난 것은 일맥상통하는 듯 보이지만 엄밀히 따지면 다른 것이었다.

고수에게 천하의 보검과 일개 나뭇가지가 별반 다를 것이 없는 것처럼, 허술하고 부족한 검술도 누가 펼치는가에 따라서 천하의 절기로 보일 수도 있는 것이다.

다시 말해 그 대단해 보였던 천풍의 유운검법도 천풍이 펼치기에 대단해 보였던 것이지, 실상은 해명의 말대로 허술하고 부족하고 불완전한 검법일지도 모른다는 것이다.

'기본만큼 중요한 것이 없다고 했는데…… 역시 내가 너무 바보 같은 생각을 하고 있었던 건가?'

그러한 불신은 다른 사람들이라고 다르지 않았다.

아니, 직접 매를 맞고 있는 임도평보다 먼저 그 눈에 불신을 담았고 그 마음에 의심을 품었다. 그리고 지금, 임도평을 교본 삼아 해명의 지도에 충실히 귀를 기울이고 있는 그들의 마음 속에서 천풍은 그저 사기꾼일 뿐이었다.

그로 인해 해명의 화는 처음보다 많이 풀려 있었다.

무지를 깨우쳐 길을 밝혀 준다는 것, 스승된 자의 가장 큰 보람이요 즐거움이다. 지금껏 온 마음을 다해 어린 입문제자들을 가르친 것도 그 속에 이러한 유희가 가득 있었기 때문일 것이다.

뿌듯했다. 뿌듯한 만큼 화는 풀렸고 그의 손속에도 차츰 인정이 더해졌다.

'이 정도 했으면 되었겠지.'

임도평의 불손한 태도에 버르장머리를 고쳐 주겠다 마음을 독하게 먹긴 했지만, 이는 어디까지나 잘못 익힌 검을 바로잡아 주겠다는 좋은 취지에서 시작된 지도 대련이었다.

임도평을 위시해 이곳에 모인 자들에게 검법이란 결코 허술히 익혀서는 안 되는 것임을 깨닫게 해 주었고, 또한 그 마음에 경각심을 일깨워 주었으니 목적은 달성한 셈이었다. 더구나 임도평에게만 너무 많은 시간을 할애하는 것은 공평치도 못했다.

그리해 열여덟 번째 초식인 천간풍뢰(天干風雷)를 마지막으로 지도 대련을 마무리 지었다. 물론 마지막인 만큼 한 번 더 바른 무공, 바른 초식을 강조하는 것도 잊지 않았다.

"천간풍뢰는 상대의 왼쪽 어깨부터 오른 손목까지 내리그어야 하는 큰 동작이네. 그런 만큼 힘에 치중하기 쉬우나, 힘이 아니라 이름 그대로 바람처럼 표홀해야 하고 뇌전처럼 빨라야 하는 것이 이 천간풍뢰의 요결이네. 한데 자네는 힘에만 치중해서 속도를 놓치니 지금처럼 간단히 목을 내주는 형상이 되는 것이지. 자네가 얼마나 잘못된 검을 익히고 있었는지 이젠 알겠는가? 무릇 상승이란 기본에서부터 시작되는 것이고 기본에 충실함이야말로 곧 상승으로 가는 첩경이네. 유운검법이 비록 그 자체로 상승의 무공은 아니라 하나 바르게 익혀 그로써 일가를 이룬다면 무인으로서 얼마든지 웅지를 펼칠 수가 있을 것이네. 그뿐만 아니라 언젠가 상승의 길을 볼 수 있을지도 모르지. 그러니 괜한 조급함에 왕도가 아닌 사도로 빠져서는 안 될 것이네. 그것이야말로 무인에게 가장 불행한 일일 테니까 말이야."

힘이 넘치는 목소리였다.

얼굴에는 우쭐해 하는 기색마저도 있었다.

그러나 해명으로서는 참으로 기분 좋게 마무리될 수 있었던 지도 대련은 불쑥 끼어든 불청객 하나로 인해 완전히 망쳐지고 말았다.

"저기……."

기어들어 가는 목소리였다.

그리고 사람들의 틈새로 삐죽이 얼굴을 내민 자는 다름 아닌 천풍이었다.

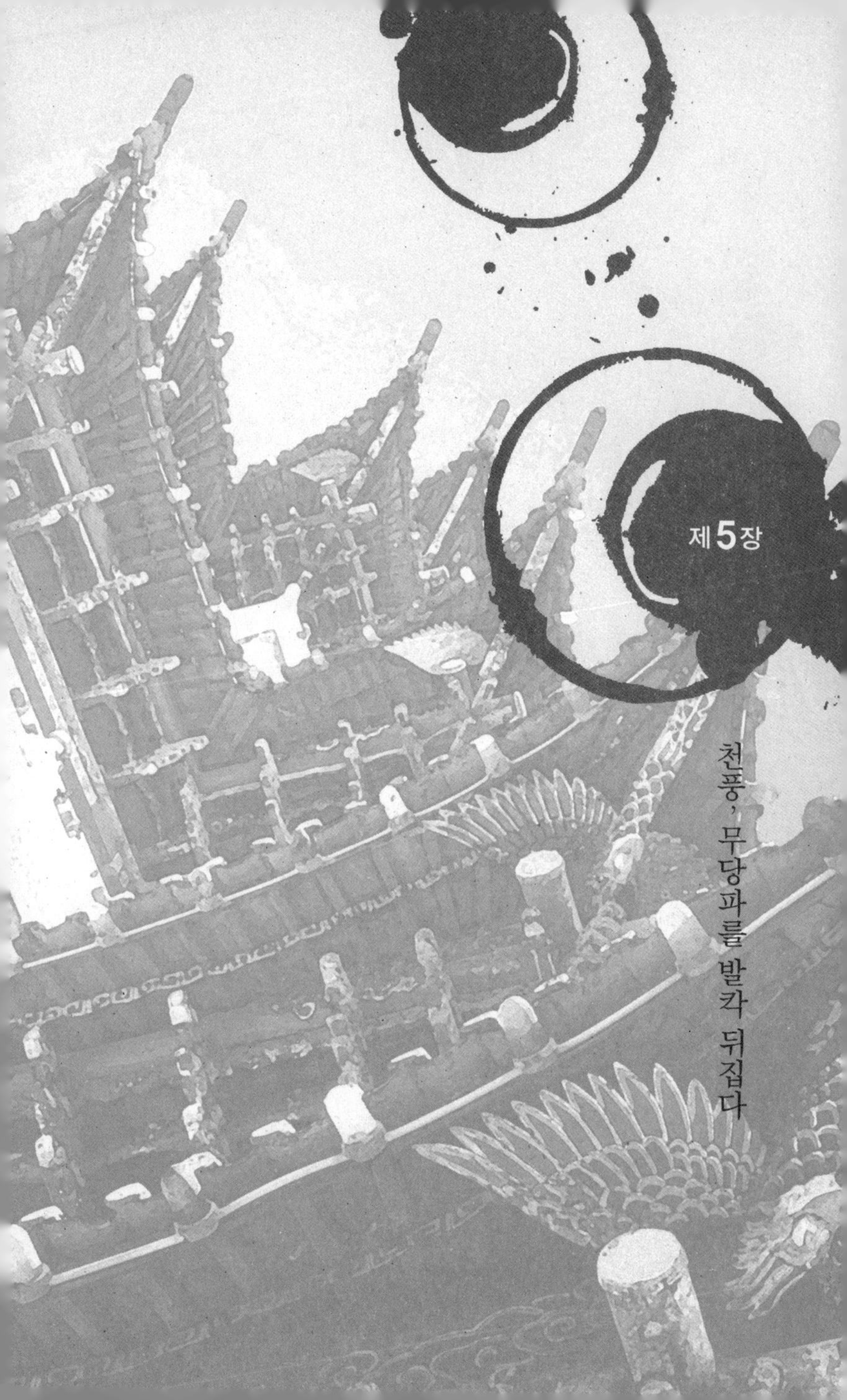

제5장

천풍, 무당파를 발칵 뒤집다

천극의 서

오늘의 검술 지도는 신분에 제약을 두지 않은 탓에 두 부류로 나뉘어 있었다.

한 부류는 임도평처럼 검술 지도를 받고자 참가한 속가제자의 후예들이고, 그저 호기심에 구경 나온 부류가 또 한 부류였다. 그리고 호기심에 구경 나온 그 한 부류는 검술 지도가 시작된 후 자연스레 뒤로 물러나 한쪽 구석에 옹기종기 모여 앉아 있었다.

기어들어 가는 듯한 작은 목소리는 바로 거기에서 들려왔다.

해명이 무슨 일인가 싶어 목소리가 들려온 곳을 보고 있자니 엉거주춤한 모양새로 몸을 일으키는 자가 있었다.

"무슨 일인가?"

그저 뒷간이 급한가 싶었다.

입문제자들을 가르치다 보면 더러 뒷간이 급한 아이가 저런 모양새로 소심히 손을 들고는 했다. 한데, 이어서 들려온 대답은 그가 생각했던 것과는 전혀 다른 것이었다.

"저기…… 천간풍뢰는 속도보다 힘에 무게를 두는 것이 낫다고 생각됩니다만……."

"뭐?"

"도평 아우가 간단히 목을 내준 것도 단지 힘에만 치우쳐서가 아니라, 오히려 아직 서투르다 보니 힘을 온전히 담지를 못해서라 생각됩니다만……."

"……."

"그러니까 이렇게 머리 위 주먹 하나만큼의 간격을 유지한 채 지면과 칼등이 수평이 될 때까지 들어 올린 다음, 중심선에서 이만큼 비켜나서 쥐어짠다는 느낌으로 칼을 비틀어……."

시키지도 않았는데도 요결을 중얼거리며 천간풍뢰의 시범까지 보인다.

어이가 없다 못해 헛웃음마저 터져 나올 판이다.

그렇게 그 불청객이 하는 모양새를 지켜보던 해명이 가소롭다는 듯 물었다.

"그러니까 자네 말은 내가 천간풍뢰를 잘못 가르치고 있다는 것인가?

"천간풍뢰도 그렇지만 처음의 유운성월도 공이 삼, 수가 칠로 수비에 치중할 것이 아니라 공격이 최선의 방어라는 기세가 담겨야 다음의 전제비홍을 보다 매끄럽게……."

"허!"

결국 헛웃음을 터트리고 마는 해명이다.

이 불청객의 말인즉슨 하나에서 열까지 자신의 가르침이 모두 잘못되었다는 것이었다.

처음에는 대꾸할 가치도 없는 억지라 생각했다.

그래서 호통이나 쳐주고 물리치려 했다.

한데, 주변 분위기가 이상했다.

자신에게 집중되었던 시선들이 일제히 그 불청객에게로 옮겨졌는가 하면, 그 시선들에는 어떤 기대와 설렘이 있었다. 심지어 임도평은 마치 새끼 고양이가 어미 고양이 보듯 한다.

호통쳐 물리치려던 마음을 접고 제자 진유에게 물었다.

"저자는?"

해명의 물음에 진유가 기다리고 있었다는 듯 대답했다.

"절강에서 온 소천풍이란 자입니다."

진유의 대답에 소천풍이란 이름을 더듬어 보는 해명이다.

'소천풍이라…….'

생소한 이름이다.

"얼마 전 본파의 검을 보겠다며 도전을 청해 온 자가 바로 저자입니다."

불쾌하다는 듯 미간을 찌푸리며 덧붙이는 진유의 말에 해명이 '아!' 하며 감탄성을 토한다.

들은 기억이 있었다.

하지만 봉문을 깬 후로 어중이떠중이들의 무모한 객기야 더러 있었던 일이라 별 관심을 두지 않았다.

'저자가 바로 그자라고?'

호기심은커녕 기억에서마저도 간단히 지워 버렸던 존재지만, 이 자리에서 이렇게 마주하고 보니 느낌이 새로운 거야 당연했다.

한데, 이상한 일이었다.

이 불청객이 무당파에 감히 도전장을 내민 그 무모한 객기의 주인공이 맞는다면 무당파의 속가는 아니라는 것인데, 어찌 무당파의 무공에 대해 저리도 아는 척을 한단 말인가? 그것도 입문제자들에게 무공을 가르치고 있는 자신 앞에서?

무당파의 속가도 아닌 자가 무당파의 검을 알고 있을 리가 없다.

무당파의 검을 모르면서 저리도 아는 척을 하는 것은 사기꾼이거나 자신을 놀리는 것, 둘 중 하나라고밖에는 생각이 들지 않았다.

'아니면 둘 다거나…….'

사기꾼이 자신을 놀리고 있는 것…… 아니, 주위 반응들을 미루어 짐작해 보건대, 자신뿐만 아니라 임도평을 비롯한 속가제자들 모두가 그의 농간에 놀아나고 있다고 보는 것이 맞을 듯했다.

'그러니까 엉터리 유운검법의 진정한 원흉은 저 사기꾼의 소행이라는 것이로군.'

생각이 거기까지 미치자 다시금 화가 치미는 해명이다.

'대 무당파를 상대로 감히 장난질이라……?'

목숨 줄을 대여섯 개쯤은 달고 있단 말인가? 아니면 무당파를 그만큼이나 우습게 여기고 있단 말인가? 그도 아니면 지난 칠십 년 사이 무당파가 그만큼이나 만만해졌단 말인가?

저 소천풍이란 자가 대체 무슨 의도로 이런 해괴한 짓을 벌였는지는 모르지만, 무당파의 명예를 위해서라도 이대로 대수롭지 않게 넘길 일이 아니었다.

설혹 저 소천풍이란 자가 상대할 가치조차 없는 별 볼 일 없는 사기꾼에 불과하더라도 지금 이 자리에서 확실하게 해 두지 않으면, 티끌처럼 작은 오물은 순식간에 집채만큼 커져서 무당파의 이름을 더럽히게 될지도 모른다.

"좋네. 자네가 그렇게나 유운검법에 대해 잘 알고 있다면 내게도 한 번 가르쳐 줘 보시게. 내 성심껏 배워 보도록 하지."

무당파의 검을 보겠다며 무당파를 찾은 자에게 오히려 무당파의 검을 보여 달라며 비무를 청하고 있으니 주객전도가 따로 없다.

스스로 생각해도 어이가 없을 지경이지만 소천풍이란 자의 허튼소리를 깔끔하게 눌러 버리기 위해서는 그것이 최선이었다.

물론 그런 한편으로는 '설마하니 자신의 도전에 응할까?' 하는 마음도 있었다.

입이 가벼운 사람이 본시 그렇듯이 결국 말만 번지르르할 뿐, 행동은 굼뜨고 용기가 없는 법이다. 게다가 앞서 임도평이 호되게 당하는 것을 보았을 터이니 이내 꼬리를 내릴 거라 생각했다.

하지만 웬걸,

"그럼 부족하나마 제가 아는 바를 보여 드리도록 하겠습니다."

짐짓 겸양까지 떨고는 임도평으로부터 목검을 건네받는다.

울며 겨자 먹기 식으로 마지못해 그러는 것이 아니었다. 정말로 해명에게 유운검법을 가르치기라도 하려는 듯한 태도였다.

해명의 어이없음이야 말해 무엇하랴.

과연 이자가 제정신이긴 한 건지 그마저도 의심이 들 지경이었다.

"먼저 유운성월부터 시작하도록 할까요?"

쑥스러운 듯 뒷머리를 긁적이고는 목검을 들어 올리는 모습을 보니 다시금 울컥 화가 치밀어 오른다.

해명은 단순하게 생각하기로 했다.

풀리지 않는 의문들과 의심과 괴이쩍음……. 그 모든 것들의 해답을 찾는 가장 간단하고 확실한 방법은 역시 검을 맞대 보는 것이다. 그리하면 덤으로 지금 울컥 치밀어 오르는 노기도 시원스레 달랠 수 있을 것이다.

그리해 해명도 목검을 들어 올렸다.

'호언장담대로 그 엉터리 유운검법에서 배울 것이 단 하나라도 있다면 내 진정을 다해 성실히 배우겠지만 그게 아니라면…… 그 호언장담이 미친놈의 광언이었든 사기꾼의 허언이었든 그저 짓궂은 농이었든 간에 그 대가를 톡톡히 치러야 할 것이다!'

살면서 이렇게 독하게 마음을 먹었던 적은 없었다.

십 년 전쯤인가, 스승으로부터 물려받은 단 하나의 유품인 진서 도덕경에 갓 입문한 코흘리개 어린 제자가 낙서를 하고, 그것으로도 모자라 뒷간에다 내다 버리려 했을 때도 지금만큼은 아니었던 듯싶었다.

들어 올린 해명의 목검에는 그렇게 살기에 근접한 독기가 물씬 머금어지고 있었다.

그러나 해명의 그 같은 독기는 천풍의 검이 유려한 움직임을 시작한 순간, 씻은 듯이 사라지고 말았다.

'이게 대체……?'

유려한 움직임은 때로는 격한 파도가 되고 때로는 한가로운 봄날의 춘풍이 된다. 그러한 변화가 이어질수록 해명의 마음 속 독기는 파도에 부서지고 춘풍에 흩날려 흩어졌다.

검을 맞대어 보면 모든 의문과 의심과 괴이쩍음이 사라질 거라 생각했던 것과는 달리, 오히려 더 많은 의문과 의심과 괴이쩍음이 머릿속 혼란을 더했다.

과연 이것이 유운검법이 맞는 것인가?

분명 유운검법이긴 한데 왜 이다지도 생소한 것일까?

엉터리는 결코 아니다.

만일 엉터리라면 이 검이 이토록 무서울 리가 없다.

이토록 막막할 리도 없다.

또한 자신이 이토록 무기력하게 느껴질 리도 없다.

이게 대체 다 무슨 일이란 말인가?

아무리 찾으려 해도 해답을 구할 길 없는 의문들…… 그중 무엇보다 가장 큰 의문은 바로 이 눈앞의 사내였다.

이름은 안다.

어디에서 왔는지도 안다.

하지만 그것만으로는 충족되지 않는다.

'대체…… 대체…… 대체…….'

해명의 머릿속을 가득 채우고 있는, 그래서 그를 중첩된 혼란 속에 구겨 놓고 있는 바로 그것!

"대체 그대는 누구인가?"

대체 누구란 말인가.

적어도 지금 해명에겐 태극혜검의 오의보다도 더 궁금한 것이었다.

"저는…… 소천풍이라 합니다만……."

해명의 간절함이 어찌 이름 석 자를 듣고자 하는 것이겠는가.

소천풍이란 이름은 이미 알고 있다.

하물며 절강에서 온 것도 안다.

"나는 그대가 누구인지 물었네!"

해명의 반복된 질문에 선뜻 이해를 못 하겠다는 표정의 천풍이다.

그러거나 말거나 해명은 잡아먹을 듯이 노려보고만 있다.

그렇게 꽤 긴 시간이 흘렀다.

검술 지도도, 유운검법도 이미 뒷전이 되어 있었다.

처음에는 갑작스레 들어찬 긴장과 그 같은 변화에 어리둥절해하기만 하던 천풍의 눈이 차츰 왠지 모를 갈등으로 흔들리기 시작했다. 갈등의 빛을 띠기까지는 길었지만 정작 갈등은 그리 길지 않았다.

이윽고,

"저는……."

천풍이 입을 열었다. 그리고 그의 입에선 그 누구도 생각지 못한, 이곳에 모인 모든 이들의 귀를 의심하게 할 만한 이름 하나가 흘러나왔다.

"저는…… 절강에서 온 소천풍임에는 틀림없습니다. 하나, 굳이 다른 이름을 대라시면…… 강호에선 더러 옥면신룡이라 부르기도 한다더군요. 천절문의 문주이기도 한 것 같고……."

그리해 발칵 뒤집혔다.

이곳에 모인 이들만이 아니라 무당파 전체가.

옥면신룡이란 이름 앞에서는 수십 년 세상과 연을 끊었던 청정도량의 무당파마저도 태연할 수가 없었다.

*　　*　　*

당연하게도 그 소식은 무당 장문인 해천의 귀에 가장 먼저 들어갔다. 그리고 그 소식을 물어다 안긴 것은 다름 아닌 옥면신룡의 이름을 가장 가까이에서 가장 먼저 듣게 되었던 해명이었다.

"옥면신룡이라…… 정녕 그자가 옥면신룡이 맞더냐?"

해천의 물음에 해명이 대답했다.

"옥면신룡이 천하오절의 전인이고 강호에 알려진 것처럼 삼류로 일류를 이기는 것이 천하오절의 비급이 맞는다면, 그자는 분명 옥면신룡일 것입니다."

"어째서?"

"그자의 유운검법이 소제에겐 보이지가 않았습니다."

"보이지가 않았다?"

"분명 유운검법인데 소제가 알고 있는 그 어떤 초식으로도 막을 수가 없었습니다. 피할 수도 없었습니다. 본문의 속가무공으로 본문의 진산무공을 능히 제압할 수 있다면 이는 삼류로 일류를 이기는 것과 같은 것이 아니겠습니까?"

해명의 목소리에는 확신이 있었다. 하지만 그 얼굴은 모순되게도, 믿기지 않는다는 듯 귀신에라도 홀린 것 같은 표정이었다.

해명의 그 같은 얼굴을 보며 해천은 문득 얼마 전 다녀갔던 도진을 떠올렸다.

도진의 입에서 나왔던 그 이름도 천하오절과 옥면신룡이었다. 그리고 그 존재만으로 무림은 사상 유례없는 대혼란의 시대를 겪게 될 거라 했던 화산 장문인 단학영의 전언도 있었다.

화산 장문인은 결코 허언이 용납될 자리가 아님을 알면서도, 도진으로부터 듣게 된 그 능력들에는 해천마저도 반신반의할 수밖에 없었던, 사람이 아닌 어떤 것…… 그 괴물이 지금 무당파에 와 있다.

"어찌할까요?"

"어찌한다라……."

"다른 걸 다 떠나서 당금 무림에서 가장 큰 관심을 받고 있는 천절문의 주인입니다. 저대로 내버려 둘 수는 없지 않겠습니까?"

"하면 천절문의 주인으로 인정하고 그에 걸맞은 예를 갖추자는 것이냐?"

"예. 그만한 인물을 알아보지 못한 것만으로도 크나큰 실추입니다. 지금이라도 무당파의 도량을 보여 주는 것이……."

"그건 아니 될 말이다."

"……?"

"그자는 무당파에 도전을 해 왔다. 그자가 천절문의 주인임을 인정하고 그에 걸맞은 대우를 하게 되면 그자의 도전을 거절할 명분이 없다."

해천의 말에 의아해하는 해명이다.

해천의 말은 마치 그자와의 대결을 꺼리는 듯하지 않은가.

비록 힘 한 번 써 보지 못하고 망신을 당하긴 했지만 어디까지나 그것은 자신의 무능함일 뿐이지, 무당 무공 전체의 힘은 아니었다. 그리고 그가 아는 해천은 누구보다도 강했다. 그런 것에 겁을 먹을 위인도, 그런 도전을 감당하지 못할 위인도 결코 아니었다.

해명이 의아해하자 해천이 덧붙였다.

"그자의 도전에 응해서 좋을 것이 아무것도 없기 때문이다."

하나, 여전히 이해가 되지 않는다.

"무슨 말씀이신지……."

"그자는 유운검법을 어찌 알았다고 하더냐?"

"무당파에 와서 속가제자들의 수련을 몇 번 훔쳐본 것이 전부라며 둘러댈 뿐이었습니다."

그렇잖아도 그것이 상당히 불쾌하고 꺼림칙했던 해명이었다. 당연하게도 유운검법은 단지 몇 번 훔쳐본 것으로 익힐 수 있는 것이 아니었다.

그래서 숨기는 것이라 판단했고 그래서 꺼림칙했다.

한데, 해천의 생각은 조금 다른 듯했다.

"그것이 그저 둘러댄 것이 아니라면?"

"……?"

"정말로 몇 번 훔쳐본 것만으로 유운검법을 익힌 것이라면?"

"그런 일이 가능할 리가 없지 않습니까? 비록 유운검법이 속가의 무공이긴 하나 그리 간단히 익힐 수 있을 만큼 허술한 것이 아니지 않습니까?"

"하면 화산파의 이십사수매화검법은 허술한 검술이더냐?"

"그게 무슨……."

"얼마 전 화산파의 장문제자가 다녀간 것은 너도 알 것이다. 그 아이가 나를 찾아온 이유도 바로 그 소천풍이란 자의 존재를 알려 주기 위함이었다. 그 아이가 말하길, 단지 몇 번 본 것만으로 화산의 이십사수매화검법 전 초식을 완벽히, 아니, 완벽함보다도 더욱 완벽하게 훔쳐 버렸다고 하더구나."

"……."

해천의 말을 부정하지도, 긍정하지도 못하는 해명이다.

믿자니 믿기지 않고 안 믿자니 해천의 말을 부정할 용기가 없다.

"천절문이 무림의 주목을 받고 있다고 해도 어차피 신흥문파일 뿐이다. 내가 그자의 도전에 응해 그자를 꺾는다고 해도 무당파의 명성에는 하등 보탬이 되지 않을뿐더러 무당파 장문과 검을 맞댄 것만으로도 오히려 그자의 이름만 더욱더 커질 것이다. 내가, 무당파가 그자의 들러리가 될 수는 없는 일 아니겠느냐. 게다가 우리는 그자의 진정한 속내를 전혀 알지 못한다. 무당파에 도전장을 내밀었으면서 왜 진실한 신분을 밝히지 않은 것이며 또한 왜 지금에 와서야 스스로 정체를 드러낸 것인지, 그 의도가 무엇인지 아무것도 밝혀진 것이 없는데 무작정 무당파의 도량만 보여 줄 수는 없지 않으냐. 무당파는 칠십 년 동안 문을 걸어 잠근 채 세상을 등지고 살아왔다. 그것은 사람이 나고 자라서 늙고 죽어 가는 그 한 생애보다 긴 세월이었던 만큼 우리는 이제 갓 걸음마를 시작한 갓난아기와 같다. 그러니 한 걸음 한 걸음에 신중을 기해야 하는 것이다. 물론 무엇보다 내가 그자의 도전을 꺼리는 이유는 화산의 전철을 밟고 싶지 않은 이유가 가장 크다. 나는 그자가 나와의 비무에서 무당파의 절예를 훔쳐 가게끔 할 수가 없다. 그러니 지금은 모른 척 그대로 두고 차차 생각을 해 보자꾸나."

모른 척, 못 들은 척, 믿지 않는 척 아예 만나지도 않겠다는 뜻이다.

어떤 인물인지, 그 능력이란 것이 대체 어떤 것인지 궁금할 법도 하건만 해천은 그렇게 결정을 내렸다.

무인으로서의 해천이라면 결코 있을 수 없는 결정을 무당 장문인으로서 어렵게 내린 것이다. 그러하기에 해명도 더는 토를 달지 않았다.

"아, 그리고……."

뜻을 받들어 물러나려는데 해천이 문득 생각났다는 듯 해명을 멈춰 세웠다.

"……?"

"혹여라도 그자가 그 아이와 만나는 일이 없도록 주의해야 할 것이다."

"그 아이라 하시면…… 진현 사질 말씀입니까? 진현 사질은 왜……?"

"그 아이의 검만큼은 무슨 일이 있더라도 지켜야 하지 않겠느냐?"

해천의 말에 조금은 어이없다는 표정의 해명이다.

해천이 말한 '그 아이의 검'이란 태극혜검이다. 진현은 이미 육성이 넘는 성취의 태극혜검을 이룬 상태였다.

당연히 태극혜검은 지켜야 했다.

하지만,

"장문사형께서 그럼 그자가 태극혜검마저도 훔칠 수 있다고 생각하시는 것입니까?"

지나친 염려다.

하늘보다 높고 바다보다 깊고 넓어서 장삼풍 조사 이후로 그 누구도 익히지 못한 검법이다. 진현의 재능과 태극혜검이 만나기 전까지만 해도 거의 절전되다시피 했던 미지의 검법을 어찌 그렇게 간단히 훔쳐 익힐 수가 있단 말인가.

"세상일이란 모르는 것이니까……."

"하나 불가능한 일입니다."

"단지 몇 번 본 것만으로 화산의 절예인 이십사수매화검법을 훔치는 것 또한 불가능한 일이지."

"하오나……."

"어디까지나 만에 하나의 가능성도 배제하자는 것이니 너무 그리 심각하게 생각할 것은 없느니라."

그렇게 해서 천풍에 대한 처우는 결정이 났다.

해명은 만에 하나의 가능성도 배제하자는 해천의 명에도 충실히 따랐다. 하지만 뜻하지 않는 변수의 연속이 또한 세상사다. 그리고 천풍에게 이어진 새로운 인연 하나가 그들에겐 바로 그 변수였다.

제6장

도화주를 찾아서

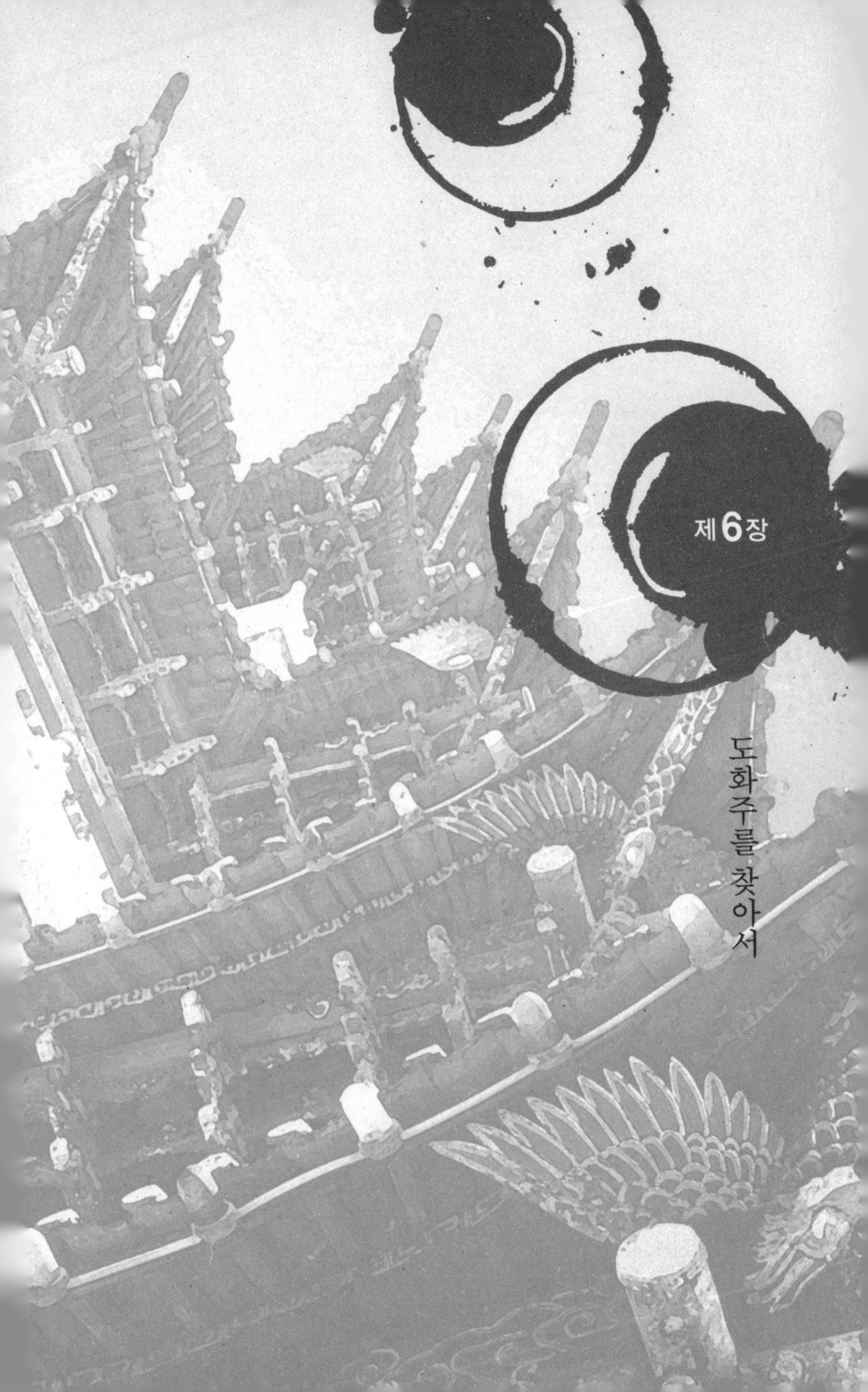

천극의 서

'이러려고 그런 게 아니었는데…….'

이른 아침, 잠결에 들려온 소란스러움에 눈을 뜬 천풍은 이내 곤란하다는 표정으로 몸을 일으켰다.

소란의 이유를 알고 있었기 때문이다.

끼이익.

문을 열자 아니나 다를까 문 앞으로 길게 늘어선 줄이 보였다. 이미 사흘째 지겹도록 반복된 아침 풍경이다.

아니, 첫날에는 이것과 조금은 달랐다.

지금보다 훨씬 더 소란스러웠고 지금처럼 질서 정연하지도 않았다. 임도평이 무던히도 윽박지르고 위협을 한 결과 지금의 모양새가 된 것인데, 어쨌거나 그들 모두가 소문의 옥면신룡을 알현하기 위한 사람들이었다.

"대협, 기침하셨습니까?"

천풍이 얼굴을 내비치자 가장 앞줄에 서 있던 자가 실실 웃는 낯으로 인사를 건네 왔다. 그러자 그 뒷줄의 사람들도 저마다 인사를 한마디씩 건네는 통에 주위는 이내 시끌벅적해져 버렸다.

이렇게 천풍을 만나러 온 자들은 대개 두 가지 부류였다.

한 부류는 무공 한 자락이라도 얻어 배울 수 있을까 하는 기대로 찾아온 자들이었고, 또 다른 한 부류는 지금의 인연을 빌려 천절문에 한자리 얻을 수 있을까 하는 기대를 한 자들이었다.

물론 천풍으로서는 그 모두가 그다지 반갑지 않았다.

오히려 곤란하기만 했다.

그도 그럴 것이 아무리 그가 가르치는 데에는 일가견이 있다고 해도 얼마나 더 머물게 될지도 모르는 무당파에서 그들 모두를 가르칠 수는 없는 일일뿐더러, 그렇다고 선별을 하거나 차별을 두는 것은 더더구나 할 수 없는 일이었다. 게다가 허울이야 천절문의 주인이라지만, 실제 천절문의 주인이라는 자각이 눈곱만큼도 없는 천풍이니 연줄을 이용한다는 것 자체가 가당치도 않았다.

그러니 매일같이 찾아와 살갑게 인사를 건네며 무언가 간절한 눈빛을 보내는 그들이 부담스럽기만 한 천풍이다.

'괜한 짓을 한 건가?'

새삼 후회가 된다.

옥면신룡이란 이름을 괜히 말했다.

답답하고 지루했던 무당파에서의 일상, 기대와는 달리 그의 도전에 시큰둥하기만 한 무당파의 반응에 내심 짜증도 나고 지치기도 하던 참이었다.

그저 절강의 소천풍인 채로 무시를 당하는 거야 당연하다고 했던 추도향의 말이 절실히 와 닿던 때였다.

천절문의 주인이라고 밝히면 무당파의 대우가 지금 같지는 않을 거라던 말도 묘한 여운을 내며 머릿속을 떠돌고 있을 때였다.

추궁하듯 대체 누구냐며 물어 오는 해명의 질문을 듣게 된 것이 그때였다.

'어차피 이대로 무의미하게 허송세월할 바에야 차라리…….'

그리해 옥면신룡이란 이름을 내뱉게 된 것이었다.

정확히는 옥면신룡이 아니라 천하오절이었지만, 천하오절이라 하면 과연 믿어 줄지도 의심스러운 데다 그 뒷감당이 너무 어려울 것 같아서 그냥 옥면신룡 정도로 참은 거였다.

한데, 그 후의 전개는 그가 예상했던 것과는 전혀 다른 방향으로 흘러가고 있었다.

무당파의 대우가 지금 같지는 않을 거라 했던 추도향의 말은 틀렸다.

지금까지와 조금도 차이가 없었다.

대우가 달라지기는커녕 그 후 단 일언의 언급도 없었다.

무당파는 여전히 냉담하기만 했다.

'옥면신룡이라 밝히기 전에는 차라리 조용하기라도 했지.'

덕분에 감당하기 벅찬 번잡함과 귀찮음만 겪고 있는 것이다.

이젠 정말 지친다.

마음을 달리 먹을 수밖에 없다.

애당초 무당파의 검을 보겠다는 것 자체가 무리한 욕심이었는지도 모른다.

그리해 천풍은 다시 삼 일이 지나도 무당파의 반응이 지금과 같다면 그만 마음을 접고 떠나기로 마음을 굳혔다.

한데, 그로부터 정확히 삼 일째가 되는 날 밤이었다.

천풍이 떠나려 한다는 것을 분위기로 눈치를 챈 것인지 그날따라 유난히 더 극성을 부리는 방문객들에게 시달린 탓에 일찍부터 피로에 지쳐서 잠이 든 천풍이다.

그렇게 얼마나 잤을까?

천풍은 무언가 이상한 느낌에 눈을 떴다.

아직은 새벽이라 하기에도 이른 시각이라 시야는 어둡기만 했다.

단지 이상한 느낌만은 아니었다.

왠지 모를 시큼한 주향이 코를 찌른다.

어둠 속에서 그보다 더 어두운 그림자 하나를 발견한 것은 시야가 어둠에 어느 정도 적응이 된 다음이었다.

"누구……?"

"꺼억……!"

자신의 질문을 뭉개 버리는 트림과 이어지는 역한 냄새에 천풍은 입안에 맴도는 질문을 삼키고 먼저 화섭자에 불부터 붙였다.

곧 시야가 환해지고 드러난 그림자의 정체는 전혀 상상치도 못했던 것이었다.

'중……이잖아?'

가장 먼저 시야에 들어온 번들거리는 머리는 방 안을 가득 메우고 있는 주향과도, 코끝과 양 볼을 발갛게 물들이고 있는 얼굴과도, 초점 없이 흔들리고 있는 게슴츠레한 눈과도 전혀 어울리지 않는 것이었다.

이마 중간에 새치름히 박혀 있는 콩알 크기의 계인만 아니었다면 그냥 대머리겠거니 생각했을 것이다.

아닌 밤중에 홍두깨도 아니고, 무당파 도관에 웬 땡중일까?

대체 이 젊은 중의 정체는 무엇일까?

'아니, 그보다 여긴 또 어떻게 들어왔지?'

밖에 의제에서 충견을 자처한 임도평이 눈에 불을 켜고 지키고 있을 터였다. 그러고 보면 같은 방을 쓰고 있는 다른 두 명의 기척도 유난히 작다. 잠귀가 밝은 고홍조차 죽은 듯이 자고 있다.

"아아, 아무래도 사나이들의 우정을 돈독히 하는 데 방해가 될 듯하여 내가 푹 재워 두었지."

천풍의 의아함을 읽었는지 젊은 중이 그렇게 말했다.

천풍은 그제야 다시 물었다.

"스님은 대체 누구십니까?"

"나? 음…… 내 입으로 이런 말을 하긴 쑥스럽지만, 사람들이 나를 두고 일컫기를 살아 있는 부처님이라 하여 활불 혜광이라 하더군. 개중에 나를 잘 모르는 몇몇은 신승(新僧)이라고도 한다던데, 뭐 어쨌든 혜광이란 존성대명 정도는 시주도 들어 보았겠지?"

술기운에 부끄러움을 잊은 건지 아니면 원래부터 낯가죽이 두꺼운 건지는 모르겠다.

거리낌 없이 초면에 반말을 찍찍 내뱉는 것을 보면 후자 쪽에 더 가까워 보이기는 하지만, 어쨌거나 젊은 중의 자신만만함과는 달리 활불 혜광이든 신승 혜광이든 그다지 귀에 익은 이름이 아니었다. 그렇다고 아주 생소한 것도 아니어서 어디선가 들어 보긴 들어 본 이름 같았다.

"한데 이 밤에 여기엔 어쩐 일로 오셨습니까?"

"그야 시주를 만나러 왔지. 시주가 천하오절의 전인이라는 옥면신룡이라면서?"

"그럼 스님도 제게 무공을 배우고 싶으신 겁니까? 아니면 천절문에 입문이라도 하시려고……?"

요 며칠 지겹도록 그런 청탁만 받은 터라 반사적으로 튀어

나온 질문에 혜광이 어이없다는 듯 본다.

혹시 자신이 결례를 범한 것은 아닌가 '아차' 하는 찰나,

"푸하하하하!"

천지가 떠나갈 듯 대소를 터트리는 혜광이다.

"명색이 소림의 제자인 내가 천절문에 입문이라니? 술을 마신 건 난데 주사는 어째 시주가 부리는 것 같군."

천풍은 그제야 혜광이 소림의 제자임을 알았다.

'소림의 제자라고?'

소림은 분명 아직 봉문 중이라 들었다.

'내가 모르는 사이 무당처럼 그새 봉문을 깨트리기라도 했나?'

그나저나 소림의 제자가 자신에겐 무슨 볼일일까?

"내가 시주의 스승을 좀 알거든."

이번에도 천풍의 생각을 먼저 읽고는 그렇게 말하는 혜광이다.

천풍이 어리둥절한 얼굴로 물었다.

"제 스승님을 아신다구요?"

"시주가 천하오절의 제자가 맞는다면."

"……?"

"엄밀히 따지면 시주와 나는 사형제 간이라고도 할 수가 있지."

갈수록 미궁이다.

천하오절은 천풍 자신이고 자신은 이런 제자를 둔 적이 당연히 없다.

'아…… 설마……?'

순간, 머리를 스쳐 가는 것이 있었다.

"혹시 스님도 천하오절의 비급을 얻으신 겁니까?"

"오호! 눈치가 빠르군."

그리 말하고는 품속에서 책자 한 권을 꺼내 보인다.

표지에는 파천검(破天劍)이라 쓰여 있었다.

"본사의 장경각에 이것이 있더란 말이지. 천하의 절예들만 있는 그곳에 이런 삼류 나부랭이 검법서가 있으니 자연히 눈에 띌 수밖에."

"장경각이요? 그게 왜 소림의 장경각에…… 아니, 그전에 장경각의 비급은 과거 화재로 모두 소실되었다고 들었는데……?"

"소림이 바보도 아니고, 미친 황제가 소림을 노리고 있는 것을 뻔히 아는데 소림의 보물을 그냥 그대로 뒀겠어? 불에 탄 것은 사본이었고 진본은 안전한 곳에 숨겨 두었던 거지. 건물이야 다시 세우면 되는 거였고."

혜광의 말을 들으니 지금의 상황에 어울리지 않게 묘한 설렘이 인다. 장경각에 대한 호기심과 그 속에 가득할 수많은 비급들을 떠올리니 절로 미소가 머금어진다.

'장경각의 서향은 황산사의 서향과는 많이 다르겠지?'

지금 장경각에 있는 책들이 진본이라면 천 년도 넘은 고서들도 있을 테고 그만큼 서향은 진할 것이다.

'소림이 봉문을 깼다면 언제 한 번 구경해 볼 수도 있지 않을까?'

아무리 칠십 년의 세월이 흘렀다고 해도 과거 무림 최고의 보고이자 또한 금역이었던 그곳이 천풍에게 열릴 리가 없었지만, 장경각이란 이름 정도만 들어 본 천풍은 그렇게 헛된 망상을 하고 있었다.

"뭐, 그렇다곤 해도 황군의 무자비한 횡포 앞에 완전히 무사하지는 못했지만 말이야. 더러는 잃어버리고 더러는 타고…… 그 와중에 도둑이 들기도 했으니까. 그래서 봉문 중에도 암암리에 잃어버린 비급들을 수소문해서 다시 찾아오거나 새로 만들거나 했는데, 아마도 그 와중에 이게 장경각으로 흘러들어 오지 않았을까……? 아무튼, 내가 이렇게 시주를 찾아온 것도 바로 이 비급서 때문인데 말이야. 도통 이해가 안 되는 게 있더라고."

"……?"

"이게 단지 삼류무공이 아니란 것도 알겠고 초식만 보면 거의 완벽한, 아니, 이보다 더 완벽할 수 없을 만큼 완벽하다는 것도 알겠어. 초식 하나하나에 담긴 뜻도 알겠고 검로도 이해가 가. 한데, 막상 내가 다른 삼류무공으로 이것과 같은 것을 만들려고 하면 도무지 되지 않는단 말이지. 소림 칠십이종절예를 완벽히 깨우친 내가 이것만큼은 되지 않더라, 이 말이지. 이것을 설명할 수 있는 것은 두 가지뿐이야. 세상에 존재하는 무리(武理)로는 절대로 완벽한 무공은 만들 수 없다는 게 그 하나고, 다른 하나는 시주의 스승님 눈에는 무리로 설명할 수 없는 무언가 다른 것이 보인다는 것. 어때? 내 말이 틀려?"

세상에 존재하는 무리가 어떤 것들인지는 모르지만 무리로 설명할 수 없는 다른 무언가가 '결' 이라면 혜광의 말이 맞다.

"역시!"

독심술이라도 배운 모양이다.

이번에도 천풍의 생각을 읽고는 '그럼 그렇지!' 라는 듯 크게 고개를 끄덕인다.

"좋아! 그럼 단도직입적으로 묻지. 시주의 스승, 천하오절을 만나게 해 줄 수 있나?"

이것이 자신을 찾아온 진정한 목적이었던 모양이다.

당연하게도 천풍이 고개를 저었다. 한데, 이미 그럴 줄 알았다는 듯 조금도 실망하는 기색이 없다.

"그렇게 쉽게 만날 수 있는 사람이면 무림 최고의 신비인이란 소리를 듣고 있지도 않겠지. 그래서 말인데, 명색이 천하오절의 유일한 전인이라면 시주 또한 무리로 설명할 수 없는 다른 무언가를 볼 수 있는 것 아닌가? 그렇지? 시주도 볼 수 있는 거지?"

천풍이 조금은 당황한 기색으로 곤혹스러운 표정을 했다.

지금 것은 굳이 독심술도 필요 없었다. 어차피 속마음을 숨기는 데에는 소질이 없는 천풍이다.

"거봐. 그렇다니까. 그럴 줄 알았다니까. 좋아, 그럼 시주가 보고 있는 것이 대체 무엇인지 한 번 속 시원하게 털어놓아 보시게. 내가 그것 때문에 밤잠을 설쳐댄 게 대체 몇 날 며칠인지…… 계집 속곳 여는 것보다 힘든 건 내 살다 살다 처음이었다니까!"

"……"

'계집 속곳을 열어 보긴 했다는 건가?' 라는 생각이 순간 머리를 스쳐 가는 천풍이다.

"뭐해? 털어놓아 보라니까? 오호라. 맨입으로는 싫다? 하긴 세상사 공짜란 없는 법이지. 어차피 여기에서 나눌 얘기도 아닌 듯하니, 날 따라오시게."

그러고는 지체 없이 몸을 일으킨다.

"어딜……?"

"맨입으로는 싫다며? 그래서 술이라도 한 잔 대접해 주려고 그러네."

"술이요? 저는 술은 잘 못합니다만……"

잘 못하는 정도가 아니라 아예 마셔 본 적이 한 번도 없었다.

"아아, 고작 술 한 잔에 기업 비밀을 얻어내려 할 만큼 내가 몰염치하지는 않네. 하지만 그 고작 술 한 잔이 칠십 년을 묵힌 무당의 도화주라면 어떤가? 봉문과 더불어 금주령이 떨어져 칠십 년 전에 담근 도화주가 고스란히 남아 있네. 그 금단의 열매를 처음으로 따먹는 것이 자네라면 그것을 어찌 고작 술 한 잔이라 할 수가 있겠는가?"

독심술이라도 하는 듯 천풍의 속내를 척척 잘도 알아맞히던 혜광이건만 이번만큼은 제대로 헛다리를 긁어댄다.

"내 말이 나왔으니 말이네만 그 희대의 보고(寶庫)를 알아내기 위해 내가 얼마나 고생을 했는지 아는가? 진청이란 놈의 똥 수발까지 들었다, 이 말이네. 왜? 믿지 못하겠는가? 말이 똥 수발이지 정말 똥 수발을 들었을까 싶지? 근데 정말 똥 수발이었다, 이 말이야. 이놈이 술이 꼭지까지 도니까 아예 똥을 싸더라니까!"

듣다 보니 상상이 된다.

그러고 보니 짙은 주향 속에 주향과는 조금 다른 냄새가 섞여 있다. 그 냄새가 천풍의 상상력을 더욱 풍성하게 만드는 통에 참으로 더 듣고 있을 수가 없었다.

어차피 떼어 놓는다고 떼어질 사람 같지가 않았다.

혜광이 원하는 바를 들어주고 싶은 마음이 있는 것은 아니었지만, 어쨌든 혜광의 말대로 이곳에서 논할 만한 이야기도 아니었다. 게다가 입에 거품을 물며 극찬을 해대는 혜광의 말을 듣고 있자니 그 도화주란 것이 대체 어떤 맛인지 궁금하기도 했다.

그리해 천풍은 끝없이 이어지려는 혜광의 말을 손을 내저어 자르고는 몸을 일으켰다.

한편, 그러한 소란의 와중에도 여전히 쥐 죽은 듯 자는 고흥과 송문영이다. 아무래도 어디 수혈(睡穴)이라도 짚인 모양이었다.

'도평 아우도 마찬가지겠군.'

아니나 다를까, 밖으로 나오자 문 앞에 주저앉은 채 죽은 듯 자는 임도평이 보였다.

"세 시진 동안은 세상 모르고 잘 테니까 신경 쓰지 말게나."

혜광이 성큼 앞장서 간다.

막상 밖으로 나오니 잠깐 주저하는 마음이 생겼지만 이내 혜광의 뒤를 따랐다.

* * *

밤이 깊은 시각이라 전각마다 경비가 배치되어 있는데도 혜광의 걸음은 거침이 없었다. 때로는 담을 넘고 때로는 개구멍을 기어서 각처에 배치되어 있는 경비들을 교묘히 피해 가는 것이 마치 소림의 제자가 아니라 수십 년 무당에서 살아온 무당 제자처럼 무당파의 지리에 훤했다.

대체 무당파에는 얼마나 있었느냐고 물으니 놀랍게도 한 달 남짓이란다.

고작 한 달 남짓 있었다면서 어찌 무당 제자보다도 더 무당파의 지리를 잘 아느냐고 물으니 어차피 사람 사는 곳이 다 거기서 거기 아니겠느냐며, 도관이나 사찰이나 그 구조야 다 비슷하기 마련이고 소림사의 담을 넘어 숱한 밤을 주도락에 빠져 살아온 자신에게 이까짓 것은 일도 아니란다.

오히려 지킬 것이 많은 소림에 비하면 무당파의 심야 경계는 허술하기 그지없다며 비웃기까지 한다.

"한데, 대체 어디까지 가는 것입니까?"

벌써 일곱 개의 담을 넘었다.

한데도 혜광의 걸음은 멈출 기미를 보이지 않았다.

"저기야."

천풍의 물음에 혜광이 경내 너머를 손가락을 가리켰다.

천풍이 눈살을 찌푸렸다.

"저긴 무극동이 있는 곳이 아닙니까?"

무극동은 무당 역대 조사들의 유골을 모신 곳이었다.

무당파에 첫발을 들였을 때, 혹여 길을 잃게 되더라도 무극동만은 절대로 가까이 가서는 안 된다는 당부를 들은 기억이 있었다.

"그렇지. 저 무극동 옆에 바로 도화주가 묻혀 있단 말이지. 음…… 그래서 도화주를 신선주라 하는 건가? 신선들이 마시는 술이라서? 흐흐, 그럼 그것을 마시면 우리도 신선이 되는 건가?"

생각만으로 안달이 나서 못 견디겠다는 듯 연방 히죽거린다.

천풍은 기가 막혔다.

"그럼 정말로 저기에 가자는 겁니까?"

"왜?"

"왜라니……? 무극동이잖습니까? 외인이 함부로 침범해서도 안 될뿐더러, 들키기라도 하는 날에는 그 뒷감당을 어찌한단 말입니까?"

"무극동이 아니라 무극동 옆이라니까 그러네. 그리고 안 들키면 되잖아. 걱정일랑 붙들어 매라고. 안 들킬 테니까."

뭐 이런 사람이 다 있나 싶다.

과연 제정신인가도 싶다.

"저는 싫습니다."

"뭐가 싫어?"

"술 한 잔 훔쳐 마시려고 목숨을 건다는 게 말이 안 되지 않습니까?"

"무슨 소리야? 단지 술 한 잔 훔쳐 마시려고 가는 게 아니잖아. 검과 무에 대해서 진지하게 논해 보려고 가는 거지."

"굳이 저기일 필요는 없지 않습니까? 장소야 얼마든지……."

"안 돼! 내가 뭣 때문에 빌어먹을 똥 수발까지 했는데? 무당파에 와서 도화주 한 잔 못 먹고 돌아가는 건 내 자존심이 허락지 않는단 말이야!"

주색을 멀리해야 할 스님이 술에 자존심 운운하는 건 대체 무슨 경우란 말인가?

사나이가 칼을 뽑았으면 무라도 베어 봐야 하지 않겠느냐는 둥 이틀 후면 소림으로 돌아가야 한다는 둥 도화주가 없으면 흥이 안 난다는 둥 희대의 마두 열 놈을 때려잡는 것보다 무당파의 도화주를 훔쳐 먹는 게 천절문에나 천풍 자신에게나 더 큰 명예가 될 거라는 둥하며 필사적으로 매달리는 혜광의 모습을 보고 있자니 문득 의심이 든다.

'천하오절이니 파천검이니 하는 것은 다 핑계고 실상은 그저 도화주가 먹고 싶었던 것 아닐까?'

혼자서 일을 저지르기엔 용기가 부족해서 자신을 길동무 삼아 데려온 것은 아닐까?

그런 의심을 하면서도 얼떨결에 설득이 되어서 어영부영 계속해서 뒤를 따르고 있는 자신이 참 이해가 안 된다.

뭐랄까…… 싫지 않은 느낌이었다.

절에서 불경들과 더불어 살아온 탓에 스님 자체가 친근하게 와 닿는 건지, 아니면 스님답지 않은 그 행동들이 신선하게 느껴져서인지, 그도 아니면 혜광이라는 인간 자체가 그저 호감인 건지는 모르지만 이렇게 같이 있는 것이 왠지 즐겁다.

어쩌면 황천길이 될지도 모르는 이 길마저도, 이 내키지 않는 걸음마저도 유쾌하고 들뜬다.

그리해 실랑이를 하면서도 그들의 행보는 멈출 줄을 몰랐다.

그렇게 경내를 무사히 벗어났다.

이제는 담을 넘을 필요도 없고 개구멍을 지날 필요도 없다.

"지금부터는 그냥 한달음에 올라가면 되는 거야. 물론 무극동이야 경계가 철저해서 들어갈 방법이 없지만 그 옆 술 창고는 경비무사조차도 없거든. 문을 딸 때 소리만 내지 않으면 만사 일사천리가 된다는 말이지."

그러고는 훌쩍 몸을 날린다.

경내에서는 혹여 발걸음 소리라도 낼까 조심조심 까치발을 내딛더니 경내를 벗어나자마자 거침없이 경공술을 펼친다.

이왕지사 여기까지 온 것, 갈 데까지 가 보자는 생각이 든 천풍도 이내 힘껏 발을 굴렀다.

그렇게 한참을 내달렸다.

한데, 이상했다.

천풍에게 산길은 평지보다도 편하고 익숙하기 마련인데 왠지 어떤 괴리감 같은 것이 느껴졌다. 나무며 풀이며, 하물며 발밑에 굴러다니는 돌멩이마저도 어딘지 이질적이고 어색한 느낌이다. 게다가,

'산세가 원래 이렇게 가파른 곳이었나?'

밑에서는 완만해 보였는데 막상 오르기 시작하자 경사가 상당히 높았다.

"저기 지금 제대로 가고 있는 게……."

지금 이 길이 맞느냐고 물으려다 황급히 입을 닫았다.

숲으로 가득했던 시야가 갑작스레 탁 트이며 초가집 하나가 눈에 들어왔기 때문이었다.

"여깁니까?"

드디어 도착을 한 건가 싶었다.

한데, 웬일인지 혜광의 표정이 좋지 못했다.

"이거…… 내가 좀 취하긴 취했나 봐."

"……?"

"이 길이 아니었나 봐."

"……?"

"잘못 왔어. 내가 들은 술 창고는 이런 초가가 아니었거든."

기가 막힐 노릇이다.

모든 게 자기 손바닥 안에 있다며 그렇게 호언장담을 하며 거침없이 내달려 놓고 인제 와 이 길이 아니었다니?

"그럼 어떻게 합니까?"

"어떡하긴 뭘 어떡하겠어? 여기가 어딘지도 모르겠고 시야는 온통 숲뿐이고…… 다시 돌아가서 처음부터 다시 길을 잡아야지."

참 뻔뻔스럽게도 말한다.

일을 이 지경으로 만들고도 미안한 기색은커녕 재밌다는 듯 킥킥거린다.

참 신기하게도 화가 안 난다.

오히려 같이 피식 웃게 되고 만다.

어쨌거나 결국 걸음을 돌려 왔던 길을 되짚어 내려갔다.

그렇게 왔던 길을 되짚어가는 중에도 왠지 모를 위화감과 이질적은 느낌은 여전했다.

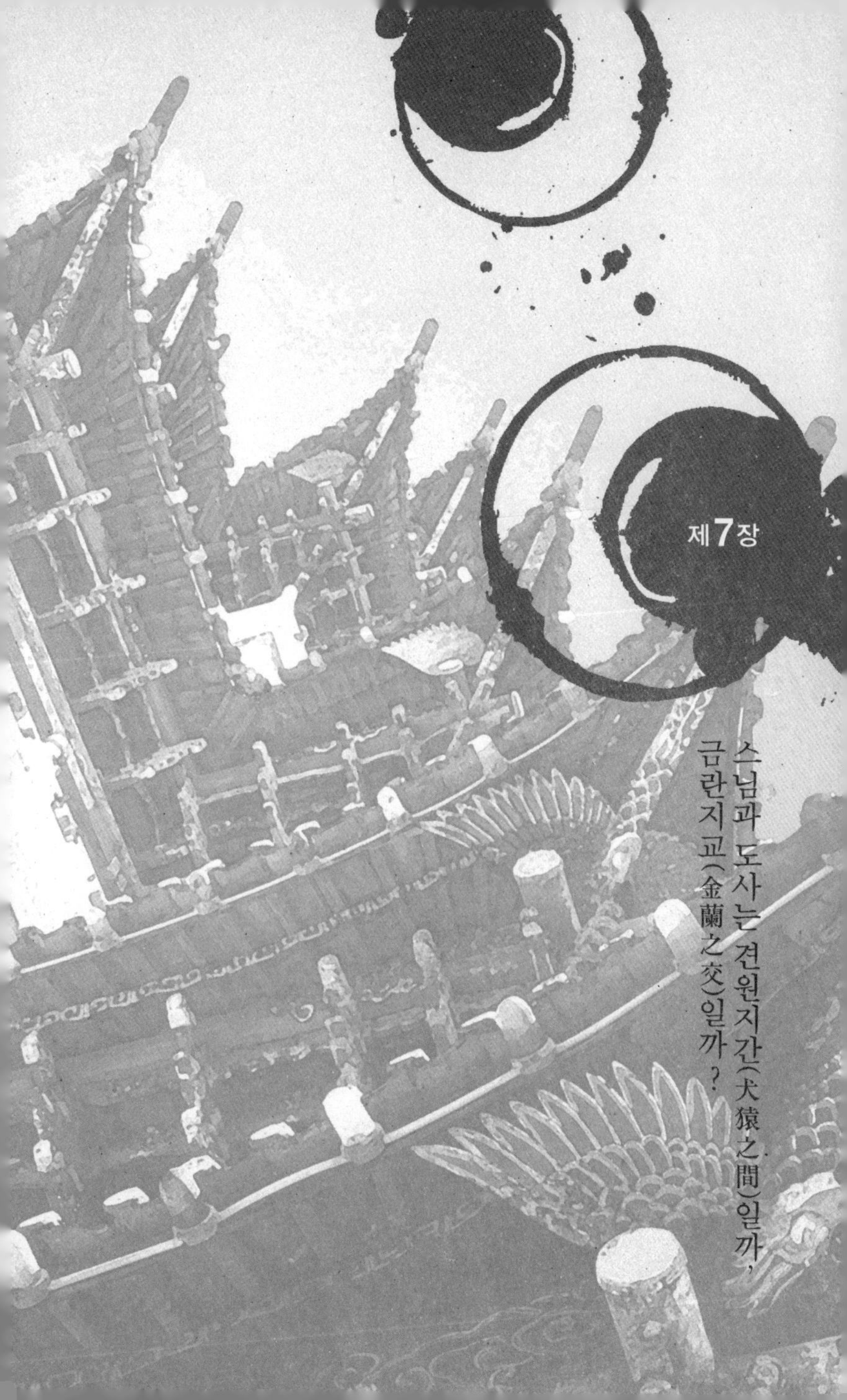

제7장

스님과 도사는 견원지간(犬猿之間)일까, 금란지교(金蘭之交)일까?

한데, 이건 또 무슨 조홧속일까?

그렇게 한참을 내려가다 보니 올라올 때는 없었던 것이 그들의 앞을 막아서는데, 그것이 또 초가집이었다. 아까 저 위에서 본 초가집과 상당히 닮은 듯한, 아니 아예 똑같아 보이는 초가집이 그들의 앞에 떡하니 나타나 있었다.

“이게 대체……?”

아무리 초가집이 다 거기서 거기라지만 이건 지나치게 똑같다. 하물며 주변 경관들조차도 판에 박은 듯, 마치 아까의 장소를 고스란히 옮겨 놓은 듯했다.

“여기…… 아까 거기랑 같은 곳 맞지?”

천풍이 묻고 싶은 말을 혜광이 먼저 했다.

정말이지 귀신이 곡할 노릇이다.

또다시 길을 잘못 들었을 리는 없었다. 그들은 분명 계속해서 내리막길만을 달려 내려왔으니 길을 잘못 들고 자시고 할 것도 없었다.

"그렇군."

곰곰이 생각에 잠겨 있던 혜광이 돌연 뭔가 떠올랐다는 듯 눈을 빛냈다.

"진이었어."

"진이라뇨?"

"이 일대에 진법이 설치되어 있단 말이지. 그래서 우리가 이렇게 헤매게 된 거고."

진법이란 것이 기괴하고 신묘하다는 것은 익히 들어왔던 터이지만, 이렇듯 실제로 경험을 하고 보니 신기하기도 하고 재밌기도 했다. 아마도 산길을 오르고 내리는 내내 느꼈던 위화감도 바로 이 진법 때문이었던 모양이다.

그러고 보니 짐작되는 바가 있었다.

"하긴, 무극동이라면 무당파에서 가장 신성시하는 곳일 테니 진법으로 외부인의 침입을 미연에 방비코자 한 것이겠군요."

하지만 천풍의 짐작은 이내 부정당해 버렸다.

"그게 아냐."

"아니라고요?"

"외부인의 침입을 막을 목적이었다면 팔괘나 구궁을 이용해서 미로 속에 헤매게 하거나 아예 침입자의 생살여탈을 관장할 수 있는 절진을 설치했겠지. 지금 여기에 설치되어 있는 건 외부인의 침입을 막기 위한 용도가 아냐."

"그럼……?"

"천기자의 귀환진(歸還陣)이란 거지."

"……?"

천기자란 이름도 귀환진이란 이름도 생소하기만 했다.

"진시황의 무덤을 설계했다는 희대의 천재 건축가지. 진법은 물론이고 천문이며 지리며 모르는 것이 없을 만큼 무불통지했다고 하더군. 한데 말이야. 하늘의 별이 몇 개인지도 안다는 천기자가 혼자서는 스무 걸음도 내딛지 못하는 길치였단 말이지. 심지어 자기 집 앞마당에서조차도 길을 잃기 일쑤였다더군. 그래서 만든 것이 바로 귀환진이지. 적어도 자기 집 앞마당에서만큼도 길을 잃지 않도록, 설혹 길을 잃더라도 언제 어디서든 자신의 집으로 돌아올 수 있도록."

"아! 그래서 우리가 여기로 계속 오게 된 것이로군요."

"그렇지."

"그럼 이 집에 사시는 분도……."

"길치지. 그것도 천기자에 버금가는."

듣고 보니 절로 초가집으로 눈길이 간다.

이곳에 사는 사람은 어떤 사람일까?

궁금하긴 했지만 미련을 둘 일이 아니었다.

그들은 어디까지나 불순한 의도로 이곳까지 오게 된 것이었고, 무극동 근처에 이렇듯 진까지 쳐 놓고 살 정도라면 무당파 사람이 틀림없을 테니 굳이 만나서 좋을 것이 없었다.

"그만 내려가죠?"

"……?"

"이게 귀환진인 것을 알고 계실 정도라면 당연히 빠져나갈 방법도 알고 계실 것 아닙니까?"

"당연히 알지."

"그러니 빨리 내려가자고요."

"미쳤어? 내가 왜 보름이 넘도록 이런 답답한 곳에 틀어박혀 있었는데?"

"이곳에 사는 분이 누군지 아십니까?"

"이 정도로 길치인 무당파 제자가 진현 그 녀석 말고 달리 또 누가 있겠어?"

혜광이란 이름만 들었을 때는 기억이 가물가물했는데 진현이란 이름을 들으니 그제야 온전히 생각이 났다.

'추 소저와 더불어 신주오기라 불리는 사람들이로군.'

조금 놀랐다.

'이 스님이 소림 제일의 재능이라는 신승 혜광이라고……?'

생각지도 못했다. 그냥 신승이라고 먼저 말했다면 바로 기억이 났을지도 모르는데, 살아 있는 부처님이라느니 활불이라느니 해대는 통에 신승이란 말조차 대수롭지 않게 흘려버린 탓이다.

"그건 그렇고, 그동안 아무리 찾아도 없기에 어디 멀리 볼 일이라도 보러 갔나 했더니, 이런 곳에 숨어 있었군. 도대체가 말이야. 그새 얼굴에 금칠을 한 것도 아닐 텐데 왜 이렇게 비싸게 군 거야?"

"달리 친분이라도 있으신 겁니까?"

"친분? 당연히 있지. 지금으로부터 정확히 십삼 년 전, 서로의 눈에 사이좋게 시퍼런 물을 들여 줬던 사인데. 뭐, 덤으로 녀석의 코에선 쌍코피도 줄줄 흘렀지만 말이야."

"쌍코피는 혜광 자네의 코에서 먼저 나왔던 것 같은데?"

갑작스레 들려온 누군가의 목소리였다.

이윽고 초가집 문이 열렸다.

깔끔한 백의에 도관을 머리에 두른 미청년…… 진현의 첫인상은 그랬다.

* * *

"그러고 보면 참 잘 자랐단 말이야. 그때는 코흘리개 찌질이였는데."

"혜광 자네는 잘 늙었지. 그때는 엉덩이에 뿔난 망아지 같았으니까."

"여전히 걸음마도 떼지 못한 주제에 주둥이는 천리만리 내달리는군."

"자네의 입에서 나는 주향도 천리만리 퍼져서 공효 방장님의 코에 닿아야 할 텐데 말이야. 십계 중 불음주(不飮酒)의 계를 어긴 벌이라면 적어도 삼 년 면벽은 떼 놓은 당상 아니겠나? 아니지, 아냐. 자네가 어긴 게 어디 불음주뿐일까? 언사는 망령되기 이를 데 없으니 불망어(不妄語)의 계에, 천성이 음탕하고 생각하는 것 또한 음탕하니 불음욕(不淫欲)의 계, 거기다 나를 만나러 이 야심한 시각에 여기까지 찾아온 것은 아닐 테고, 결국 또 뭔가를 훔치러 온 것일 테니 불투도(不偷盜)의 계까지…… 삼 년이 아니라 십 년 면벽으로도 모자라겠군."

뭔가 첫 인사들이 화기애매하다. 티격태격거리는 중에도 무척이나 친밀해 보인다.

'봉문 중에도 소림과 무당 사이에는 자주 왕래가 있었던 건가?'

하긴, 소림과 무당의 관계가 구대문파 중에서도 남다른 거야 익히 소문난 사실이다.

"그나저나 대체 어떻게 된 거야? 내가 왔다는 소리 못 들었어?"

"들었네."

"들었는데도 지금껏 생까고 있었단 말이야?"

"그럴 만한 사정이 좀 있어서…… 한데 이분은?"

"옥면신룡이란 이름 정도는 들어 보았겠지?"

"아! 그럼 이분이 바로 천하오절의 전인이라는……?"

진현이 놀랍고 반가운 표정을 했다.

천풍이 이내 포권을 취했다.

"소천풍입니다. 진현 도사님의 명성은 익히 들어 알고 있습니다."

"제 이름이야 어디 옥면신룡의 위명에 비할 수가 있겠습니까? 이렇게 뵙게 되어 정말……."

"아아, 늙다리들도 아니고, 이거 고리타분하게 왜들 이래? 나이도 엇비슷한 것 같으니 편하게들 지내자고. 그건 그렇고, 대체 이런 곳에서 뭘 하는 거야? 네 녀석이랑 안 어울려도 너무 안 어울리는 곳이잖아? 설마 정말로 이런 음침한 곳에서 사는 건 아니겠지? 아니면 무슨 큰 죄라도 지어서 벌이라도 받고 있는 건가?"

"아니, 이곳으로 거처를 옮기라는 사부님의 명이 있어서 잠시 머물고 있는 것뿐이네."

"장문인의 명? 무슨 일로?"

"아마도 이분 도우님 때문일 걸세."

진현이 그리 말하며 천풍을 본다.

혜광은 의아해했고 천풍은 어리둥절해했다.

"사부님께서 그러더군. 세상에는 그저 눈으로 한 번 보는 것만으로도 그 무공을 온전히 습득해 버리는 그런 말도 안 되는 재능을 지닌 자가 있다고. 아마도 이분 도우께서 그 말도 안 되는 재능의 주인이지 않을까 하는데…… 아닙니까?"

천풍을 보는 진현의 눈빛이 의미심장했다.

진현과 천풍을 번갈아 보는 혜광은 믿기지 않는다는 표정이었다. 그런 한편으로 그게 정말이냐는 눈빛을 던져댄다.

하지만 천풍이 뭐라 대꾸도 하기 전에 진현이 다시 말을 이었다.

"아무튼 그래서일 거야. 혹여라도 이분 도우께서 태극혜검이라도 훔쳐 가지 않을까, 노파심이 든 것일 테지. 그래서 나를 이 외진 곳에 격리해 놓은 것이고. 하나……."

진현의 입가에 자신감에 찬 미소가 걸렸다.

"그야말로 쓸데없는 노파심이지. 아무리 대단한 재능이라고 해도 그리 간단히 훔칠 수 있을 만큼 태극혜검은 만만한 것이 아니니까. 소림의 칠십이종절예와는 달리 말이야."

"이건 또 무슨 소리야? 그럼 본파의 칠십이종절예가 태극혜검보다 못하다 이거야? 이거 왜 이래? 천하공부가 모두 소림에서 나왔다는 말은 콧구멍으로 들었어? 칠십이종절예가 더 뛰어난지 태극혜검이 더 뛰어난지 이 자리에서 다시 한 번 붙어 볼까? 고작 육성밖에 깨치지 못한 주제에 어디서 잘난 척이야!"

"육성이 아니네."

"뭐?"

"팔성이네."

"뭐어?"

"얼마 전 기연이 있었네. 그 때문에 자네를 만날 여력이 없었던 거고."

휘둥그레 떠졌던 혜광의 눈빛이 순간 날카롭게 변했다. 그리고는 살피듯 진현을 훑어 내린다.

"허풍이 아니로군. 확실히 변했어."

혜광의 표정이 지금까지와는 다르게 진지했다. 그리고 복잡했다.

한편으로는 친우의 성장을 진심으로 기뻐해 주는 반면, 또 다른 한편으로는 분해한다.

또한 그러한 마음을 전혀 숨기려 하지 않는다.

그런 모습이 천풍의 눈에는 익숙함처럼도 느껴졌고 여유처럼도 느껴졌다.

오랜 사귐 동안 그렇게 지내온 것 같았다.

그렇게 앞서거니 뒤서거니 하며, 그렇게 뜨겁게 경쟁해 오며 우정을 쌓아 온 것 같았다.

괜스레 부럽다는 생각이 들었다.

저렇듯 마음을 터놓을 친구가 천풍에겐 없었다. 그래서 부러웠고 그래서 저들 사이에 끼고 싶다는 생각도 들었다.

"그나저나 이분 도우님과 자네가 여기에는 무슨 일이신가?"

"그냥 좀 깊이 있는 대화를 나눌 만한 장소를 찾던 중이었지. 듣기로 이 근처에 아주 귀한 것이 묻혀 있다고도 하기에……."

"귀한 것? 자네가 귀한 것이라 할 만한 것이라면…… 술이로군. 설마, 도화주를 찾으러 온 건가?"

"역시 길눈은 어두우면서 눈치 하나는 빠삭하단 말이야. 이왕지사 이렇게 만난 것도 다 인연인데 자네도 같이 합석하지? 한 잔 두 잔 술잔을 기울이다 보면 그 빌어먹을 놈의 도우님이니 도사님이니 하는 호칭도 사라질 테고 말이야."

"합석하는 거야 상관없네만…… 한 잔 두 잔 술잔을 기울이는 것은 무리일 듯싶은데?"

"왜? 설마하니 그 주제에 도사랍시고 인제 와서 고고한 척 금주라도 하겠다는 건 아니겠지?"

"그게 아니라…… 이곳엔 도화주가 없어서 그러네."

"무슨 소리야? 열두 말은 넘게 묻혀 있다는 걸 내 다 알고 왔는데?"

"그거야 십삼 년 전 일이고."

"뭐? 그럼 지금은 정말 한 방울도 없단 말이야? 왜? 어째서?"

"그야 이미 내가 다 마셔 버렸으니까."

"……?"

"한 번씩 생각날 때마다 한 모금씩 마시다 보니 언제부턴가 빈 통만 남았더라고."

"이……!"

눈에 쌍심지를 켜고는 잡아먹을 듯이 진현을 노려보던 혜광이 버럭 소리를 지른다.

"도사 주제에 술이 가당키나 해? 어떻게 도사란 놈이 도는 안 닦고 술이나 처마셔댔단 말이야!"

"스님 주제에 불경은 안 읽고 술이나 처마셔대는 자네가 할 말은 아니라고 보는데? 게다가 애당초 십삼 년 전에 순진무구하기 그지없는 나를 꼬드겨 주도락이니 뭐니 하며 술을 가르친 것은 자네가 아닌가? 그러니 탓을 하려거든 괜한 사람 원망 말고 자네 스스로를 탓하게나."

진현의 능글맞은 태도에 한참을 더 그렇게 노려보던 혜광이 잠시 그 같은 기세를 죽이고는 슬며시 묻는다.

"정말 한 방울도 없는 건 아니겠지? 뭐, 칠십 년 묵은 것까진 아니래도 그래도 도화주 한두 병 정도는 어떻게 구할 수 있을 것 아닌가?"

"그러니까, 한 방울도 없다니까 그러네. 금주령 중에 술을 담근다는 것이 어디 가당키나 한 일인가?"

"금주령 중에 술은 마시는 것은 가당한 거고?"

"그러니 몰래 마셨지. 게다가 자네도 알다시피 이 몸으로 말할 것 같으면 사문 어르신네들의 사랑을 한 몸에 받는 워낙에 귀하신 몸 아닌가? 자네와는 달리 평상시 행동거지도 참 반듯하고. 술 좀 마신 것 정도는 유야무야 넘길 수 있을 만한 역량이 된다는 말이지."

"이거 왜 이러셔? 사문 어른들의 사랑을 한 몸에 받는 거로 따지면 네 녀석보다 내가 더 하지. 사시사철, 일 년 삼백육십

일, 장경각 출입을 마음대로 할 수 있는 특혜를 받은 것은 소림사 역사상 내가 최초라는 걸 몰라서 그래? 아! 괜히 술 생각만 더 간절해지네. 장경각 바닥 밑에 묻어둔 천하의 명주들이 내가 마셔 주기만을 애타고 기다리고 있을 터인데……."

"그러고 보니 자네와 첫 대작을 했던 것도 장경각이었지. 술김에 대판 싸우기도 했었고."

"덕분에 사부님께 들켜서 나만 치도곤을 당했지. 그나마 장로들 귀에는 안 들어갔기에 망정이지 외부인을 장경각에 들였다는 걸 장로들이 알았다면 네 녀석이나 나나 지금 이렇게 살아 있지 못했을지도 몰라. 큭큭."

"흐흐. 그랬겠지."

"아아, 정말 환장하시겠네. 얼마나 기대를 하고 있었는데…… 그 망할 도사 놈의 똥 수발까지 들었는데 대체 이게 뭐냔 말이야? 이래서는 억울해서 잠도 안 온다고!"

"정히 술이 마시고 싶으면 이 길로 산을 내려가서 인근 주루나 같이 가보든가? 타락한 땡추에게 죽엽청 한 사발 사줄 정도의 역량은 되는 몸이니까."

"흥! 고작 싸구려 죽엽청으로 내 손에 묻은 구린내가 지워질 것 같아?"

"하나 이 늦은 시간에 자네 입에 맞는 술을 어디서 구한단 말인가? 그렇다고 이 길로 소림으로 달려가 옛날처럼 장경각에서 술판을 벌일 수도 없는 노릇이고."

"아아…… 무당파엔 괜히 왔어. 이럴 줄 알았으면 그냥 장경각에서 꼬불쳐둔 검남춘(劍南春)이나 마시는 건데……."

"그럼 이제라도 가면 되지 않습니까?"

혜광의 푸념을 받는 것은 지금껏 진현과 혜광이 하는 양을 지켜만 보고 있던 천풍이었다.

"가다니? 어딜?"

혜광이 무슨 소리냐는 듯 천풍을 본다.

"장경각이요."

천풍의 대답에 혜광은 여전히 무슨 소리를 하는 거냐는 표정이다.

"여기서 소림사라고 해 봐야 그리 먼 거리도 아니지 않습니까?"

"먼 거리가 아니라니? 족히 열흘은 걸리는 길인데?"

"여기서 마냥 후회하고 아쉬워한들 없는 술이 생겨나는 것도 아니고, 스님의 손에 묻은 구린내가 지워지는 것도 아니지 않습니까? 그럴 바에야 차라리 이것저것 재고 따지고 할 것 없이 그냥 마음 가는 대로 몸을 가게 해 보는 것이 좋지 않겠습니까? 장경각에 마시고픈 술이 있고, 그러니 장경각으로 간다. 그게 사내 아니겠습니까? 그리고 저, 뜀박질에는 자신이 있습니다."

"뭐? 설마 장경각에 같이 가자는 것은 아니겠지?"

"이참에 저도 장경각 구경을 한번 해 보고 싶긴 합니다만…….”

“하! 하하! 무슨 말도 안 되는 소리를…… 뭘 모르나 본데 장경각은 그쪽이 그렇게 함부로 구경하고 말고 할 수 있는 그런 곳이 아냐. 장경각은 말이지. 소림 제자라도, 아니, 소림 방장조차 장로원의 재가 없이는 출입이 불가한 곳이라 이 말이야. 하물며 외부인이 장경각에 들어가겠다고? 그 미친 짓을 나더러 하라고? 어림 반 푼어치도 없는 소리지.”

“하지만 진현 도사님도 외부인인데 장경각에 들어간 적이 있다고 했지 않습니까?”

“그거야 철없을 때 얘기고. 이젠 목숨 귀한 줄 알 나이들이잖아?”

“그럼 뭐, 할 수 없네요. 도화주도 없고, 제 장사 밑천을 스님께 가르쳐 드리는 것도 없던 일로 하죠.”

“야! 그런 게 어딨어?”

“세상에 공짜란 없다는 것쯤은 철이 많이 든 스님이시니 아실 것 아닙니까? 장경각에서 도둑질을 하겠다는 것도 아니고 그저 구경이나 하려는 것뿐인데, 구경만이라도 할 수 있게 해주시면 스님께서 알고 싶어 하는 것을 죄다 가르쳐 드리려고 했는데…… 뭐, 싫다면 할 수 없죠. 저는 여기서 더 볼 일이 없으니 여길 빠져나가는 방법이나 가르쳐 주시죠?”

“자, 잠깐! 뭘 그리 조급해하고 그래? 좀 더 얘기를 해 보자고.”

“제 할 말은 다 했습니다만?”

"끄응……."

얼굴을 잔뜩 찌푸린 채 고민에 빠지는 혜광이다.

그런 혜광을 보며 어쩔 수 없이 미안해지는 천풍이다.

사실 이런 흥정 자체가 그의 성격에는 맞지 않는 것이었다.

하지만, 장경각이란 이름을 듣고 보니 도무지 호기심과 유혹을 떨쳐 버릴 수가 없었다. 그래서 '되면 좋고 안 되면 말고' 라는 심정으로 툭 던져 본 것인데 의외로 간단히 걸려드는 혜광이다.

한참을 고민하던 혜광이 슬쩍 물었다.

"내가 알고 싶어 하는 것을 정말 다 가르쳐 줄 거야?"

"물론입니다."

"전부 다?"

"예."

"좋아. 그럼 천하오절을 만나게 해 줘."

"예?"

"이삼 년 면벽으로 끝날 일이 아냐. 네 녀석을 장경각에 들였다가 자칫 잘못되는 날에는 목숨을 걸어야 한다, 이 말이야. 그러니 그만한 각오를 하려면 그만한 가치가 있어야 하는 것 아니겠어? 아무도 본 적이 없다는 천하제일의 신비인을 만나는 것, 그 조건이라면 목숨 한 번 걸어 보겠다는 거야."

'자! 이제 어떻게 할 테냐?' 라는 눈빛으로 기세등등하게 천풍을 본다. 거기에는 '너도 고민 좀 되지?' 라는 득의양양함도 있었다.

하지만,

"좋습니다."

혜광의 예상과는 달리 너무도 간단히 대답을 해 버리는 천풍이다.

어차피 천하오절은 자신이고 굳이 밝혀야 할 이유가 없어서 떠들고 다니지 않았을 뿐, 그것을 철저히 비밀로 해야겠다는 의지가 있었던 것은 아니었다.

임설아에게 그랬던 것처럼, 그리고 추도향에게 그랬던 것처럼 필요하다면 언제든 밝힐 준비가 되어 있었다. 더구나 그 대가로 장경각을 구경할 수 있다면 망설일 이유가 없는 것이다.

"장경각 구경을 마치는 즉시 천하오절을 만나게 해 드리겠습니다."

이렇게 간단히 승낙을 할 줄은 미처 몰랐던 터라 혜광이 심히 미심쩍다는 표정을 한다.

그리고 어딘가 찝찝하고 뭔가 불쾌한 기분.

"왠지 내가 당한 것 같은데?"

혜광의 말을 진현이 받았다.

"내가 보기에도 그렇군."

"그렇지?"

"그렇긴 해도 뭐 어떤가? 서로가 원하는 바를 취했으면 된 거지. 세상살이라는 게 더러 손해를 보기도 하면서 그렇게 살아가는 것 아니겠나?”

“그렇지. 세상살이라는 게 그런 거지. 그래서 말인데, 네 녀석도 같이 가지?”

“내가 왜?”

“만일의 경우 일이 잘못되었을 때, 나 혼자보다야 네 녀석이라도 같이 있는 게 좀 낫지 않겠어? 공목 대장로께서 네 녀석을 특히나 더 귀여워하시기도 했잖은가.”

“그러니까 내가 왜? 어디까지나 자네 개인의 거래인데 내가 왜 같이 섶을 지고 불구덩이에 뛰어들어야 하며 내가 왜 자네 방패막이가 되어 줘야 하냔 말이네.”

“세상살이라는 게 더러 손해를 보기도 하면서 그렇게 살아가는 거라며? 그러니까 이번엔 좀 손해를 보라고. 더구나 도화주만 있었어도 일이 이렇게까지 되진 않았을 테니 네 녀석도 엄연히 책임이 있는 거 아니겠어?”

“허! 이거야말로 적반하장도 유분수인 거지. 도화주는 무당파의 것이고 무당 제자가 그것을 좀 먹었기로서니 도둑놈 주제에 지금 누가 누굴 탓해?”

“이거 왜 이래? 소림과 무당이 언제부터 네 것 내 것 따지는 사이가 됐어? 네 녀석과 나, 그런 사이 아니잖아? 그렇게 섭섭하게 굴면 나도 싹 안면 몰수하는 수가 있단 말이야.”

“안면 몰수?”

“그래, 안면 몰수하고 이 길로 해천 장문인께 달려가서 내가 알고 있는 네 녀석의 죄악상을 죄다 털어놓는 수가 있단 말이지.”

“자네가 알고 있는 내 죄악상보다 내가 알고 있는 자네의 죄악상이 적어도 다섯 배는 더 많을 텐데?”

“그러니까 같이 죽든가 같이 살든가 하자는 거지. 어차피 우리는 운명 공동체 아닌가? 흐흐.”

어이없다는 듯 혜광을 보는 진현이지만 혜광의 협박이 무서운 건지, 아니면 설득을 당한 건지, 아니면 현실에 타협을 한 건지 더는 거부하지 않았다.

그리해 그들 셋은 그 즉시 무당산을 떠났다.

그리고 그날 오후, 무당파가 발칵 뒤집혔다.

옥면신룡과 혜광, 진현까지 한꺼번에 소리 소문 없이 사라져 버린 것을 그제야 알게 된 것이다. 하지만 그때는 이미 그들 셋이 무당산은 물론이고 호북 땅을 넘어선 후였다.

지루했던 무당산에서의 생활은 그렇게 끝이 난 것이다.

한편, 천풍이 소림사를 향하고 있던 그 무렵, 천풍보다 앞서 무당산을 떠난 추도향은 도문의 총단이 있는 무한에 도착해 도문주 석조명으로부터 믿기지 않는 소식을 듣고 있었다.

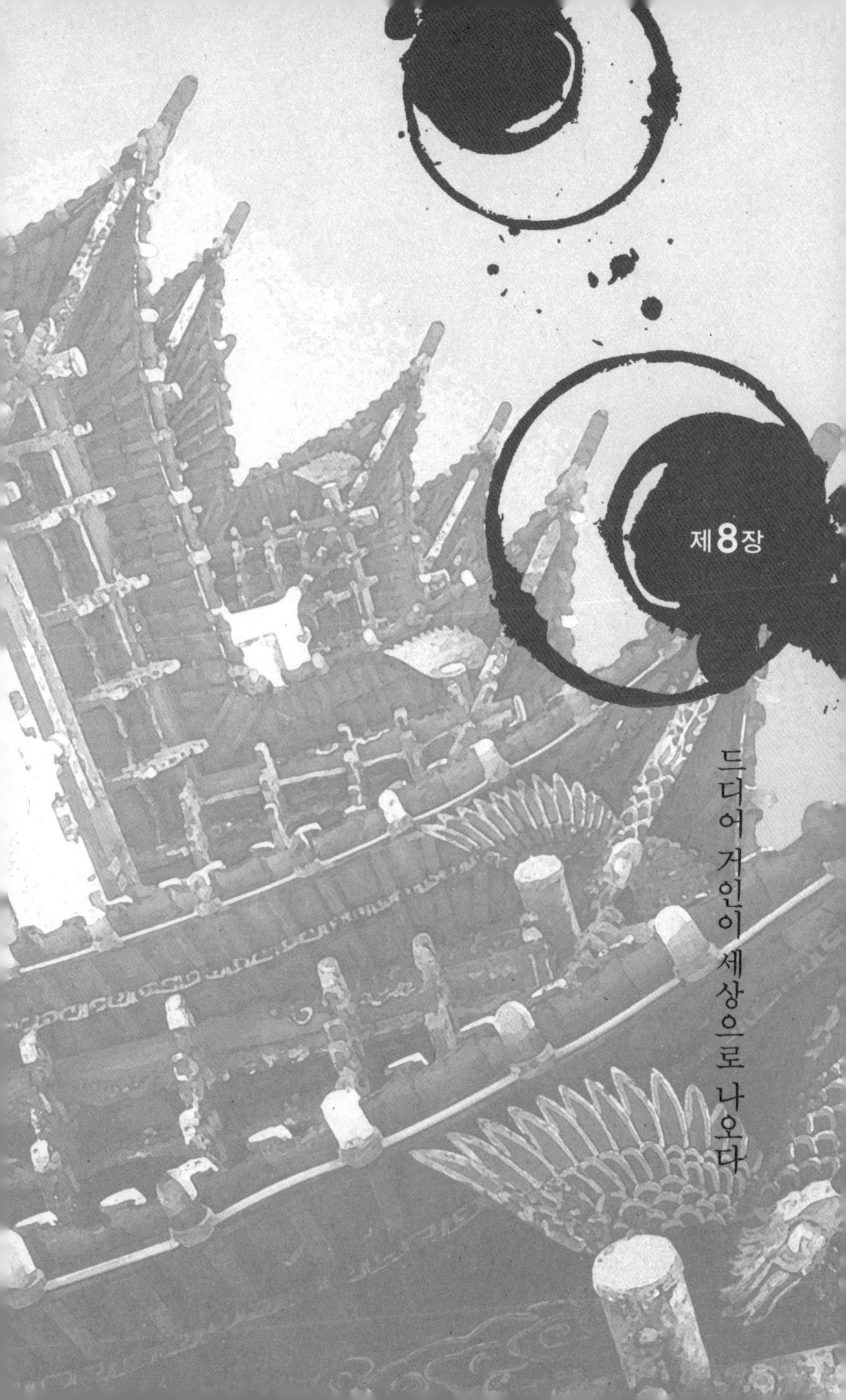

제8장

드디어 거인이 세상으로 나오다

"난주 지부에 이어서 서화(西和) 지부의 칠숙(七叔)까지 당했단 말씀이세요?"

"그뿐만이 아니다. 사흘 전에는 섬서의 서안(西安) 지부가 같은 화를 당했다는 연락이 있었다."

감숙의 난주 지부가 하룻밤 사이 몰살을 당했다는 소식을 들었을 때만 해도 잘못되거나 와전된 소문이라 생각했다. 도문의 위급을 알리는 혈인을 받았을 때도 설마 하는 마음이 있었다.

한데, 그 모두가 사실이었다. 그리고 흉수는 소문보다 더 잔악했다.

"대체 누가?"

"무림에는 알려지지 않았지만 시작은 청해의 서녕(西寧)이었다."

"하면 새외 세력이란 말씀인가요?"

"아마도 그렇겠지."

"새외 세력이 대체 왜 본문에 이 같은 짓을……?"

"모른다. 원한인지, 아니면 다른 목적이 있는지…… 다만 하나 확실한 것은 그들의 행보가 이곳 무한으로 향하고 있다는 것이다."

석조명의 말대로였다.

청해의 서녕에서 감숙의 난주, 서화, 그리고 섬서의 서안이라면 무한에 이르는 동선이었다.

'아니, 그전에 하나가 더 있다!'

추도향이 급히 물었다.

"하남의 남양 지부도 위험한 것이 아닌가요?"

남양 지부라면 서안에서 무한으로 이르는 최단 노선에서는 조금 벗어나 있었다. 하지만 과연 흉수들이 남양 지부를 그냥 지나쳐 줄지는 알 수 없는 일이었다.

추도향의 물음에 석조명이 고개를 끄덕였다.

"해서 백인각(百忍閣)을 보냈다."

백인각은 도문을 떠받치는 네 개의 세력 중 하나였다. 그리고 백인각의 수장 서문휘는 석조명의 사제이자 석조명을 제외

하면 도문 제일의 고수였다.

서문휘와 백인각이 남양 지부로 갔다면 흉수가 누구든, 어떤 세력이든 충분히 안심할 수 있었다.

"하나, 만에 하나 남양 지부마저도 흉수에게 화를 당한다면 이곳도 무사치는 못할 게다."

"이 사숙과 백인각이 나선 이상 그럴 일은 절대 없어요. 더구나 이곳엔 사부님이 계시지 않습니까?"

"그리 낙관할 일이 아니다. 누군가 도문에 이 같은 짓을 벌인다는 것, 절대로 있을 수 없는 일이 이미 벌어지고 있지 않으냐? 더구나 믿기지 않을 만큼 강한 자들이다. 그런 자들이 아무런 계산 없이 도문을 공격할 리가 없다. 필경 승산이 있으니 움직였을 게다."

"하오나……."

"물론 어디까지나 만에 하나의 경우다. 나 또한 천하에 도문이 감당치 못할 힘이 있다고는 생각지 않는다. 하나, 만에 하나의 경우일지라도 대비를 하는 것이 또한 도문의 주인된 자의 본분이다. 해서 너를 부른 것이다."

"……?"

"만에 하나 지금의 위기가 내가 감당할 수 없는 것이라면, 도문을 구할 수 있는 것은 사조님뿐이시다."

도제 백무강을 말함이다.

"하니 너는 이 길로 사조님을 찾거라. 비록 도문과의 연을 끊었다 하셨지만, 도문의 존망이 걸린 일에 모른 척하시지는 않을 것이다."

"하오나 지금과 같은 상황에 제가 어찌 도문을 떠날 수가 있겠습니까?"

"염려 놓거라. 아무리 만에 하나라지만 설마하니 네 사부가 외적으로부터 도문 하나 지켜내지 못하겠느냐? 그리고 너를 사조님께 보내는 것은 단지 사조님을 찾기 위함만은 아니다. 따로 중요히 맡길 일이 있다."

"중요히 맡길 일이라시면?"

"네게 연락을 받고 조사님의 행적을 쫓은 결과, 그분의 걸음이 신강으로 향했다는 것을 알았다. 신강이면 청해를 거쳐야 하고 청해라면 바로 이번 일이 시작된 곳이다."

"하오면 그곳에서 흉수에 대해 조사를 해 보라는 말씀이세요?"

"앞으로 상황이 어떻게 변할지는 모르겠지만 짐작건대 흉수 몇을 잡아 족친다고 그들의 정체며 목적을 알아내긴 힘들 게다. 이토록 은밀하고 신속하게 움직이는 것을 보면 그만큼 결속력이 강하다는 뜻이니까."

결국 직접 발품을 팔아서 알아보는 수밖에 없다.

그편이 가장 빠르고 확실하다. 그 임무를 추도향에게 맡긴다는 것이다.

자신의 맡은 바 소임이 결코 가벼운 것이 아님을 깨달은 추도향은 이윽고 석조명의 명을 따랐다.

추도향은 그 길로 바로 신강을 향해 떠났다.

물론 사상 최대의 전쟁을 앞두고 있다 해도 과언이 아니기에 그런 도문을 두고 홀로 먼 길을 떠나는 발걸음이 가벼울 리는 없었다. 하지만 그녀에게는 도문에 대한, 그리고 스승 석조명에 대한 절대적인 믿음이 있었다.

'설혹 천하 무림이 도문을 향해 칼을 겨눈다고 해도 도문은 절대로 무너지지 않는다. 하물며 새외의 한낱 오랑캐들쯤이야!'

하지만 세상의 생각은 그녀와 같지 않았다.

거칠 것 없이 도문을 공략하는 흉수에 대한 소문은 부풀려질 대로 부풀려져 도문을 바람 앞의 등불처럼 위태롭게 생각하고 있었다.

술자리마다 그 이야기로 떠들썩했고 흉수에 대한 두려움과 호기심으로 온갖 억측과 낭설들이 난무했다. 개중에는 도문의 멸문을 공공연히 입에 담는 자들도 있었다.

그것은 비단 호사객이나 주정꾼들의 입방정만은 아니었다.

도문과는 떼려야 뗄 수 없는 관계이자 오랜 경쟁자이며, 또한 무림을 떠받드는 또 하나의 기둥인 검문에서조차 작금의 사태를 그리 낙관하지 못하고 있었다.

*　*　*

"어쩌면…… 도문이 무너질지도 모른다?"

넓고 큰 대전만큼이나 크고 넓은 의자에 비스듬히 누워 앉은 사내는 다름 아닌 검문주 금천우였다. 그리고 그 앞에는 지난 삼십 년간 수족으로서, 그림자로서 그의 곁을 지켜온 백연이 서 있었다.

눈빛도, 주름도, 아직도 새치 하나 없는 머릿결도…… 십 년 전의 모습과 놀랍도록 달라진 것이 없는 그들이었다. 그들에게만은 시간이 비껴간 듯한 모습이었다.

"난주나 서화는 그렇다 치더라도 섬서의 서안이면 결코 만만한 곳이 아닙니다. 일개 지부에 불과하나 지부장을 맡고 있던 양광도(陽光刀) 곡윤(曲倫)은 도문에서 다섯 손가락에 꼽히는 실력자일뿐더러 그 인품이 남달라서 뛰어난 인재들을 수하로 거느리고 있는 자입니다. 해서 일개 지부에 불과한 서안 지부를 도문의 사대세력에 견주기도 하는 것인데, 그런 곳이 당했습니다. 충분히 방비를 했음에도 저항 한 번 하지 못하고 하룻밤 사이 몰살을 당한 것입니다. 냉정히 생각해 볼 때 도문이 감당하기 벅찬 상대임이 분명합니다."

"아무리 그래도 그렇지. 도문이라고, 도문! 천하의 도문이 어둠을 틈타 야습이나 하는 얍삽한 쥐새끼들 따위에 무너질 리가 없잖아!"

"비록 어둠을 틈타 야습을 하고 있지만 그것이 단지 힘이 부족해서 꼼수를 쓰는 거라고는 생각할 수 없습니다."

"하면, 정면 대결로도 도문이 승리를 장담할 수 없다는 거야?"

"어쩌면……."

"하! 무슨 말도 안 되는 소리를…… 그만한 힘이 있다면 번거롭게 왜 이런 비겁한 꼼수를 써?"

"어디까지나 만에 하나의 가정입니다만, 정말로 그들에게 도문을 누를 만한 힘이 있는 것이라면, 그럼에도 이런 수를 쓴다는 건 두 가지 이유에서일 겁니다. 하나는 얼굴을 드러내면 안 될 만한 내부 사정이 있든가, 아니면 더 큰 목적을 위해 힘을 비축하려는 것."

"더 큰 목적?"

"도문은 그저 시작일 뿐일지도 모릅니다."

"하면 무림이라도 정복하려고 그런다는 거야?"

금천우가 어이없다는 듯 백연을 본다. 하지만 백연은 진지했다. 그리고 백연의 그 같은 진지함이 금천우를 웃게 했다.

"하하하하! 이거이거, 자네가 그런 터무니없는 망상을 다 하는 걸 보면 세상이 지루하긴 지루한가 봐. 뭐, 하도 몸이 근질근질해서 나라도 눈 딱 감고 난동을 한번 부려 볼까 했던 참이니 그 작자들이 그만큼이나 미쳐 있다면 나로서도 무척이나 반가운 일이긴 하지만, 안타깝게도 그 작자들은 그만큼 미쳐 있지도 않고 그런 욕심을 부릴 만큼 강하지도 않아. 무엇보다 그만한 배포와 야심을 가진 자들이 야습이나 한다는 것 자체가 말이 안 되잖아? 도문 하나를 상대로 하면서 힘의 소진을 두려워할 정도라면, 야습이 아니면 힘을 비축하지 못할 정도밖에는 되지 않는 것인데, 그 정도로 무림 정복? 흥! 지나가던 개가 웃을 일이지."

무림이 그렇게 호락호락한 곳이라면 어쩌면 금천우 자신이 먼저 무림정복을 천명하고 나섰을지도 몰랐다.

"내가 보기엔 이것도 저것도 아냐. 그냥 원한이지. 아니면 그 비슷한 거든가. 굳이 얼굴을 가리고 야습을 행하는 것도 다른 큰 목적이 있어서가 아니라 오히려 그 반대일 거야."

"반대라 하시면?"

"무림과 엮이고 싶지 않은 거지. 무림에 뿌리가 깊은 도문이고 그들과 생사결전을 벌이는 이상에는 어떤 식으로든 다른 은원이 생겨나기 마련이야. 그걸 꺼리는 거야. 신속하게 치고 빠져서 괜한 은원을 만들고 싶지 않은 거지."

"어째서 그리 생각을 하시는지……?"

"감이야."

"……."

"그냥 내 감이 그래."

금천우가 참 천진난만하게도 씨익 웃는다.

아무 근거 없는 우스갯소리처럼 하는 말이었지만 백연은 가볍게 흘려듣지 않았다. 오랜 시간 금천우의 곁에 머물면서 알게 된 것 중 하나가 금천우의 감은 그 어떤 증거나 논리보다도 정확하다는 것이었기 때문이다.

"그건 그렇고…… 구해 보라는 것은 어떻게 됐어?"

금천우가 문득 생각났다는 듯 물었다.

"구하긴 구했습니다만……."

"구하긴 구했는데 왜? 뭐가 잘못됐어?"

"그것이 좀 뜻밖의 것이라……."

금천우가 짜증스레 눈살을 찌푸렸다.

"대체 뭐가 어떻기에 그렇게 뜸을 들이는 거야?"

"직접 보시면 문주님도 아실 겁니다."

그러고는 백연이 품속에서 무언가를 꺼내 금천우에게 건넸다.

그것은 붉은색 보자기에 싸여 있었다.

"호오! 이게 바로 그거란 말이지?"

냉큼 받아 들고는 보자기를 풀었다.

한 권의 책이었다.

일단 책 표지부터 살피던 금천우가 다시금 눈살을 찌푸렸다.

"이게 정말 천하오절의 비급이 맞는 거야?"

금천우가 백연에게 구해 오라 한 것이 바로 천하오절의 비급이었던 것이다. 그리고 그렇게 손에 쥐게 된 천하오절의 비급을 보며 대뜸 눈살부터 찌푸린 것은 오호파봉권(五虎波峰拳)이란 제목의 글씨 때문이었다.

당금 무림을 떠들썩하게 하는 그 소문의 비급서라고는 도무지 믿기지 않을 만큼 지저분하고 엉망진창인 글씨체였다.

"혹시 낯이 익지는 않습니까?"

"뭐?"

백연의 질문이 생뚱맞다는 듯 어리둥절해하는 금천우다.

"낯이 익다니? 이 책이?"

"아니, 글씨체가 말입니다."

무슨 소리냐는 듯 책과 백연을 번갈아 보던 금천우가 새삼스러운 눈빛을 하고는 책장을 넘겼다. 그리고 이내 책장을 넘기는 손길이 빨라지는가 싶더니 어느 순간 놀란 눈을 부릅뜬다.

"이거…… 그거 맞아……?"

금천우가 동조를 구하는 눈빛으로 백연을 보자 백연이 묵묵히 고개를 끄덕였다.

"그럼 이게 정말 그 꼬맹이 글씨체가 맞는 거야?"

백연이 다시 고개를 끄덕였다.

"그 꼬맹이 책을 어떻게……? 아니 왜……? 천하오절의 비급을 구해 오라 했잖아?"

"예, 그래서 구해 온 겁니다."

"지금 무슨 소릴…… 설마, 그럼 그 꼬맹이가?"

"아마도 천하오절이 그 아이였던 것 같습니다."

"그게 말이 돼? 천하오절이면 다섯이잖아?"

"십 년 전 보았던 책은 능광십팔검이었고 지금 이건 오호파봉권입니다. 그리고 그 두 권은 모두 그 아이의 글씨로 쓰였고 낙관 또한 마찬가지입니다."

"그러니까 그 말인즉슨, 그 꼬맹이 녀석이 익힌 것이 검만이 아니다? 그러니까 천하오절이란 것도 사실은 다섯이 아니라 하나다?"

그러고 보니 천풍과 처음 만났을 때, 천극의 상을 타고난 자에게 검은 가당찮은 욕심이라 했던 말에 발끈해서 따져 오던 말이 기억이 났다.

'전 그저 무공이 좋을 뿐이에요. 검법만 좋아하는 게 아니라, 도법도 좋아하고 창법도 좋아하고 권법도 좋아해요. 그래서 그저 제가 좋아하는 걸 좀 더 알고 싶은 것뿐이에요.'

그때는 그저 철부지 꼬맹이의 멋모르는 치기라고만 생각했었다. 그것은 지금도 마찬가지였다. 다방면에 걸쳐 두루두루 공부를 할 수는 있으나 다방면에서 뛰어날 수는 없는 것이 무공이란 것이다.

하지만 믿지 않을 수가 없었다.

무엇보다 세상천지 아무리 사람이 많다고 해도 이런 말도 안 되는 글씨체를 가진 자가 어찌 둘이나 있을 수가 있겠는가 말이다. 게다가, 스스로가 생각해도 어이없는 일이지만 기억 속의 천풍을 떠올리자니 왠지 그 아이라면 세상의 상식을 좀 벗어났다고 해도 그리 이상할 것도 없을 것 같았다.

"한데 말이야. 그 꼬맹이 녀석이 정말로 천하오절이라면, 그럼 옥면신룡은 대체 뭐야? 검절의 전인이라며? 그 꼬맹이 녀석이 벌써 제자까지 둔 거야?"

"저도 그 점이 이상해서 따로 조사를 해 봤습니다."

"그래서?"

"염가상단의 염장이 천절문을 세우기 위해 내세운 가상의 인물입니다."

"가상의 인물? 듣자 하니 천무구룡인가 뭔가 하는 자들을 간단히 제압하기도 했다고 하던데?"

"가상의 인물이긴 하지만 그 역을 맡은 인물은 실재합니다."

"그게 누군데?"

"그 역시 소천풍 그 아이입니다."

"뭐?"

"자세한 속사정까지는 알 수 없었지만 그 아이와 염가상단의 염장 사이에 뭔가 내막이 있는 듯했습니다."

백연의 설명에 골머리가 지끈거린다는 시늉을 하는 금천우다.

"뭐가 이리 복잡한 건지…… 간단히 말하자면, 그 꼬맹이 녀석이 천하오절이면서 또한 옥면신룡이기도 하다, 이 말이지?"

"예."

"이거 참…… 세상이 아무리 요지경 속이라지만 그 단전도 없는 반푼이가 무림 최고의 신비인이 되어 나타날 줄 어찌 알았겠어? 게다가 천절문인가 뭔가 하는 신생문파의 주인이기도 한 거잖아?"

묘한 기분…… 묘하긴 했지만 그것은 상당히 유쾌한 느낌이었다.

몸이 근질거렸다.

그것이 천풍을 만나고 싶어서인지, 아니면 그동안 억눌러 두었던 그 본연의 성정이 다시금 기지개를 켜는 것인지는 모르지만 몸이 근질거려서 참을 수가 없다.

"그래, 그 꼬맹이 녀석은 지금 어디 있지?"

"얼마 전 옥면신룡으로 인해 무당파에서 작은 소란이 있었다는 소식을 들었습니다."

"이제는 무당파인가? 그 녀석 온 무림을 다 들쑤시고 다니는 모양이군. 그럼 우리도 채비를 해 볼까?"

"채비라시면……?"

"무림이 모처럼 재밌어질 것 같은데 이런 갑갑한 곳에 처박혀 있을 수는 없는 노릇이잖아? 이참에 우리도 한 번 신 나게 놀아 봐야잖겠어?"

"하면 검문은 어찌하시고……?"

"이곳이야 언제든 내 자리를 차지하고 싶어서 안달이 나다 못해 지들끼리 칼부림까지 해대고 있는 내 망할 놈의 제자들이 있잖아. 목적을 위해서는 사형제마저 죽여대는 매정한 놈들이니 지놈들이 그토록 원하는 자리 정도는 지켜내겠지. 뭐, 내가 없는 틈에 지들끼리 박 터지게 싸워서 후계 정리를 끝내 놓으면 그것도 그리 나쁘지 않고."

금천우의 의도는 검황 파천이 문호를 바로 세우려 금천우를 밖으로 잠시 내보냈던 것과도 일맥상통했다.

'하나, 그때와는 흘리게 될 피의 양이 다르겠지.'

그때는 검황 파천이라는 절대적이 힘이 상황을 주도했지만 지금은 금천우라는 절대적인 힘이 철저히 방관자가 되고자 하는 것이다.

나쁘지 않다.

비록 많은 피를 보게 될지언정 자신의 자리는 자신의 힘으로 쟁취하게 두는 것이 검문에 어울린다.

안타깝게도 금천우는 그러지 못했다.

그때의 아쉬움을 다음 대로 물려주지 않으려 함이다.

"먼저 소천풍 그 아이를 만나러 가실 생각이십니까?"

"아니, 그 녀석을 만나보는 것도 꽤 재밌을 것 같긴 하지만, 지금은 그보다 더 재밌는 일이 있잖아."

"……?"

"무한으로 갈 거야."

"하면 도문으로……?"

"도문에 칼을 들이댄 놈들…… 우리 검문이 해야 할 일을 먼저 가로채 버린 그 겁대가리 없는 작자들부터 만나 봐야지."

제9장

남양풍운(南陽風雲)

천극의 서

한편, 무당파를 떠난 천풍 일행은 그로부터 정확히 이틀 밤낮을 내달린 끝에 남양에 당도할 수 있었다. 남양이면 무당과 소림의 중간이고 그 먼 거리를 이틀 만에 주파했으니 엄청난 강행군이 아닐 수 없었다.

잠도 제대로 자지 않았다.

끼니도 육포나 만두로 대강 때웠다.

사실 그렇게까지 급하게 서두를 필요가 없는 일이었다.

그런데 묘하게 경쟁이 붙어 버렸다.

신주오기의 일인이자 소림과 무당 최고의 천재라는 진현과 혜광…… 유치했다.

무당산을 내려가는 중에 경쟁이 붙었다.

소림에 누가 먼저 도착하는지 내기마저 걸렸다. 그것도 진현이 지면 평생 머리를 밀어야 하고, 혜광이 지면 평생 머리를 길러야 한다는 실로 얼토당토않은 조건을 걸고.

그러니 서로 간에 필사적일 수밖에 없었다.

그 덕분에 애꿎은 천풍만 고생이었다.

'대체 이게 다 무슨 난리인 건지…….'

천풍은 그들에 대한 평가를 달리했다.

부럽게만 보이던 그들의 우정이 더는 우정으로 보이지 않았다.

내기에서 이기고자 악을 써대는 그들의 모습은 사내들 간의 뜨거운 우정은 고사하고 피가 튀고 살점이 뜯겨나는 혈투보다도 더욱 치열했고, 그 치열함이 천풍의 눈에는 추악해 보이기도 하고 한심해 보이기도 했다.

그들 사이에 끼고 싶은 마음도 싹 달아난 지 오래였다.

천풍이 진현과 혜광에 대한 평가를 달리한 것처럼 그들 또한 지난 이틀 사이 천풍에 대한 평가를 새롭게 하고 있었다.

'뭐 이런 괴물이 다 있지?'

'사람이 이틀 밤낮을 내내 달리면서 저리 멀쩡할 수가 있는 거야?'

그들은 엎치락뒤치락 치열하게 경쟁을 해온 통에 이미 지칠 대로 지쳐 있었다. 사실 더 달릴 기력도 남아 있지 않았다. 서로에게 약한 모습을 보이고 싶지 않아 악으로 버텨 온 결과였다.

한데, 어떻게 된 인간이 피로한 기색 하나 보이지 않는다.

'지가 무슨 적토마도 아니고 말이야.'

내기에 끼워 들이기라도 했으면 큰일 날 뻔했다.

아니, 내기에 끼워 넣으려 했지만 부득불 거절을 해 준 것이 그렇게 다행일 수가 없다. 그런 한편으로 어쩔 수 없는 가슴 서늘한 긴장감도 느꼈다.

'화산의 도진이 머리를 조아리고 가르침을 청했다는 소문이야 들었지만…….'

천풍의 어딘지 어수룩해 보이는 모습에 조금은 얕잡는 마음이 있었다.

옥면신룡에 대해 떠도는 소문들도 그저 부풀려진 것이겠거니 했었다. 하지만 이틀 밤낮을 전력으로 달렸음에도 뒤처지지 않을 뿐더러, 숨소리 한 번 거칠어지는 것을 본 적이 없다. 기껏해야 눈꺼풀에 끼기 시작한 졸음 정도가 피로의 전부였다.

어쩌면 소문은 부풀려진 것이 아니라 오히려 축소된 것일지도 모르겠다.

'옥면신룡이라…… 단지 천하오절의 전인이란 이유로 천절문의 주인이 된 것은 아니라는 말이군.'

경계하는 마음이 생겨나는 한편으로 맥이 빠졌다.

천풍의 태연한 모습을 보자니 죽을 둥 살 둥 달려온 것이 바보같이 느껴졌다. 괜히 꿀리는 마음도 들었다.

"관두지? 우리도 이제 나이가 있는데 이런 유치한 짓은 좀 그렇지 않아?"

혜광이 먼저 내기 중단을 제안했다.

그 같은 마음은 진현도 다르지 않았다.

"하긴, 이런 의미 없는 것에 집착하는 것도 도를 찾는 데는 방해가 될 뿐이지."

그리고 머쓱한 웃음. 그렇게 내기는 끝이 났다.

그런 그들을 지켜보는 천풍은 그저 어이가 없을 뿐이다.

'그렇게 기를 쓰고 내달리더니 인제 와 관두자니?'

그럼 잠도 못 자고 밥도 제대로 먹지 못하며 달려온 지난 이틀 동안의 고생은 다 뭐란 말인가?

'이럴 거면 차라리 처음부터 그런 내기는 하지를 말든가…….'

이제 편해지겠다는 생각보다 왠지 억울한 마음에 짜증부터 난다.

'거기다, 하필이면 왜 지금 이 시점이냐는 말이지.'

시각은 야심하고 멀리서 산짐승 울음소리만이 들려오는 깊고 깊은 산 속이다. 어디서 먹을 것을 찾고 누울 곳을 구한단 말인가?

그렇다고 내기도 끝난 마당에 노숙을 할 수는 없다.

지난 이틀의 무의미했던 고생이 억울해서라도 편한 잠자리와 따뜻한 밥만은 양보하지 않으리라, 그리 결심을 했다.

다행히 진현과 혜광도 그 부분에서는 천풍과 생각이 다르지 않은 듯했다.

"이 산만 넘으면 마을이 있으니까 거기서 하루 쉬도록 하지."

소림과 가까워지니 주변 지리에도 빠삭해진 혜광이 앞장서 걸었다. 내기가 끝나고 나니 이젠 지나치게 유유자적이다.

처음에는 배고프고 졸린 와중이라 그 유유자적함이 답답했지만, 그렇게 걷는 동안 이런 얘기 저런 얘기 나누다 보니 그게 그리 썩 나쁘지 않았다.

마음이 여유로워지는 느낌…….

그래서일까?

우거진 나뭇잎들 사이로 아스라이 부서져 내리는 달빛과, 밤의 적막을 깨우는 산짐승들의 울음소리조차 운치를 더하는 것 같다.

한데, 꽤 긴 시간을 그렇게 걸은 끝에 산에서 내려와 마을의 소로에 접어들었을 무렵이었다.

갑작스레 주위가 소란스러워진다 싶더니 어디선가 병장기 부딪치는 소리가 들려왔다. 그러고 보면 간간이 끊어질 듯한 비명도 들렸다.

"음…… 저긴 도문의 지부가 있는 곳인데?"

거리를 가늠해 보던 혜광이 그렇게 말했다.

"도문이요?"

도문이면 추도향의 사문이다. 천풍에겐 남다른 느낌일 수밖에 없었다.

"도문에서 왜 저런……?"

천풍의 질문을 진현이 받았다.

"아마도 요즘 떠들썩한 그 사건의 연장인 것 같습니다만?"

"그 사건이라니……?"

순간, 퍼뜩 떠오르는 것이 있었다.

"아…… 설마 도문의 난주 지부가 몰살을 당했다는 그 사건 말입니까?"

이번엔 천풍의 질문을 혜광이 받았다.

"감숙 지부만이 아니지. 서화 지부에 이어서 섬서의 서안 지부까지도 연이어 같은 참변을 당했지. 음…… 그러고 보면 동선상으로 이곳 남양이 딱 다음 차례이긴 하군."

"하면, 지금 이러고 있을 때가 아니지 않습니까?"

"이러고 있지 않으면?"

"사람들이 떼죽음을 당하고 있을지도 모르는데 그럼 이대로 보고만 있을 작정입니까?"

"무슨 소리를 하는 거야? 어차피 타 문파의 일, 우리가 관여할 일이 아니잖아? 더구나 난 소림사 제자라고. 그리고 소림사는 아직 봉문 중이고. 괜한 일에 끼어들었다가 내 정체라도 발각되는 날에는…… 어이, 어이, 그러니까 괜한 일에 끼어들면 안 된다니까! 내 얘기도 안 끝났는데 어딜 가는 거냐고!"

혜광이 답답하다는 듯 외쳤지만 이미 천풍은 그곳에 없었다. 그의 말이 끝나기도 전에 벌써 비명을 쫓아 내달리고 있었다.

천풍뿐만이 아니었다. 진현도 천풍의 뒤를 쫓으려 했다.

"네 녀석은 또 왜?"

"저분 도우의 말씀대로 사람들이 떼죽음을 당하고 있는데 모른 척할 수는 없는 노릇 아닌가? 설마 명색이 부처님의 제자인데 모른 척하겠다는 건가?"

"그러니까 나는 소림의 제자고 소림은 봉문 중이라니까."

"그럼 자네는 지켜만 보고 있으시게나. 나는 대체 소문의 흉수가 어떤 놈들인지 궁금해서라도 가 봐야겠으니. 더구나 들리는 소문으로는 흉수가 새외의 세력일지도 모른다고 하던데, 타 문파의 일이라고는 하나 중원무림이 새외무림에 짓밟히는 것도 보기가 싫고."

그러고는 이내 천풍이 달려간 방향을 따라 진현도 몸을 날렸다.

"아, 정말 소림은 봉문 중이라니까! 소림 제자가 무림의 일에 나섰다는 것이 알려지기라도 하면, 소림의 신의를 땅에 떨어뜨린 죄로 나는 그냥 끝장난단 말이야! 니들은 니들 일 아니라고 속 편하게 정의감을 불태우고 싶은 거겠지만 나는 엄연히 처지가 다르다고!"

입으로는 끊임없이 투덜대는 중에도 승포를 벗고, 벗은 승포를 뒤집어 복면처럼 머리와 입을 가린다.

"만일 내가 소림 제자라는 걸 들키기라도 하는 날에는 내가 평생토록 부처님 앞에 네놈들을 저주해 줄 테니 그리 알라고!"

결국 혜광 역시 마지못해 살육의 현장으로 달려갔다.

그리해 당도한 현장은 참으로 참혹했다.

살아 있는 자보다 죽은 자가 더 많았고 걸음마다 죽은 자가 흘린 핏물로 철퍽거렸다.

놀라웠다.

난생처음 누군가의 죽음을 보게 된 천풍이다.

살인이 벌어지는 현장을 목격한 것 또한 처음이었다. 하지만 천풍이 놀란 것은 그 참혹함이나 살벌함 때문이 아니었다.

그토록 참혹하고 살벌한 참변이 눈앞에서 벌어지고 있는데도 무섭지도 않았고 징그럽지도 않았다. 마치 숱한 전쟁터를 경험한 노병처럼 너무도 담담한 자신에게 놀라고 있었다.

결의 위력을 알게 된 후로 혹여 상대를 죽이게 될까 두려워 마음껏 검 한 번 제대로 휘둘러 보지 못했던 것이 허탈하게 느껴질 만큼 죽음이란 것이 대수롭지 않게 다가왔다.

사람을 죽인다는 것이, 죽음을 당한다는 것이 이토록 간단한 것이란 말인가?

그것이 자신도 알지 못했던 내면의 본성인 건지, 아니면 너무도 수월히 죽음을 만들어내고 있는 복면인 무리의 잔악한 손속 때문인지는 모르지만, 그 순간 천풍은 자신의 내면에서 무언가가 부서지는 것을 느꼈다.

그를 뒤따라온 진현이 살육의 현장으로 뛰어든 것은 그때였다.

적아의 구분은 어렵지 않았다.

검은 무복에 검은 복면을 한 무리가 적(敵)이었고 그들의 냉혹한 칼날에 죽음을 당하는 자들이 아(我)였다. 그리고 진현은 적을 향해 거칠 것 없이 칼을 날렸다.

그 모습에 천풍은 또 한 번 놀랐다.

서걱!

"허억!"

서걱!

"커억!"

서걱!

"끄윽!"

진현이 한 번 검을 떨칠 때마다 어김없이 목 하나가 떨어졌다.

'강하다!'

복면인들 하나하나가 실로 보기 드문 고수였건만, 도문의 지부가 하룻밤 사이 몰살을 당한 것이 충분히 납득될 만큼 강한 자들이건만 진현의 강함은 차원이 달랐다.

압도적이었다.

같은 신주오기인 추도향과 비교해도 진현의 강함은 질적으로 다른 수준의 것이었다.

지금 이 순간, 온화한 도사의 모습은 온데간데없었다. 복면 무리와 마찬가지로 거침없이 살수를 뿌려댄다. 그 모습은 도사가 아니라 마치 지옥 야차처럼 느껴질 정도였다.

"그렇게 난리를 피며 달려가 놓고 여기서 멍하니 뭐 하고 있는 거야?"

뒤늦게 현장에 도착한 혜광이 얼이 빠져 있다시피 하는 천풍의 어깨를 툭 치고는 지나갔다.

잠시 얼이 빠져 있던 천풍은 혜광의 모습에 자신도 모르게 '풋' 실소를 토했다.

그의 눈에 비친 혜광의 모습이 너무 우스꽝스러웠다.

복면인과 마찬가지로 얼굴을 가리긴 가렸는데 승포로 아무렇게나 둘러 감은 모양새가 복면인과는 달리 야심한 시각 이제 막 담장을 넘으려는 어설픈 초짜 도둑처럼 보였다.

하지만 그의 실소는 그야말로 순식간에 사라지고 말았다.

우드득!

"크아악!"

빠각!

"쿠억!"

진현과 마찬가지로 복면인들에게 달려든다 싶기가 무섭게 거리낌 없이 팔이며 다리며 잡히는 대로 부러뜨려 버린다.

무슨 승려가 저렇게도 손속이 매울 수가 있단 말인가?

아니, 승려이기에 그나마 팔다리만 부러뜨리는 것으로 끝내는 것일지도 모르겠다.

천풍은 진현과 혜광을 보며 새삼 깨닫는 바가 있었다.

저들이 지나치게 손속이 매운 것이 아니다.

저들이 유별나게 잔인한 성정이어서도 아니다.

지금 서 있는 이곳이, 그가 살아가는 이곳이 바로 무림이기 때문이다.

그 사실이 그 어느 때보다도 절절하게 가슴에 닿았다.

그리고 그렇게 치열하게 와 닿는 무림이라는 공간이, 삶과 죽음이 너무도 간단히 교차하는 이 살벌하고 무서운 세계가 그리 싫지가 않다.

거부감도 들지 않는다.

이윽고 그의 안에서 또다시 무언가가 부서졌다.

그때였다.

"물러서거라!"

변화가 생겼다.

진현과 혜광이 복면인 무리를 거침없이 몰아붙이던 그때, 돌연 일갈이 야공을 쩌렁쩌렁 울리고 복면인 무리가 파도 갈라지듯 좌우로 물러나며 공간을 연다.

그 사이로 또 다른 복면인 하나가 터벅터벅 걸어 나왔다.

복색은 같았지만 그 분위기만큼은 사뭇 달랐다.

'우두머리로군.'

줄기줄기 뿜어나는 형형한 눈빛이 아니더라도, 풍기는 기도

만으로도 이곳의 참변을 주도한 자임을 알 수 있었다.

"도문에서 온 자들인가?"

우두머리가 진현과 혜광을 노려보며 음산한 목소리로 그렇게 물었다.

혜광이 대답했다.

"아닌데?"

"도문과 관계가 없다면 더는 이 일에 관여치 말고 물러가라!"

"물러가라고? 정말? 우리 손에 그쪽 수하들이 꽤 심한 꼴을 당했는데도 그냥 보내 주겠다는 거야?"

"그대들 정도의 고수라면 그 내력 또한 범상한 것이 아닐 터, 설혹 우리 쪽의 피해가 있었다고 해도 중원무림과 괜한 은원은 남기고 싶지 않다."

"그러니까 어른 싸움으로 번지는 것이 싫으니 아예 애들과는 상종을 하지 않겠다? 그렇게 소심한 성격은 아닌 것 같은데? 그렇게 소심한 성격으로 여기서 이런 대범한 짓을 할 리가 없잖아?"

"그래서 그냥은 가지 않겠다는 건가?"

"코흘리개 꼬맹이 취급을 받은 채로 그냥 가기에는 너무 자존심이 상하잖아."

"자존심이 상한다라…… 이것을 보면 그런 말은 하지 못할 텐데?"

그렇게 말하며 우두머리가 혜광의 앞으로 무언가를 내밀어 보였다.

그 즉시 불쾌히 눈살을 찌푸리는 혜광이다.

그도 그럴 것이 우두머리 복면인이 내민 것은 다름 아닌 사람의 목이었기 때문이다. 주위에 시체가 산을 이루고 주인 잃은 목이 아무렇게나 굴러다니고 있다고 해도 이렇게 눈앞에 들이대는 데 불쾌하지 않을 리 없었다.

그것은 진현이나 천풍도 마찬가지였다. 더욱이 천풍은 저도 모르게 울컥 살심마저 치밀어 오르는 것을 느낄 정도였다.

단지 그 하나의 행위 때문만은 아니었다.

이 많은 죽음이 바로 이 우두머리 복면인에게서 비롯되었다는 것을 알게 된 후부터 들끓어대는 살심을 주체할 수가 없을 지경이었다. 게다가 전과는 달리 죽음에 대한, 살인에 대한 거부감까지 사라진 마당이라 그 살심을 애써 억누르지도 감추려 하지도 않았다.

천풍의 그 같은 변화야 어떻든 혜광은 우두머리 복면인이 든 머리의 정체가 궁금할 뿐이다.

"그게 누군데?"

"팔절풍도(八絕風刀) 서문휘(西門揮)!"

순간, 혜광과 진현의 눈이 휘둥그레졌다.

"팔절풍도 서문휘의 목 정도면 그대들이 꼬맹이 취급을 당한다고 해도 자존심 상해 할 일은 아닌 듯한데?"

우두머리 복면인의 말대로였다.

진현과 혜광이 제아무리 신주오기라 해도, 제아무리 소림과 무당의 귀한 몸이라고 해도 팔절풍도 서문휘에 비할 바는 아니었다.

팔절풍도 서문휘라면 구대문파 장문인들조차 한 수 접어 두는 고수였다.

단지 그 자신의 실력뿐만 아니라 점창 장문인 조양신검이 의제를 자처할 만큼 강호에서의 인망도 두터웠고, 때로는 도문주 석조명보다 더 높은 평을 받기도 하는 무림 최고의 명숙이었다.

우두머리 복면인의 말대로 저 목의 주인이 정말로 팔절풍도 서문휘라면 자신들을 코흘리개 꼬맹이 취급을 한다 해도 억울해할 일이 아니다. 더구나 서문휘가 이곳에 있다는 것은 사방에 널려 있는 시체가 백인각의 것이라는 뜻이다.

서문휘와 백인각이 당했다.

그가 상대해 본 복면인들의 실력으로는 불가능한 일이었다. 그들의 실력 또한 결코 만만하다 할 수는 없었지만, 남양 지부만이라면 몰라도 서문휘와 백인각이 이처럼 맥없이 몰살을 당할 정도는 결코 아니었다.

결국 우두머리 복면인의 힘이 상상할 수도 없을 만큼 강하다는 뜻이다.

'게다가 저들 다섯도 그리 간단해 보이지는 않는군.'

우두머리 복면인의 뒤에 서서 서늘한 눈빛을 보내오는 자들…… 그들 또한 백인각을 부수는 데 상당한 활약을 했을 것이 틀림없었다.

혜광이 진현을 보며 물었다.

"안 되겠지?"

"이런 경우를 두고 계란으로 바위 치기라고 하는 걸 테지."

"기연이 있어 팔성의 성취를 이뤘다며?"

"그래 봐야 팔성으로는 수박 겉핥기일 뿐이지. 십이성 대성을 이루기 전에는 도(道)가 아니라 기(技)이고 술(術)에 지나지 않으니까. 기와 술로 당해낼 수 있는 상대가 아니지 않은가? 그러기에는 경험도 내공도 너무 일천하고. 더구나 수적으로도 열세인 판국이니……."

"그럼 십이성 대성만 하면 되는 거야?

"십이성 대성을 이루기만 하면야 이 자리에 저들 두 배의 인원이 있다고 해도 능히 제압할 수 있지."

"그럼 간단하네. 십이성 대성을 해 버리면 될 거 아냐?"

"그렇긴 하군."

"그럼 십이성 대성하는 데 얼마나 걸릴 것 같은데?"

"한 십 년쯤?"

"미쳤군. 아니면 돌았든가. 삼풍 진인조차 말년에야 겨우 이룬 것을 앞으로 십 년 안에 성취하겠다고?"

"어차피 만드는 것보다야 만들어진 걸 익히는 게 수월하기 마련 아닌가? 뭐, 내가 생각하기에도 십 년은 좀 과한 것 같긴 하네만…… 좋네. 그럼 십오 년쯤으로 해 두지. 그때까지도 안 되면 나 스스로한테 너무 실망스러울 테니까."

"십 년이든 십오 년이든 간에 어쨌든 그때까지 저놈들께서 기다려 주실 것 같진 않은데? 내가 한 일각 정도라면 시간을 좀 끌어 보겠는데 말이야."

"일각으로는 무리지."

"십오 년도 아무래도 무리로 보이는군."

"그럼 보내 준다 할 때 얌전히 가는 게 좋겠군. 코흘리개 꼬맹이 취급 받는 게 죽는 것보다야 나을 것 같으니."

"그렇지?"

"그렇지."

"그렇긴 한데…… 저들이 걸리는군."

혜광의 눈길이 향하는 곳에는 이미 싸울 의지조차도 잃어버린 채 죽은 동료의 시체만을 망연히 바라보고 있는 도문의 무사들이 있었다.

"명색이 자비를 근본으로 하는 불제자인데 어떻게 불쌍한 중생들의 죽음을 눈앞에 두고 나만 살자고 발을 뺄 수가 있겠어?"

혜광의 눈길이 다시 우두머리 복면인에게 향했다.

"그래서 말인데, 저들도 살려 준다면 우리 마음이 좀 편할 것 같은데 말이야. 이대로 걸음을 돌리기에도 나름 명분이 서고."

"불가(不可)하다! 도문의 피는 단 한 방울도 남겨 둘 수 없다!"

우두머리 복면인의 단호한 말에 이미 그럴 줄 알았다는 듯 시큰둥한 표정으로 어깨를 으쓱하는 혜광이다.

"그렇다는데?"

"그럼 뭐 어쩔 수 없고. 자네나 나나 그리 매정한 인간이 못 되잖은가."

"어떻게 할까?"

"글쎄……?"

"글쎄는 무슨 글쎄야! 많은 적에 둘러싸였을 때는 우두머리부터 치는 게 상식이지!"

그리고는 누가 먼저랄 것도 없었다.

"그래, 까짓 한번 죽어 보자고!"

"이왕이면 살아 보자고!"

이미 그 말이 끝나기도 전에 우두머리 복면인을 덮쳐 가고 있었다.

그야말로 순식간에 벌어진 일이었다. 그리고 갑작스러운 기습이었다. 한데도 우두머리 복면인에게선 당황하는 빛이 조금도 보이지 않았다. 그저 무모하다는 듯, 그 무모한 객기가 어리석다는 듯 바라보는 그 눈빛에서 진득한 살기만이 묻어나올

뿐이다.
싸움은 그렇게 시작되었다.

*　　*　　*

일방적이었다.
우두머리 복면인은 상상했던 것보다도 더 강했다.
신주오기 둘을 마치 어린애 다루듯 하고 있었다.
진현과 혜광의 합벽에 조금이라도 틈이 있었다면 이미 아무렇게나 널려 있는 많은 시체 중 하나가 되었을 것이다.
한데, 어찌 된 것이 그렇게 생사가 오가는 절체절명의 순간에도 주둥이들은 참 무던히도 놀려대는 그들이다.
"그 팔성인지 뭐시긴지 하는 건 대체 언제 써먹을 거야? 두었다 콩이라도 볶아 먹을 참이냐?"
"그러는 자네는 대체 그 머리에 쓰고 있는 꼴사나운 것은 언제 벗을 참인가?"
"그러니까 나는 내 정체를 들키면 안 된다니까."
"나도 마찬가지네. 본파의 비전인 만큼 함부로 보여 줄 것이 아니지."
"당장 죽게 생겼는데 그게 무슨 소용이야!"
"그야말로 내가 할 말이로군. 지금 후일을 걱정할 때가 아니잖은가. 당장 죽게 생겼는데."

그들의 대화만 들으면 상당히 여유가 있는 듯 생각될지도 모르지만 그들의 목숨은 정말이지 간당간당한 상황이었다.

아무리 낙관적으로 상황을 본다고 해도 얼마 못 가서 우두머리 복면인의 칼이 그들의 방어진을 산산조각 낼 것이 분명해 보였다. 더구나 그들의 그 같은 여유가 못마땅하다는 듯 공세에 더욱 박차를 가하기까지 하니 그야말로 그들의 목숨은 바람 앞의 등불처럼 위태롭기가 그지없었다.

"좋아, 좋아. 나도 이걸 벗을 테니 네 녀석도 본격적으로 힘 좀 써 봐."

"칠십이종절예도 보여 주겠다면 나도 기꺼이 내 성취를 뽐내 보도록 하지."

"좋아! 사별삼일이면 괄목상대라는 말이 어떤 의미인지 확실하게 깨닫게 해 줄 테니 너무 놀라지나 말라고!"

"나 역시 자네가 상상하는 그 이상을 보여 주도록 하지."

그 순간 흐름이 바뀌었다. 수세에만 몰려 있던 진현과 혜광이 역공으로 전환을 한 것이다. 그리고 싸움이 시작되고 처음으로 우두머리 복면인의 눈빛이 흔들렸다.

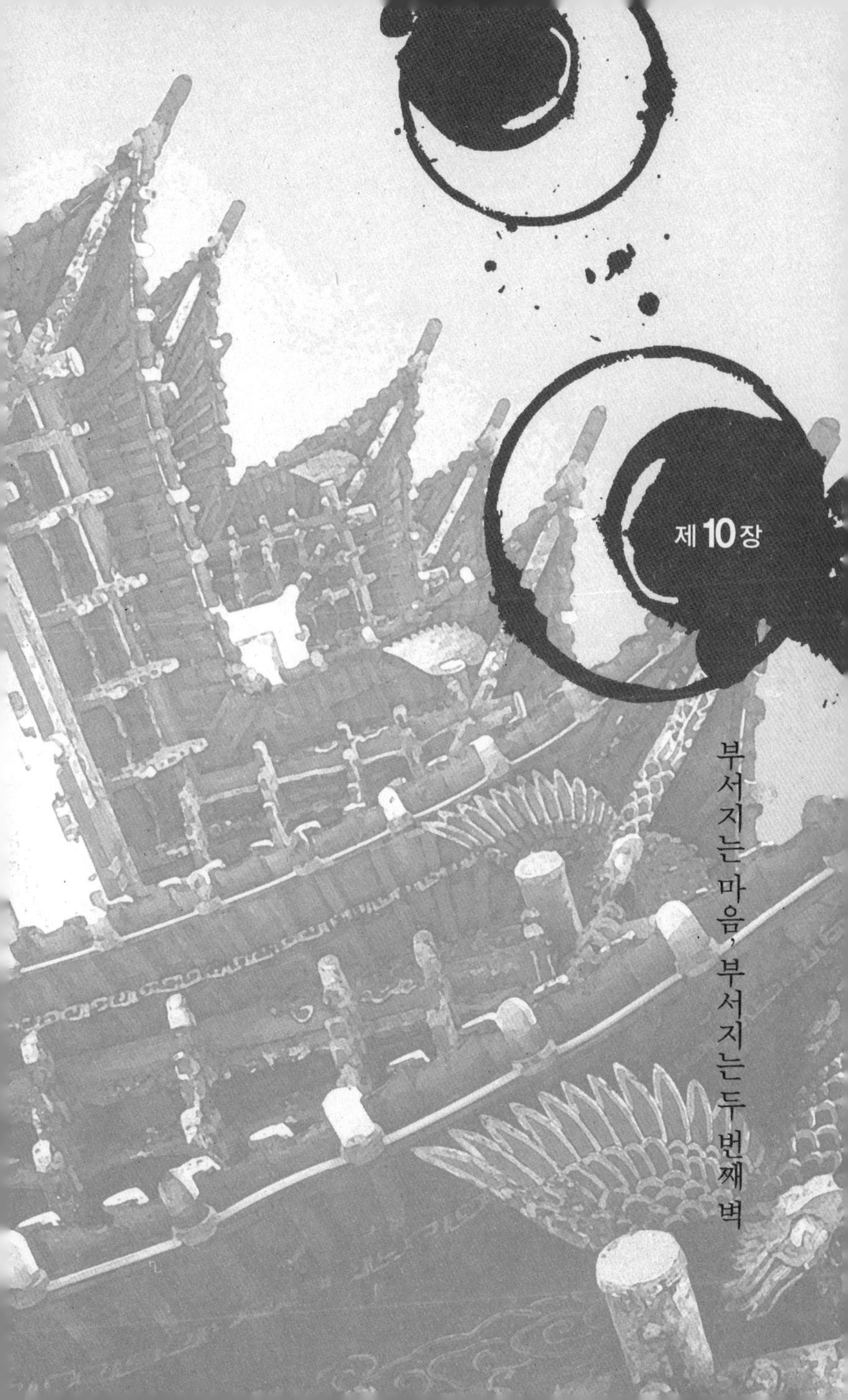

제 10 장

부서지는 마음, 부서지는 두 번째 벽

천극의 서

승부를 예측하기 힘든 치열한 공방이 이어지고 있었다.

일진일퇴를 거듭했다.

그러나 팔성에 이른 태극혜검으로도, 소림 칠십이종절예로도, 그 둘의 합공으로도 전세는 역전되지 않았다.

"괄목상대라는 말의 의미를 가르쳐 준다며?"

"그러는 너는? 이게 상상하는 그 이상인 거냐?"

"자네의 상상이 지나쳤던 것뿐이지."

사실 상대는 팔절풍도 서문휘의 목을 취한 자였다.

이만큼으로도 충분히 선전을 하는 것이었고, 이는 그들의 싸움을 지켜보는 다른 복면인들의 눈을 의심케 하기에 충분한 것이었다.

천풍 또한 새삼 진현과 혜광을 달리 보고 있었다.

비록 견식은 부족하지만 그런 그의 눈에도 진현과 혜광은 신주오기니 후기지수니 하는 그런 테두리에 담을 그릇들이 아니었다. 도제 백무강과 금천우를 제외하면 지금껏 저들에 비견될 만한 고수는 만나 본 적이 없었다.

그래서 우두머리 복면인이 더 놀라웠다.

어쩌면 이미 소림과 무당의 제일 고수들일지도 모르는 둘의 합공을 거뜬히 받아내고 있는 것이다. 거뜬히 받아내고 있을 뿐만 아니라 형세를 점점 주도해 가고 있었다.

이윽고,

까앙!

"크!"

"으음……."

한 차례 거센 충돌이 있고 튕기듯 뒤로 주르륵 미끄러져 나가는 진현과 혜광이다.

진현의 입가에는 한 줄기 검게 죽은피마저 걸려 있었다.

그나마 다행인 것은 우두머리 복면인이 두 번째 공격을 해오지 않았다는 것이다. 만일 그 틈을 놓치지 않고 공격했다면 단번에 승기를 잡을 수 있었을지도 몰랐다.

당연하게도 우두머리 복면인이 그걸 몰랐을 리 없었다.

우두머리 복면인이 칼을 멈춘 데는 다른 이유가 있었다.

"소림……이로군."

복면인의 눈길에 혜광이 결국 올 것이 왔다는 표정을 했다.

"소림은 봉문 중일 텐데?"

"뭐, 세상일이란 게 정해진 대로만 흘러가는 것은 아니니까."

복면인이 혜광의 말을 듣는 둥 마는 둥 하며 진현에게로 눈을 돌렸다.

"하면 이쪽은 무당인가?"

"반응이 너무 늦은 것 같은데? 무림인이라면 내 복장만 봐도 내가 어디 사람인지 정도는 한눈에 알 수 있었을 텐데 말이야. 이 녀석의 반들반들한 머리도 그렇고…… 역시 소문대로 새외에서 온 자들인가?"

복면인의 진현의 말도 듣는 둥 마는 둥 하며 고개를 갸웃거렸다.

"소림과 무당이라…… 칠십 년 동안의 봉문으로 그 힘이 약해졌을 거라 하더니 듣던 것과는 다르군. 그대들 같은 인재를 기르고 있었으니…… 아니면 그대들이 유별나게 특출난 것인가? 아아, 그러고 보니 들은 것도 같군. 신주오기라 했었지 아마? 무당신룡 진현과 신승 혜광…… 그래, 그게 바로 그대들이로군."

"뭐, 이름이라도 알아주니 고맙긴 한데, 그러지 말고 이왕 이렇게 만난 것도 인연인데 우리 통성명이나 하는 게 어때?

그 시커먼 복면도 좀 벗고."

이번에도 혜광의 말은 무시를 당했다.

"무당신룡과 신승이라…… 그렇다면 생각을 달리해야겠군."

왠지 섬뜩하게 느껴지는 말.

"괜한 은원은 남기지 않으려 했지만 그것이 소림과 무당이라면 어설프게 무마했다가는 위험부담이 너무 크겠어."

혼잣말처럼 중얼거리는 우두머리 복면인의 말에 혜광이 눈초리를 날카롭게 하며 물었다.

"그래서?"

"머리카락 한 올조차 남기지 않고 완전하게 소멸시켜야겠지."

목소리에서 묻어나는 살기는 소름 끼치도록 진득했다.

하지만 기죽을 혜광이 아니다.

"그거야말로 우리가 할 소리지. 내 신분을 알게 된 이상 나도 그냥은 보내 줄 마음이 없다 이거야!"

그렇게 제법 당당하게 큰소리를 쳤다.

그러나 진현은 그렇게 당당할 수가 없나 보다.

"최악이로군. 자네와 같은 날에 죽는 것만큼은 정말이지 죽기보다 싫었는데…… 더더욱 최악은 죽어 제사상에서조차 자네를 만나야 한다는 것이고."

이미 체념을 한 듯했다.

아니, 엄연한 현실이었다.

성큼 한 걸음 다가서는 우두머리 복면인의 기세가 조금 전과는 또 달랐다. 죽을힘을 다해 버텼던 그들과는 달리 그 상황에서조차 여분의 힘을 남겨 두고 있었던 모양이다.

"흥! 무슨 그런 약한 소릴 하는 거야? 길고 짧은 건 대봐야 알고 싸움은 코피 터지기 전에는 누가 승자인지 알지 못하는 법이야. 그리고 네 녀석과 제사상에서 만나는 건 내가 더 싫다고. 부처님 가운데 토막을 붙들어서라도 네 녀석보다는 하루라도 더 오래 살고 말 테니까 그런 걱정일랑은 붙들어 매두셔. 무엇보다 나는 아직 할 일이 있단 말이야. 이대로는 억울해서라도 못 죽어!"

"할 일?"

"사내로 태어났으면 삼처사첩은 거느려 봐야 할 거 아냐?"

"뭐? 부처님의 제자 주제에 그게 가당키나 한 꿈인가?"

"흥! 난 일평생 부처님 똥구멍만 닦아댈 생각은 전혀 없다고. 내가 뭐 원해서 중이 됐나? 세상에 눈 뜨니 소림사고 철드니 머리가 깎여 있어서 어쩔 수 없이 중질이나 하고 있는 것뿐이지. 언제고 중질 때려치우고 여우 같은 마누라들이랑 토끼 같은 자식들 왕창 놓고 살 거라 이 말이야."

"소림사 어르신들이 들으면 뒷목 잡고 쓰러지실 이야기로군."

"어차피 사람은 다 각자의 길이 있는 거 아니겠어? 아무리 생각해도 내 길은 중생이니 자비니 그런 고리타분한 것과는 거리가 먼 것을 어쩌겠어."

"그렇군. 이대로 죽기에는 너무 아깝군. 자네가 호랑이 같은 마누라들이랑 늑대 같은 자식들 등살에 시달리는 꼴사나운 모습을 보지 못한다면 죽어서도 후회막급일 테니."

"그렇지? 뭐 어디까지나 여우 같은 마누라고 토끼 같은 자식이지만 말이야."

"그럼 내 손에 든 것이 계란이든 메추리알이든 바위란 놈을 한 번 깨 볼까?"

이윽고 잠시 멈췄던 공방이 한층 열기를 띠며 다시 시작되었다.

하지만, 애당초 계란으로는 바위를 깨기란 불가능한 일이었다. 더구나 상대는 그냥 바위가 아니라 금강석이었다.

좌아악!

"크윽!"

진현의 허리에서 피가 뿜어져 나왔다.

좌아악!

"젠장!"

혜광의 어깨에서도 피가 솟구쳐 올랐다.

피의 양에 비해 상처는 깊지 않았지만 압도적인 힘의 차이를 단편적으로 보여 주는 장면이었다.

이를 보는 천풍은 가슴이 뜨거워지는 것을 느꼈다.

그리고 생각을 다시 했다.

저렇듯 압도적인 힘의 차이 앞에, 삶과 죽음의 경계에서 아슬아슬한 외줄 타기를 하는 중에도 진현과 혜광에게선 서로 간의 굳건한 믿음이 전해져 왔다. 허리와 어깨의 상처 또한 서로 보호하려다 당한 상처였다.

멋있다.

참으로 지금의 긴박한 상황과는 어울리지 않게도 그런 그들이 멋있어 보였다.

따지고 보면 이 모든 것은 자신으로 인해 벌어진 일이었다. 장경각으로 가자며 억지떼를 부린 것도 그였고 타문파의 일에 끼어들기 싫다는 그들을 억지로 잡아끈 것도 그였다. 그런데도 죽음을 눈앞에 둔 지금도 천풍에겐 원망의 눈빛 한 번 던지지 않는다.

생각이 또 바뀌었다.

역시 저들과 같이하고 싶다.

저들과 같이한다면 마음이 진실로 든든해질 것 같다.

저들에게라면 한 올의 의심이나 경계도 없이 온전히 마음을 내보일 수 있을 것 같다.

그렇게 빗장이 허물어지고 진현과 혜광에 대한 마음이 커지자 그들을 몰아붙이고 있는 우두머리 복면인에 대한 살심도 더불어 커진다.

좌아악!

"큭!"

이번엔 진현의 어깨에서도 피가 솟구쳤다.

그와 동시에 천풍의 살심도 한층 강해졌다.

촤아악!

"육시럴 아미타불! 니미럴 아미타불! 젠장할 아미타불!"

허벅지를 베인 혜광이 욕설을 퍼부으며 신음을 대신한다.

더불어 천풍의 살심도 주체할 수 없을 만큼 들끓었다.

그 순간이었다.

돌연 시야가 변했다.

무수히 많은 결…… 늘 보던 것이었지만 이번만큼은 그전과 달랐다.

무수히 많은 결 중에서 유독 도드라지게 빛을 내뿜는 하나…….

'저건……?'

마찬가지로 결이었다. 하나, 결이긴 한데 지금껏 보아 왔던 것과는 다르다. 그렇다고 새롭다고 할 수도 없는 것이, 돌이켜 생각해 보면 인식을 하지 못했다 뿐이지 그것은 항상 그 자리에 있었다.

그랬다.

항상 그 자리에 있었다.

인식을 하지 못했을 때에는 간단히 흘려 넘겼던 것이 이렇듯 인식을 하고 보니 도무지 눈을 뗄 수가 없다.

가만히 보고 있자니 왠지 모르게 가슴 한편이 뭉클해 오기도 하고 눈시울이 뜨거워지기도 한다.

문득,

'결이란 맺음의 결(結)이기도 하고 틈새의 결(缺)이기도 하다.'

도제 백무강의 말이 뇌리를 스쳐 갔다.

"아……!"

순간, 저 새치름하게 반짝이고 있는 그것이, 수줍은 듯 이제야 고개를 들어 올리는 그것이 무엇인지 이제야 알았다.

맺음의 결과 틈새의 결.

'하나가 아니었구나!'

둘은 각기 다른 것이다.

그리고 무수한 결 속에서 홀로 반짝이고 있는 저것은 세상과 맞물려서 세상과 이어 주는 고리였고 맺음의 결이었다.

도제 백무강이 던져 주고 갔던 도무지 풀리지 않던 숙제가, 그가 맞닥뜨려 절망했던 두 번째 벽이 바로 그것이었다.

"아아……!"

결의 무예라는 것 완전한 소멸이라는 것…… 이제야 어렴풋이나마 그 실체가 보였다.

도무지 풀리지 않던 숙제가 풀렸다.

철옹성처럼 높고 단단했던 벽이 허물어졌다.

그리해 지금 이 순간, 자루뿐인 검에 비로소 잃어버렸던 날이 채워졌다.

뜻하지 않았던, 그리고 갑작스럽게 찾아온 기연…….

알고 보면 어려울 것이 없는 숙제였다.

답은 너무도 단순한 것이었다.

그것은 죽이고자 하는 마음, 바로 살심이었다.

죽이지 않기 위해 보려고 할 때는 보이지 않았던 것이 죽이고자 하는 마음이 생기자 볼 수 있게 된 것이다. 그리고 살심과 더불어 새치름하게 고개를 든 그것은 도무지 뿌리칠 수 없는 유혹이었다.

살인에 대한 한 가닥 남은 본능적인 거부감마저도 지워 버릴 만큼의 강렬한 유혹이었다.

그리해 성큼 걸음을 내디뎠다.

* * *

"어, 어이! 대체 지금 뭐 하는 거야!"

"도우님! 도우님이 끼어들 자리가 아닙니다!"

천풍이 불쑥 싸움터의 한가운데로 들어서자 혜광과 진현이 기겁을 한다. 하지만 천풍의 눈은 우두머리 복면인에게서 떨어질 줄을 몰랐다.

혜광이나 진현과는 달리 우두머리 복면인은 조금도 당황하지 않았다. 그저 진현과 혜광이 열세에 처해 있다 보니 그 일행이 도우러 나선 것이겠거니 했다.

물론 결코 가볍게 생각할 일은 아니었다.

진현과 혜광의 무위만 해도 도저히 약관의 나이라고는 믿기지 않는 놀라운 수준의 것이었다.

진현만 보더라도 상당히 무서운 검을 가지고 있었다.

정확히 그것이 무엇인지는 모르지만, 순간순간 등골을 서늘하게 했던 적이 한두 번이 아니었다. 하물며 팔절풍도 서문휘와의 싸움에서조차 당하지 않았던 부상을 진현의 칼에 당했다. 비록 복면을 스친 검기에 살짝 뺨을 긁혔을 뿐이지만 그로서는 실로 충격일 만큼 가슴 서늘한 일격이었다.

둘만으로도 그런데 셋이라면?

새롭게 가세한 자가 그들과 같은 수준의 실력이라면?

자칫 방심했다가는 승부의 추가 급격히 기울어지게 될 수도 있었다. 그만큼 위험천만한 상황이었다.

하지만,

'아직 어리다.'

그리고 아직 완성되지 않았다.

십 년…… 아니, 오 년만 지나도 합공은커녕 어쩌면 진현 하나조차 감당하지 못할지도 모르지만 지금은 아니었다.

어리기에 부족한 내공.

어리기에 부족한 경험.

그리고 어리기에 완성하지 못한 검술……. 그 오 년이라는 시간의 차이로 인해 둘의 합공은 물론이고 셋의 합공에도 여유를 가지게 되는 것이다.

그랬다.

그에겐 여유가 있었다.

적어도 천풍의 눈을 보기 전까지는 그랬다. 하지만 천풍의 눈을 보는 순간 그 같은 여유는 씻은 듯이 사라지고 말았다.

'이, 이게 무슨……?'

자신을 보고 있는데도 다른 것을 보고 있는 듯 망연한 눈이었다. 그 눈을 보고 있자니 숨이 턱 막혀 온다. 게다가 전신은 가위에라도 눌린 듯 무겁게 가라앉는 기분이다.

아니, 그것은 호랑이의 호안에서 뿜어져 나오는 무형의 올가미였다. 그리고 지금 이 순간 그는 그 올가미에 옭매인 불쌍한 토끼였다.

'사술이라도 부리는 건가?'

대체 무슨 사술인지는 모르지만 그런 것에 당할 자신이 아니다.

내공을 끌어 올렸다.

그의 몸에 침범한 것이 사기(邪氣)라면 쫓아 버리면 그만이고 미혼약의 일종이라면 태워 버리면 그만이다.

아니나 다를까, 내공을 끌어 올리자 한결 몸이 가벼워졌다. 하지만 천풍이 다시 한 걸음을 더 다가서자 이번에는 심장이 쿵 하고 내려앉는 느낌을 받았다.

그때, 천풍이 손을 뻗었다.

그리 빠르지도 느리지도 않은 완만한 움직임…….

한데, 어이가 없는 것은 그렇게 다가오고 있는 천풍의 손을 보면서도 막아야겠다는 생각이 들지 않는다는 것이다.

분명 그 손에 깃든 것은 적의였다.

그 적의에 등골이 오싹해 오고 있었다.

그런데도 맞서 싸울 의지가 생기지 않는다.

칼을 겨눌 의지조차 없다.

아니, 무엇보다 그 스스로가 이해가 되지 않는 것은 상황과는 전혀 어울리지 않는 안도감이었다.

그리고 이어진 아득함…….

그것이 그가 느낀 마지막 감정이었다.

그리고 사라졌다.

그가 그 마지막 감정을 느낀 바로 그 순간, 그는 모든 사람의 시야에서 사라져 버렸다.

*　*　*

"대체 이게 무슨……?"

"지금 대체 무슨 일이 벌어진 거야? 대체 뭐가 어떻게 된 거냐고?"

진현과 혜광이 눈을 휘둥그레 뜬 채 천풍을 본다.

의문, 놀람, 의아함, 어리둥절함 등등…… 그들의 눈은 정말이지 복잡하게 뒤엉켜 있었다. 하지만 무엇보다 우선하는 것은 당장에라도 답을 들어야겠다는 간절함이었다.

그러나 안타깝게도 천풍은 그들의 간절함에 답해 줄 수 있는 상태가 아니었다. 적어도 그 순간만큼은 진현의 존재도 잊었고 혜광의 존재도 잊었다. 심지어 그들의 목소리도 천풍의 귀에 닿지 않았다.

지금 천풍은 자신의 손을 내려다보고 있었다.

맺음의 결에 닿은 그 촉감…… 아니, 그것이 과연 촉감이었는지는 확실치 않았다. 다만 기이한 감각이었다.

아니, 그 또한 감각이라 하기에는 맞지 않았다.

아마도 그 순간의 느낌은 '기분' 쪽이 더 가까울 것 같았다.

마치 절대자가 된 기분이었다.

하늘이 된 기분이었다.

그 순간만큼은 세상 모든 만물을 관장하는 신이 되어 버린 것 같은 그런 기분이었다.

그리고 우두머리 복면인이 사라졌다.

도제 백무강의 말을 빌리자면 이것이 바로 '완전한 소멸'일 것이다.

더할 수 없이 짜릿하고 더할 수 없이 강렬한 쾌감과 전율…….

한 번 더…….

아쉬움에 절로 되뇌게 된다.

그 기분을 다시 한 번 느끼고 싶다. 이대로는 안개처럼 사라져 버리고 말 것 같은 불안감에 그 마음이 더 간절해진다.

천풍이 눈을 돌렸다. 그의 시야에 우두머리 복면인의 뒤를 따라 나왔던 다섯 명의 복면인이 보였다.

천풍이 눈을 돌리기 전까지 진현이나 혜광과 마찬가지로 뭐가 어떻게 된 상황인지를 몰라 멍해 있던 복면인들이 천풍의 눈길이 자신들에게 향하자 엄습해 오는 공포에 반사적으로 천풍을 향해 덮쳐들었다.

파파파파팟!

공기를 부수듯 덮쳐드는 그들의 신형은 거세다 못해 광포하기까지 했다.

진현과 혜광이 짐작했던 대로였다.

다섯 복면인들이 뿜어내는 살기와 그 광포한 움직임은 그들이 결코 가벼이 볼 수 있는 자들이 아님을 여실히 증명하고 있었다.

그러나 천풍에겐 그 모든 것은 관심 밖의 일이었다.

그들에게도 있었다.

수줍은 듯 새치름히 고개를 내미는 그것.

더할 수 없이 짜릿하고 더할 수 없이 강렬한 쾌감을, 그 전율을 다시 한 번 느낄 수 있다. 다시 한 번 절대자가 되고 하늘이 되고 신이 될 수가 있다.

천풍의 관심은 오직 그것뿐이었다.

천풍이 움직였다.

덮쳐 오는 복면인들을 향해, 그 광포하게 쏟아져 들어오는 무수한 도광을 향해 아무런 거리낌도 없이 그 속으로 발을 디뎠다.

그리고,

……!

하나가 사라졌다.

그리고,

……!

또 하나가 사라졌다.

"무, 무슨……?"

동료 둘이 거짓말처럼 사라져 버리자 그 옆의 복면인이 경악에 가까운 신음성을 토했다. 하지만 그 신음성이 채 끝나기도 전에,

……!

……!

다시 둘이 사라졌다.

"쩝……."

아쉬운 듯 입맛을 다시는 천풍이다.

사탕과자를 정신없이 먹던 아이가 어느덧 한 입밖에 남지 않았다는 것을 깨닫고 뒤늦게 아쉬워하는 그런 천진하고 해맑

은 표정이 지금 천풍의 얼굴에 떠올라 있었다. 이윽고, 천풍의 눈이 마지막 한 입 남은 사탕과자에게 향했다.

천풍이 복면인을 본다.

그 순간, 복면인은 조금 전 우두머리 복면인이 느꼈던 것과 똑같은 것을 느꼈다.

자신을 보고 있는데도 다른 것을 보고 있는 듯한 망연한 눈길에 전신은 가위에라도 눌린 듯 무겁다.

천풍이 한 걸음 다가오자 심장이 쿵 하고 내려앉는다.

빠르지도 느리지도 않은, 완만하게 움직이는 손…… 막아야겠다는 생각도, 맞서 싸울 의지도, 칼을 겨눌 생각조차 나지 않는다. 그리고 어울리지 않는 안도감…… 아득함…….

하지만 그 복면인은 우두머리 복면인처럼 그렇게 사라지지는 않았다.

천우신조인지 천풍이 문득 '맺음의 결' 에서 눈길을 돌려 복면인의 눈을 본 것이다.

그 속에 들어찬 안도가 보였다. 그러나 거기에 있는 것은 단지 안도만이 아니었다.

안도 너머 저 깊은 곳에서 꿈틀거리고 있는 것…… 그것은 분명 어찌할 수 없는 공포와 절망이었다.

순간 흠칫하는 천풍이다.

그제야 깨달았다.

"아……!"

아니, 그 강렬한 쾌감에 취한 나머지 잠시 잊어버리고 있었다.

맺음의 결을, 그 고리를 끊는 행위가 무엇을 의미하는지…… 완전한 소멸의 근본적인 의미가 무엇인지…….

그때, 그런 천풍의 눈에 또 다른 무언가가 보였다.

그것은 복면인의 눈동자에 비친 자신의 눈이었다.

신기할 만큼 선명하게 비치는 자신의 눈은 깨끗한 동경 속이나 잔잔한 물 위에 떠 있던 것과는 너무도 다른 것이었다. 그 눈은 지금껏 한 번도 본 적이 없는 광기로 이글거리고 있었다.

"아아……!"

등허리를 쓸어 가는 섬뜩함에 이어 한 줄기 뇌전이 뇌리를 스쳐 간다.

정신이 번쩍 드는 것 같았다.

정신은 번쩍 드는데 온몸 사지의 맥이란 맥은 죄다 빠져나가는 것 같았다. 그렇게 선명했던 '맺음의 결'도 그 순간 모습을 감추었다.

그리고 복면인을 옭매었던 올가미도 걷혔다.

천풍은 그야말로 무방비 상태였다.

만일 복면인이 칼을 날렸다면 너무도 간단히 목이 떨어졌을 터였다. 하지만, 올가미에선 벗어났지만 잃어버린 전의마저 되찾기에는 복면인이 받은 충격과 공포는 그리 간단한 것이 아니었다.

급급히 뒤로 물러나 천풍과 간격을 벌리고는,

"퇴각한다!"

수하들과 함께 뒤도 돌아보지 않고 그 자리를 떠났다.

그렇게 한바탕의 난리는 끝이 났다.

한바탕 난리가 끝이 났지만 누구도 먼저 입을 여는 자가 없었다.

이제 열 손가락에도 다 꼽을 수 있을 만큼밖에 남지 않은 도문의 무사들도, 진현과 혜광도, 그리고 천풍도 그저 을씨년스럽게 불어오는 밤바람을 그저 멍한 얼굴로 맞고만 있었다.

제 11 장

사내가 의를 논할 때에는 나이는 따지지 않는 법이다

천극의 서

멋들어진 필체로 장계(張繼)의 풍교야박(楓橋夜泊)이 쓰여 있는 병풍 앞 서탁에는 두 권의 책이 놓여 있고, 한쪽 구석 진열장에는 선이 유려하고 아름다운 도자기가 영롱한 빛을 발하고 있다.

그렇듯 여느 선비의 것과 다를 것 없는 방에 두 명의 사내가 있다.

한 명은 서탁 앞에 앉아 있고 다른 한 명은 그 앞에 오체투지 하고 있다.

서탁 앞에 앉은 사내가 물었다.

"그러니까 삼대로(三大老)가 사라졌다? 흔적도 없이?"

그 앞에 오체투지 하고 엎드린 사내가 고개조차 들지 않은 채 대답했다.

"예."

"거기다 삼대로를 보필했던 너희 비신대 넷도 같이 사라졌고? 산 건지 죽은 건지도 확인 못 한 채 도망쳐 와야 했다?"

"예."

"하!"

서탁 앞의 사내가 기가 막힌다는 듯 헛웃음을 터트렸다.

"모든 일이 수월하게 풀릴 거라는 기대는 애초에 하지 않았지만 이건 좀 너무하는군. 삼대로라면 구파의 장문과도 능히 자웅을 겨룰 수 있는 실력인데 그런 삼대로가 칼 한 번 휘두르지 못하고 당했다는 것을 어찌 믿을까? 더구나 팔절풍도 서문휘도 아니고 이제 갓 약관이나 되었을 법한 애송이였다고?"

"무당신룡 진현과 신승 혜광이 같이 있었지만 그 복색으로 보아 구파의 인물로는 보이지 않았습니다."

"그대가 보기엔 어떻던가? 정말 삼대로를 일수에 죽일 만큼 강한 자던가?"

"……."

서탁 앞 사내의 물음에 처음으로 즉각적인 대답이 나오지 않았다. 그렇다고 대답이 나오기까지 그리 오래 걸리지는 않았다.

"……모르겠습니다."

"모르겠다?"

원하던 대답이 아니어서인지 사내가 살짝 눈살을 찌푸렸다.

"가장 가까이에서 그자를 본 것도 그대고 그자의 손에서 유일하게 살아남은 것도 그대인데, 모르겠다?"

"모르겠습니다. 그저……."

"그저?"

엎드린 사내가 다시 대답을 주저했다.

이번에는 그 대답이 이어지기까지 상당히 오래 걸렸다.

"……모르겠습니다."

오랜 기다림에도 불구하고 그 또한 서탁 앞 사내가 원하는 대답이 아니었다.

그가 아는 이 수하는 절대로 흐리멍덩한 자가 아니었다.

그리고 무능한 자도 아니었다. 그랬다면 비신대 수장이 될 수도 없었겠지만, 대로의 지원 없이 오직 비신대만으로 양광도 곡윤이 이끄는 도문의 서안 지부를 섬멸치도 못했을 것이다.

흐리멍덩하지 않은 자가 흐리멍덩한 대답을 한다.

그것은 정말로 모르기 때문이다.

가장 가까이에서 보고 그자의 손에 의해 생사의 갈림길에까지 놓였었는데도, 어떤 무공인지 어떤 인물인지 얼마나 강한지조차 모르겠다고 한다. 심지어 처음 이 방에 당도했을 때의 얼굴은 마치 귀신에라도 홀린 것 같은 표정이었다.

정말이지 의문투성이다.

그마저도 귀신에 홀린 듯한 기분이 들 지경이다.

어차피 더 물어봐야 원하는 대답을 얻기란 요원하기만 할 것 같았다.

"흠…… 소림으로 가고 있다고 했느냐?"

"예. 신승 혜광이 동행하고 있는 것으로 보아 확실할 듯합니다."

"소림이라…… 결국 소림도 무당과 마찬가지로 문을 열 모양이로군. 좋아, 그대의 수하 중에 솜씨 좋은 자들을 보내서 그들을 쫓도록 해."

서탁 앞 사내의 명에 엎드린 사내의 몸이 움찔했다.

서탁 앞 사내는 그 움찔거림의 의미를 아는지 한마디 덧붙였다.

"도문 외에는 건드리지 않는다는 것이 약조였지만, 그래서 가능하면 중원무림과 은원을 맺지 않으려 조심을 했던 것이었으나 이번엔 경우가 다르다. 우리를 먼저 건드린 것도 그들이고 원치 않은 은원을 맺게 한 것 또한 그들이지. 당한 만큼 돌려준다. 그것은 사막의 거친 모래바람 속에서 지켜 온 단 하나의 긍지! 그 단 하나의 긍지마저 내팽개치라는 조건은 그분과의 약조에 없었다. 물론 그들을 쫓게 하는 것은 당한 만큼 돌려주라는 뜻은 아니다. 그전에 대체 어떤 작자인지 그것부터 파악하는 것이 급선무지. 그자에 대한 처우는 그 후에 해도 늦지 않다.”

“명을 받들겠습니다!”

엎드린 사내의 대답에 서탁 앞 사내가 흡족한 듯 고개를 주억거리고는 말문을 돌렸다.

“그보다 도문 말인데…….”

“……?”

“비록 남양 지부의 일이 예상치 않게 차질이 빚어지긴 했지만 그렇다고 미적댈 일이 아니다. 해서 정비되는 대로 바로 전쟁을 시작할 참이야. 그러니 결전에 대비해서 비신대도 만반의 태세를 갖추어 놓도록 하게. 태대로(太大老)께서 이번 출정을 총괄하실 테니 자세한 것은 그분께 물으면 될 것이네.”

서탁 앞 사내의 말이 상당히 놀라웠던 모양이다.

“태대로께서 몸소 출정을 하신단 말씀이십니까?”

“태대로뿐만이 아니네. 이대로와 사대로가 함께하실 것이야. 이번 일로 심히 깨달은 바가 커. 역시 중원무림이 호락호락하지 않다는 것도 알았고 언제든 생각지 못한 변수가 생길 수 있다는 것도 알았어. 그러니 만에 하나의 경우마저도 일어나지 않도록 방비를 철저히 하는 수밖에. 더구나 지금까지와는 달리 도문의 본거지를 치는 것이네. 태대로와 이대로, 그리고 사대로가 가세한다고 해도 그리 과한 것이 아냐. 무엇보다 상대는 중원무림 최고의 고수라는 도문주 석조명이 아닌가?”

서탁 앞 사내의 입꼬리가 말아 올라갔다.

그 표정은 호랑이를 잡기 위해 호랑이가 다니는 길목에 완벽한 덫을 놓고 기다리고 있는 사냥꾼의 그것과 닮아 있었다. 여유롭고 느긋한, 그리고 기대로 부푼…….

* * *

그렇게 도문을 향해 서슬 퍼런 칼날이 향해졌을 그 무렵, 천풍 일행은 도문의 남양 지부를 벗어나 다시 소림으로 향하고 있었다.

지금까지와는 사뭇 다른 분위기였다.

내기가 걸려 있던 것과 내기가 중단된 후가 다를 수밖에 없었지만, 지금까지는 없었던 어색함이 그들 사이에 들어차 있었다. 오죽했으면 혜광조차 그 어색함에 잠식당해 귓속말이나 하고 있을까.

"오늘의 영웅께서 대체 왜 저러는 거야?"

"글쎄……."

"놈들을 상대할 때는 아주 신 나서 난리를 치더니 지금은 또 왜 저리 축 처져 있는 거야? 궁금한 게 태산이라 사람 답답해 죽겠는데 이래서야 어디 말이라도 걸 수가 있나."

어색함의 원인은 천풍에게 있었다.

아직도 복면인의 눈동자에 비친 자신의 광기 어린 눈이 뇌리에서 지워지지 않고 있었다. 마치 자신이 아닌 듯했던, 마치 다른 사람의 것인 듯했던 그 눈빛.

마공을 익히다 심마에 빠진 대마두의 눈빛이 그러하지 않을까?

하지만 지금 무엇보다 천풍을 괴롭게 하는 것은 그 광기 어린 눈빛이 아니었다.

처음으로 사람을 죽였다.

하지만 천풍이 괴로운 것은 그 때문도 아니었다.

첫 살인에서 오는 죄악감이라면 차라리 나을지도 모른다. 그런 거라면, 무림인이라면 홍역처럼 누구에게나 찾아오는 어린 날의 열병과도 같은 것이니까.

지금 천풍을 괴롭게 하는 것은 살인을 했음에도, 그것도 무려 다섯 명이나 되는 사람을 죽였음에도 아무런 감흥이 없다는 것이다.

아무런 느낌이 없다. 하물며 길을 가다 들꽃을 밟아도 미안하고 불쌍한 마음이 들었는데, 자신의 손으로 다섯 명의 목숨을 끊어 버렸는데도 지나칠 정도로 무덤덤하다. 그런 자신이 괴로웠다. 아니, 괴롭다기보다는 무서웠다.

변했다.

언제부터였을까?

'맺음의 결' 을 보게 된 그때부터?

아니면 그전에 그 참담했던 시산혈해의 광경을 목격했을 때부터? 그의 안에서 무언가가 부서졌던 그 순간부터?

정확히 언제부터였는지는 모르지만 지금까지의 자신과는 다른 자신이 되어버린 것만은 분명했다.

그 변화가 과연 좋은 것인지 나쁜 것인지, 그마저도 알 수 없었다.

이제 비로소 무림인이 된 것일까?

아니면, 인성을 잃은 악마가 되어 버린 것일까?

무엇 하나 명확한 것이 없이 온통 뒤죽박죽이다.

그렇게 천풍이 만들어내는 어색한 공기를 더 못 견디겠는지 혜광이 결국 참다못해 큰 소리로 투덜거렸다.

"이거, 이래서야 어디 술맛이라도 나겠어? 술이란 게 분위기로 마시는 것인데 분위기가 이래서야 천하의 명주인들 무슨 소용이겠느냐 이 말이야. 그냥 다 관두자고, 관둬! 이럴 거면 목숨 걸고 장경각에 갈 필요가 없잖아!"

혜광의 으름장에 천풍이 화들짝 놀란다.

"그래도 여기까지 왔는데……."

"뭐야? 지금껏 심각한 척은 혼자 다 하더니 장경각엔 가고 싶다 이거야?"

그러고 보니 그러하긴 하다.

머릿속이 온통 뒤죽박죽에 마음의 심란함은 그보다 더한데도 장경각이란 소리에는 절로 귀가 쫑긋 선다. 심지어 장경각에 가득 꽂혀 있을 책과 그 안에 가득할 서향을 생각하니 거기라면 뒤죽박죽된 머릿속과 심란한 마음마저도 정리가 될 것만 같았다.

그런 자기 자신이 민망해서 머리를 긁적이자 혜광이 재수 없다는 양 콧방귀를 꼈다.

"흥! 이미 김은 팍 샜거든? 안 가! 이 기분이면 그냥 쓰디쓴 죽엽청이나 들이붓는 게 차라리 더 낫겠어."

"아니, 제가 잘못했으니 그러지 마시고 기분 푸십시오. 이틀 밤낮을 쉬지 않고 달려왔는데 인제 와서 그만두기엔 너무 아깝지 않습니까?"

"아까운 거야 그쪽 사정이고. 난 하나도 아까울 것 없거든?"

"그러니까 제가 잘못했다지 않습니까? 그리고 스님께서는 저한테 듣고 싶은 것이 있지 않습니까? 장경각 구경만 할 수 있게 해 주시면 스님께서 궁금해하시는 것보다 더 많은 것을 알려 드리도록 하겠습니다. 장담컨대, 결코 후회하시지 않을 겁니다."

천풍의 간곡한 매달림 때문인지, 아니면 그가 내건 조건이 마음에 들었는지 혜광이 그제야 표정을 누그러뜨렸다.

"좋아, 그럼 그전에 그것부터 어떻게 된 건지 털어놓아 봐."

"그것이라뇨?"

"그놈들…… 그 시커먼 놈들 말이야. 그놈들 어떻게 된 거야? 죽은 거야?"

아마도 천풍의 손에 사라져 버린 복면인들을 말하는 것 같았다. 그렇잖아도 진현도 궁금했던 참인지 천풍을 보는 눈에 호기심을 더했다.

천풍은 솔직히 대답했다.

"아마도…… 죽었을 겁니다."

"아마도라니? 직접 그 손으로 한 일이면서 뭐가 그래?"

"하나 사실입니다. 그 후의 일은 저도 잘 모릅니다."

도무지 영문을 모르겠다는 듯 혜광과 진현이 서로 바라보며 고개를 갸웃거렸다.

혜광이 다시 물었다.

"그건 그렇다 치고 그럼 그건 대체 뭐였던 거야? 삼매진화류도 아니고 격공섭물류는 더더구나 아닌 것 같은데, 혹시 무슨 밀교의 주술이나 뭐 그런 거야?"

"그건……."

천풍이 대답하기 곤란하다는 표정을 짓자 혜광이 다그쳤다.

"장경각만 구경시켜 주면 내가 궁금해하는 것은 다 가르쳐 주겠다며? 장경각에 데려가 줄 테니까 죄다 털어놔 보라고."

"그런 게 아니라…… 간단히 설명해 드릴 수 있는 것이 아니라서……."

천풍의 대답에 혜광이 마뜩잖다는 듯 이맛살을 구겼다. 그러다 문득 생각났다는 듯 다시 물었다.

"혹시 무리로 설명할 수 없는 무언가 다른 것, 시주와 시주의 스승 눈에만 보인다는 그것과 관계된 거야?"

정확히 짚었다.

천풍이 이번에도 숨기지 않고 대답했다.

"비슷한 겁니다."

"무림에 떠돌아다니는 천하오절의 비급이란 것도 같은 맥락일 테고?"

"예."

"오호! 그렇단 말이지? 그럼 이거 내가 생각했던 것보다도 훨씬 더 대단한 능력인 거잖아?"

무언가 감을 잡았다는 듯 들뜬 표정의 혜광이 문득 생각났다는 듯 물었다.

"천하오절의 제자고 같은 것을 볼 수 있다고 했으니까 당연히 천하오절의 비급과 같은 것을 시주도 만들 수 있겠지?"

천하오절의 제자가 아니라 본인일뿐더러 천하오절의 비급 또한 자신이 만든 것이니 그와 같은 것을 만드는 거야 어려운 일이 아니다.

천풍이 고개를 끄덕였다.

"그럼 삼류무공 말고 다른 건? 보다 높은 수준의 무공서를 만든 적은 없어?"

"딱 한 번 있습니다."

"뭔데?"

잠시 망설여지는지 바로 대답을 못 하는 천풍이다. 하지만 이미 모든 것을 솔직하게 털어놓기로 결심을 굳혔기에 이내 대답했다.

"이십사수매화검법입니다."

그것만큼은 예상하지 못했는지 혜광이 눈을 휘둥그레 떴다.

"화산의 그 이십사수매화검법?"

"예."

"화산의 이십사수매화검법은 어떻게 알고?"

"몇 번 본 적이 있습니다."

"그럼 해천 장문인의 말씀대로 한 번 보는 것만으로도 정말 그 무공을 온전히 습득해 버릴 수 있다는 말이야? 아니, 습득하는 정도가 아니지. 개량이고 발전이로군. 한 번 보는 것만으로 말이야."

"아니, 그러니까 한 번이 아니라 몇 번은 봐야……."

천풍의 말은 혜광의 큰 웃음에 묻혀 버렸다.

"와하하하하! 이거 정말 괴물이로군. 아니, 천재인가? 아니 아니, 천재 괴물인가? 세상에 정말 이런 괴물이 있을 수도 있는 거야?"

다시 한바탕의 대소가 이어졌다. 그런 혜광을 보며 무슨 영문인지 전혀 모르겠다는 듯 멀뚱히 눈만 굴리는 진현이다.

"이게 왠지 나만 바보가 된 듯한 기분이군."

진현의 푸념에 혜광이 대소를 멈추고는 놀리듯 히죽 웃었다.

"말인즉슨, 이 시주로부터 자네를 숨긴 무당파 어르신들이 참으로 선견지명이 있었다는 거지. 자칫하면 태극혜검을 도둑질당하는 정도가 아니라 태극혜검을 태극혜검이 아니게 만들어 버릴 뻔했으니까. 아니, 가만! 이거이거, 남 말할 때가 아니잖아."

혜광이 불현듯 떠오른 생각에 마치 벼락이라도 맞은 듯 화들짝 놀라서는 천풍을 보았다.

"우리가 그놈들과 싸울 때 말이야. 그때 혹시 봤어?"

"무엇을 말입니까?"

"그러니까 내 무공이랑 저 녀석 무공 말이야. 혹시 본 거야?"

천풍은 그제야 혜광의 말뜻을 알아들었다. 그리고 혜광이 왜 갑자기 저렇게 소심해진 얼굴을 하는지도 알았다.

자신들의 무공을 본 건지, 보았다면 그마저도 훔쳐 버린 것은 아닌지 그것을 걱정하는 것이다.

"그러니까 한 번 본 것만으로는 제대로 알 수가 없다니까요."

"그래?"

천풍의 말에 일단 안도를 한다. 하지만 그 얼굴에는 여전히 미심쩍어하는 기색이 남아 있었다. 그래서 한마디 덧붙였다.

"게다가 그때는 제대로 볼 여유도 없었습니다."

그냥 둘러대는 말이 아니었다.

그때 그의 모든 신경은 온통 '맺음의 결' 에만 집중되어 있었다. 태극혜검이든 칠십이종절예든 그런 것은 아예 눈에 들어오지도 않았다.

그렇게 생각하고 보니 조금 아쉬운 마음도 없잖아 있었다. 무림을 대표하는 무당과 소림의 비전절예를 가까이에서 감상할 기회를 날려 버린 것이다.

아쉬움에 다시 기억을 떠올려 보려 했지만, 역시나 부분부분 단편적인 동작들밖에는 기억이 나지 않았다.

그런 천풍의 생각을 눈치챘는지 혜광이 이내 의심을 지우고 고개를 끄덕였다.

"좋아, 내 믿도록 하지. 이런 일로 거짓말을 할 사람도 아닌 것 같고. 하나 말이야. 혹시나 해서 미리 못을 박아 두는 거지만, 우연한 기회에 다시 우리의 무공을 보게 되더라도 절대로 훔칠 생각은 말라고. 그것이 태극혜검과 소림 칠십이종절예라면 더더구나. 자칫하면 시주뿐만 아니라 시주의 스승들인 천하오절조차도 무림의 공적으로 몰려서 일평생 쫓기는 신세로 살아야 할 테니까."

그 표정이나 목소리는 익살스러웠지만, 천풍은 혜광이 결코 가벼이 하는 말이 아님을 알았다. 아마도 그 익살스러운 표정이나 목소리는 자신에 대한 배려일 것이다.

옆의 진현 또한 대수롭지 않다는 듯 어깨를 으쓱여 보이며 무거워지려는 분위기를 순화시킨다.

그러한 세심한 배려가 마음을 훈훈하게 한다.

비록 고작 며칠에 지나지 않았지만, 지금껏 항상 그에게 진정을 다해 준 그들이었다. 있는 그대로의 자신들을 스스럼없이 내보였다.

그런 그들의 진정을 생각하니 마음이 편치 못했다.

그래서 그 역시 진정을 다하기로 결심을 했다.

"저는……."

천풍이 무언가 심각해져서 입을 열자 혜광과 진현이 멀뚱히 그를 본다.

그들의 시선을 받으며 천풍이 어렵게 말을 꺼냈다.

"실은 옥면신룡이 아닙니다."

"……?"

"……?"

아주 잠깐의 정적이 있고, 이윽고 혜광이 펄쩍 뛰었다.

"그럼 지금까지 우리를 속였단 말이야?"

혜광의 격한 반응에 천풍이 급히 손사래를 쳤다.

"아니, 속인 것은 아닙니다."

"속인 게 아니라니? 지금껏 옥면신룡 행세를 해 놓고 인제와 옥면신룡이 아니라면서 속인 게 아니라니?"

"그게…… 사람들이 부르는 옥면신룡이 제가 맞긴 맞습니다만……."

"옥면신룡이 맞긴 맞는데?"

"사실은 옥면신룡보다는 천하오절이라 하는 쪽이 더 맞습니다.”

“그건 또 무슨 소리야?”

혜광이 도무지 이해가 안 된다는 듯 답답해한다.

“그러니까 천하오절이 천하오절이라고 불리게 된 것이 천하오절의 비급 때문이 아닙니까? 그 천하오절의 비급을 만든 것이 저라는 말씀입니다.”

“다섯 종 전부를 시주가 썼다고? 언제?”

“예, 다섯 종 전부를 제가 썼고 대략 십 년 전쯤이었습니다.”

“하하! 무슨 말도 안 되는…… 아무리 무리로는 설명되지 않는 무언가가 보인다고 해도 그렇지, 다섯 종의 무공 전부를 통달했다는 게 말이 돼? 더구나 십 년 전이면 시주 나이가…….”

“열셋이었습니다.”

“그래, 고작 나이 열셋에 만든 무공서가 천하를 격동시키고 있다는 걸 지금 나더러 믿으라는 거야?”

혜광의 눈빛은 희대의 사기꾼을 보는 듯한 눈빛이었다. 심지어 진현조차도 불신 가득한 눈빛으로 살피듯 천풍을 보고 있었다.

“하나 모두 사실입니다.”

“하!”

혜광이 답답하다는 듯 한숨을 토했다.

믿으려니 도무지 믿어지지 않는 말들뿐이고, 그렇다고 무턱

대고 거짓말로 치부하자니 도무지 거짓말을 하는 것으로는 보이지 않는다. 무엇보다 조금 전 그들의 눈앞에서 실로 믿기지 않은 신위를 보인 천풍이었다. 그런 천풍이 무엇을 더 얻으려고 그들에게 이런 거짓말을 하겠는가 말이다.

"좋아, 그건 그렇다 치고. 그럼 옥면신룡이란 건 뭐야? 천하사절의 제자잖아?"

"그건 염가상단의 염 단주님께서 저를 천하사절의 제자로 오해를 하신 탓입니다. 지금 생각해 보면 옥면신룡이란 별호도 아마도 그분께서 지은 것 같고."

"하긴, 천절문을 세우는 데 천하사절은 아니더라도 천하사절의 제자 정도는 있어 줘야 구색이 맞을 테니까."

진현이 수긍이 간다는 듯 그렇게 동조했다. 그 역시 아직 완전히 믿는 눈치는 아니었지만, 앞뒤 정황상 단순히 거짓말로 치부해 버릴 수만은 없다고 판단한 모양이었다.

"아, 정말 믿을 수도 없고 안 믿을 수도 없고, 장담컨대 이건 분명 부처님도 헷갈려 할 문제일 거야."

여전히 답답하다는 듯 그렇게 투덜거린 혜광이 천풍을 보며 다시 물었다.

"좋아. 시주 말이 다 사실이라 치자고."

"사실입니다."

"그러니까 사실이라고 치자니까. 근데 말이야. 대체 그걸 우리한테 털어놓는 이유가 뭐야? 아직 세상이 모르는 것을 보면 감추고 있었던 것 같은데……."

"감추고 있었던 것이 아니라 굳이 밝히지 않은 것뿐입니다."

"뭐, 아무튼지간에, 어쨌든 그 사실이 알려졌을 때 어떤 파문이 일지 짐작하니까 밝히지 않은 거 아냐? 천하사절의 정체가 실은 옥면신룡이란 것이 밝혀지면 세상이 발칵 뒤집어질 거라는 거야 세 살 먹은 어린애도 알 만한 일인데, 어째서 우리에게 이 어마어마한 사실을 털어놓는 거지? 무슨 이유에서?"

혜광의 물음에 천풍이 혜광과 진현을 번갈아 보며 말했다.

"그냥…… 두 분께는 숨기고 싶지 않았습니다. 두 분과는 비밀을 두기가 싫었습니다."

혜광과 진현을 똑바로 향하는 그 눈은 흔들림 없이 굳건했고 또한 곧았다.

한참을 그대로 있었다.

혜광도 진현도 천풍도 아무 말 없이 묵묵히 서로의 눈을 보고만 있었다. 그리고 한참이 지난 후, 혜광이 천풍에게서 눈을 돌려 진현을 본다.

"이거 아무래도 믿어야 할 것 같은데?"

"사내가 마음을 다하려 하는데 그에 신의로 답하지 않는다면 어찌 사내대장부라 하겠는가."

"그렇지?"

"의는 믿음에서 생겨나고 믿음은 마음에서 생겨나는 법이지. 나는 이분 도우의 마음을 충분히 받았네."

"그래? 그럼 까짓것 나도 믿지 뭐. 이 몸이야말로 진정한 사내대장부의 표본과도 같은 몸이시니까."

혜광이 천풍을 향해 씨익 웃어 보였다.

진현도 보일 듯 말 듯한 미소를 입가에 띠었다.

천풍은 가슴이 뜨거워지는 것을 느꼈다.

그것은 지난 세월 항상 곁에서 그를 지켜 준 스승 현야의 등처럼 든든한 것이었고 또한 포근한 것이었다.

참으로 주책없게도 가슴으로 그치지 않고 결국 그 뭉클함이 눈시울마저도 뜨겁게 한다.

그 모습에 남아 있던 의심의 찌꺼기마저도 모두 털어낸 혜광이 한껏 고조된 목소리로 말했다.

"자자, 진정으로 마음을 다할 수 있는 친구를 가지기란 태극혜검을 십이성 대성하는 것보다도 어렵고, 역근세수경의 그 깊은 뜻을 헤아리는 것보다도 쉽지 않은 일이지. 한데, 오늘 우리 셋은 마음을 나누었으니 그 어렵다는 것을 해낸 것이 아닌가?"

"그래서?"

"도원결의라도 해야 하지 않냐, 이 말이야."

"도원결의라니? 유치하게 무슨……."

"원래 사내들의 우정이란 유치할수록 빛이 나는 법이야."

"그래 본들 여기엔 복숭아나무도 없지 않은가? 게다가 맹약을 나눌 술도 없고. 무엇보다 자네는 스님이고 나는 도사인데 천지신명께 맹세하니 어쩌니 하는 것도 웃긴 노릇 아닌가?"

"마음이 중요한 것이지 격식이 뭐가 중요해? 그래, 자네 나이는 어떻게 돼?"

"예? 아, 저는 스물……."

혜광의 갑작스러운 질문에 천풍이 얼떨결에 대답을 하는데, 그 대답이 끝나기도 전에 질문을 했던 혜광이 급히 손사래를 쳤다.

"됐어, 됐어. 사내들이 의를 논하는 데 나이를 따지는 것도 꼴사납지."

"말은 번지르르하군."

혜광이 짐짓 멋스럽게 한 말에 진현이 대뜸 딴죽을 걸었다.

"뭐가 말은 번지르르하다는 거야?"

"불리한 일은 절대로 하지 않는 자네가 나이를 따지지 않겠다는 것은 저분 도우보다 자네가 어리기 때문일 테지."

"무, 무슨 그런 말도 안 되는 소리를! 이래 봬도 나 보기보다 꽤 늙은 사람이야, 이거 왜 이래? 게다가 내가 저 녀석 나이를 어떻게 알아?"

"보기보다 꽤 늙은 것이 아니라 보기에만 꽤 늙은 거겠지. 그리고 저분 도우의 나이야 십 년 전 열셋이었다고 했으니 지금은 스물셋인 거야 숫자만 알면 계산할 수 있는 거 아닌가?"

그렇게 쏘아붙인 진현이 천풍을 보며 말했다.

"저도 올해로 스물셋이니 아마 도우님과는 동갑이 될 겁니다. 하나 저 거짓말쟁이 땡추는 우리보다 필경 한두 살은 어릴 테니 속지 마십시오. 저야 세상 물정 모르던 어린 시절에 저 땡추 꼬임에 넘어가서 지금껏 이러고 있지만 말입니다."

"와! 정말 환장하겠네. 버선 속이라면 까뒤집어 보이기라도 하지. 왜 사람한테는 나이테가 없는 거냔 말이야! 그리고 뭐? 내가 불리한 일은 절대로 하지 않아? 사람을 모함해도 유분수지, 이거 왜 이래! 이래 봬도 자비를 근본으로 하는 불제자라고! 불리한 일만 찾아다니는 게 내 취미이자 특기다, 이 말이야!"

"오호라! 불리한 일만 찾아다녀서 내게 그런 내기를 제안한 건가?"

"그런 내기라니? 뭐가?"

"스무 걸음도 혼자 못 걷는 내게 소림까지의 달리기 내기를 하자는 게 그럼 정상적인 내긴가?"

"그야…… 그러니까…… 음…… 그래! 그땐 그것까진 미처 생각을 못 한 거지! 그러는 네 녀석은 그런 불리한 내기에는 왜 응한 건데?"

"물론 그럼에도 이길 자신이 있었으니까."

"뭐?"

"어차피 소림까지 스무 걸음이 남을 때까진 자네만 좇으면 길을 잃을 염려도 없을 테고, 스무 걸음을 남겨 둔 상황이 되면 얼마든지 자네를 추월할 자신이 있었으니까."

"흥! 내가 그렇게 호락호락 당할 것 같아?"

"내 제운종(梯雲縱)이 자네의 나한보(羅漢步)보다야 낫지 않은가?"

"무림의 승부라는 게 어디 실력만으로 결정이 나는 거라든? 내가 설마하니 그런 것을 생각 못 했을까? 도중에 네 녀석을 따돌릴 계획까지 다 짜 놓았다, 이 말이야. 그대로 내기를 계속했으면 네 녀석은 숭산 어느 산골짜기를 헤매다……."

말을 하다 보니 저도 모르게 하지 말아야 할 말까지 해 버리고 말았다.

순간 분위기가 싸늘해진 것은 말할 것도 없다.

진현은 아예 경멸 어린 시선마저 던져 오고 있었다.

"내기에 이기려고 길눈 어두운 사람을 숭산 어느 산골짜기에 내다 버릴 생각까지 한 주제에 뭐? 자비를 근본으로 하는 불제자? 불리한 일만 찾아다니는 게 취미이자 특기?"

혜광의 이마에 송골송골 땀이 맺혔다.

"아하……!"

웃는다.

"아하하하하!"

점점 크게 웃는다. 반대로 분위기는 점점 더 싸늘해져만 갔지만, 얼굴 두꺼운 것 하나만큼은 누구에게도 지지 않는 혜광이다.

"사내대장부가 과거사에 얽매이는 것도, 사소한 일에 집착하는 것도 꼴사나운 일이지. 자자, 그러지 말고 자잘한 것들은 다 떨쳐 버리자고. 좋은 자리 아닌가? 좋은 자리면 좋은 자리에 걸맞게 대범해지자고. 더구나 내 보기에 지금 제일 중요한 건 그런 과거사나 쓰잘데기 없는 일들이 아니라 너네들 그 닭살 돋는 호칭이란 말이지. 호칭 정리부터 하자고. 마음을 나누고 신의를 주고받은 사이에 도우님은 뭐고 도사님은 또 뭐냔 말이야. 그러니 그냥 이 좋은 자리에 걸맞게, 자질구레한 것들은 한쪽에다 다 처박아 버리고, 화통하게! 화끈하게! 다 같이 친구 먹자!"

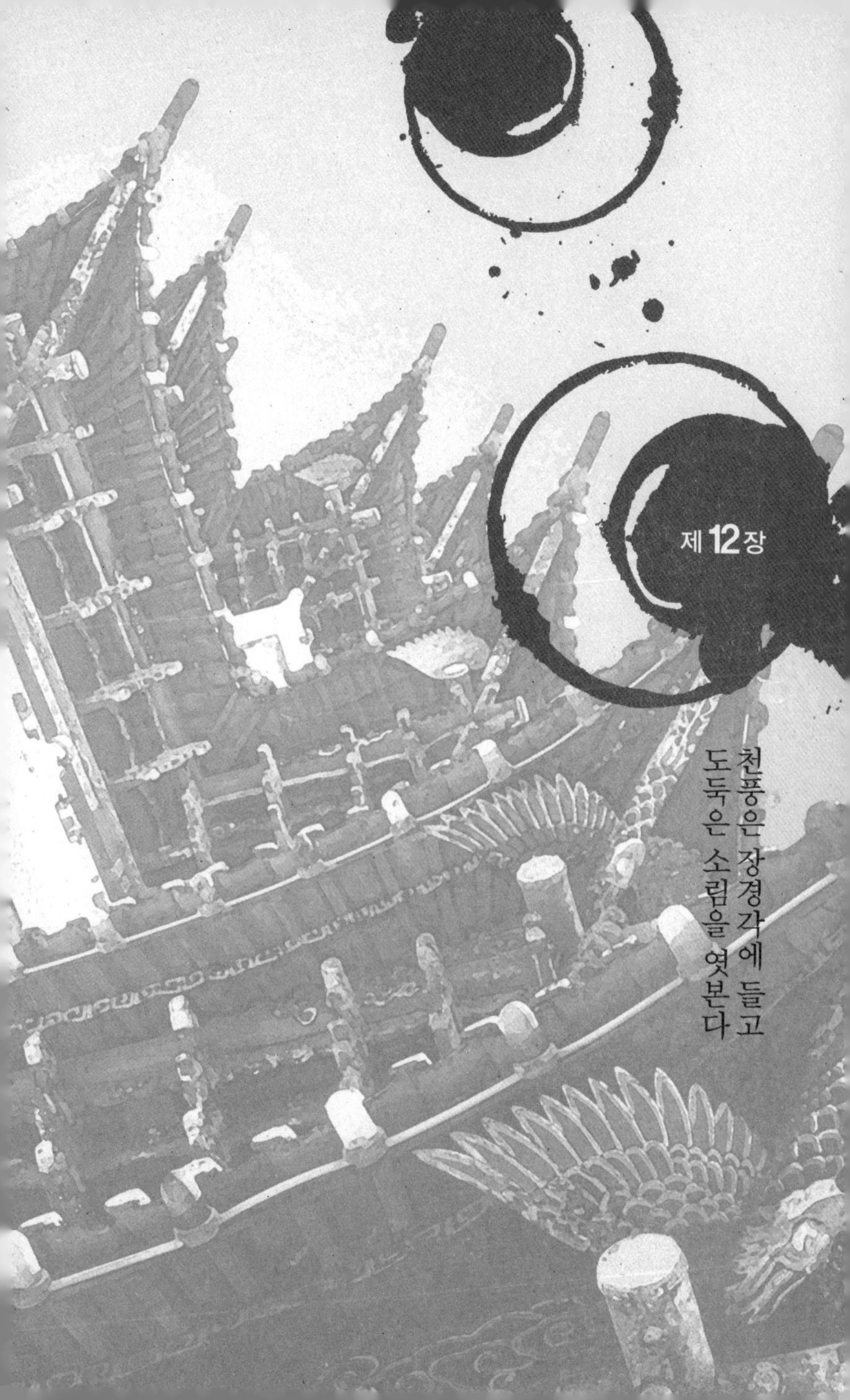

제 12 장

천풍은 장경각에 들고 도둑은 소림을 엿본다

천극의 서

소림사(少林寺).

무림인으로 태어나 무림에 첫발을 내딛는 순간 가장 먼저 듣게 되는 그 이름 소림사.

천하제일이라 불리는 것조차 무감각해질 만큼 이미 그 이름만으로 최고였고 신념이었다. 그 천 년 고찰의 위대함 앞에 더 이상 무슨 설명이 더 필요하겠는가?

그러한 소림사가, 무림인들에겐 동경이자 목표이며 또한 자부심의 상징이기도 한 소림사가 황제의 권력 앞에 무참히 무너졌다.

그로써 무림인들은 동경의 대상을 잃었고 목표를 잃었으며 자부심을 짓밟혔다.

그리고 칠십 년이 흘렀다.

칠십 년이 흐른 지금, 소림사는 참혹했던 과거가 거짓말인 양 고요했다.

칠십 년 동안 인적이 끊겼지만 그 길은 정갈했고 간간이 들리는 범종 소리는 모자람 없이 가득 찬 만월과 구름 한 점 없는 하늘처럼 티 없이 맑았다.

천풍 일행이 소림에 도착한 것은 바로 그 밤 모두가 깊은 잠에 빠져든 시각이었다.

*　*　*

"이거 참, 아무리 가는 날이 장날이라지만 무슨 놈의 달이 저렇게 밝은 거야?"

혜광이 밤하늘을 올려다보며 짜증스레 투덜거렸다.

"위험하면 다른 날을 택하는 게 낫지 않을까?"

천풍이 걱정스레 말했다.

"땡추 말에 너무 신경 쓸 것 없네. 그냥 엄살일 뿐이니까. 이 땡추가 걸음마를 떼자마자 한 일이 가출이었네. 모르긴 몰라도 지금껏 소림을 무단으로 도망쳐 나온 게 깎아서 태운 머리카락 수보다 많을 걸세. 훤한 대낮이라 한들 소림사를 몰래 들고 나는 것은 땡추에겐 일도 아닐 것이네."

"그야 나 혼자라면야 그렇지. 지금은 등치가 산만 한 혹 덩이들을 둘이나 업고 가야 하는 거잖아. 나로서도 이번만큼은 쉽지가 않다고. 구름이라도 있어 달이라도 가려 주면 한결 수월할 테지만……."

"엄살은……."

그들의 사이는 그전과는 몰라보게 달라져 있었다.

말투도 그랬고 태도도 그랬다. 결국 혜광의 꼬임에 넘어가 나이 같은 건 따지지 않기로 하고 친구를 먹게 된 것이다.

천풍 또한 진현과 마찬가지로 혜광의 나이가 심히 궁금하긴 했지만 그냥 묻어 두기로 했다.

그저 이 순간이 즐겁다.

어린 시절 동네 또래 아이들과 놀아 본 적이 없는 그이기에 이렇듯 모두가 어울려 모험하듯 담을 넘는 것이 그에겐 놀이처럼 느껴졌다.

그로 인한 두근거림이 즐겁고 그 긴장감이 재밌었다. 또한 이런 떨림을 공유할 수 있는 친구가 같이 있다는 것이 무엇보다 든든했다.

진현의 말대로 혜광의 투정은 엄살이었다.

소림사의 담을 넘은 그 순간부터 그야말로 질주하듯 달려가는 혜광의 걸음은 거침이 없었다.

혜광의 걸음이 닿는 곳엔 아무도 없었다.

경계를 맡은 일직 승려들조차 보이지 않았다.

마치 그들이 가는 길목마다 일부러 비켜서 있기라도 하듯, 아니 아예 소림이라는 절간이 사람이 살지 않는 폐사찰이 되어 버린 것처럼…… 오죽하면 을씨년스럽기까지 할까.

그런 한편으로 혜광에게 거듭 감탄을 하게 된다.

아무리 소림사가 제집 안방이라지만, 이 넓은 소림사에서 풀 한 포기 돌부리 하나까지 빠짐없이 속속들이 파악하고 있다.

일직승들의 교대 시간은 물론이고 일직승들 개개인의 습관이나 보폭까지 계산해서 위치를 가늠했고 달빛의 방향과 담벼락의 음영까지도 이용한다. 심지어 이도 저도 방법이 없어 보이는 곳에는 무려 다섯 장 길이의 땅굴까지 파 놓았다.

그 땅굴 속을 기어가다 보니 실로 혜광의 파란만장했을 어린 시절이 훤히 보이는 듯해서 절로 웃음이 나왔다.

그리고 그 끝에, 드디어 장경각이 있었다.

장경각이라는 명성에 비해 신기하게도 그곳엔 경비하는 자가 아무도 없었다.

어떻게 이럴 수가 있을까?

장경각이라면 소림의 무공비급은 물론이고 세상에 존재하는 수많은 무공기서와 진귀한 고서들이 가득한 보고였다.

장경각에서 아무거나 무공비급 한 권만 훔쳐 오면 능히 천하에 이름을 날릴 수 있을 거라는 소문은 결코 과장된 것이 아니었다. 비록 한때 화재로 전실되었다고는 하지만 혜광의 말에 따르자면 진본들은 그전에 모두 옮겨졌고, 그리해 장경각을 다시 지으면서 그 진본 서적들도 그대로 다시 장경각으로 옮겨 놓았다고 했다.

한데, 어찌 이토록 경비가 허술할 수가 있단 말인가?

천풍이 의아해하자 혜광이 설명했다.

"과거 장경각은 이렇지 않았지. 한때 장경각에 들어가려면 소림나한진을 무력으로 뚫어야 할 정도였으니까. 물론 도전자야 많았지만 소림나한진을 뚫은 자는 아무도 없었고. 하지만 그거야 어디까지나 과거의 일이지. 황제의 백만대군 앞에 소림나한진이고 뭐고 무참하게 짓밟혀 버렸잖아. 소림나한진을 뚫어야 한다느니 하며 장경각을 신성화하기엔 이젠 낯이 서지 않는다, 이 말이지. 그래서 이젠 아예 장경각에는 경비를 두지 않아. 대신 외곽 경계를 더욱 철저히 하는 거지. 혹시나 오해할까 해서 말해 두는데, 나니까 여기까지 무사히 올 수 있었던 거지 천하에 다시없는 고수라도 소림의 담을 넘는 순간 그 목숨은 이미 부처님 곁에 가 있게 되는 거니까 너무 만만히 보진 말라고."

그리 말하며 히죽 웃어 보이고는 장경각의 문을 연다.

그리해 드디어 그토록 보고 싶던 장경각에 첫발을 디뎠다.

"아……!"

그렇게 그토록 보고 싶던 장경각에 들어가게 된 천풍은 눈 앞에 펼쳐진 경이로운 광경에 절로 감탄성을 터트렸다.

밖에서 보는 것보다 훨씬 더 크고 넓은 공간에 벽 끝에서 벽 끝까지 빼곡하게 줄지어 서 있는 서가의 모습은 실로 웅장하다 싶을 만큼 장관이었다.

그저 서가일 뿐인데도 그 앞에 서 있자니 마치 거대한 군대를 보는 듯 압도되어 버리는 느낌이었다.

그리고 그 서가를 가득 메운 무수히 많은 책…….

'이게 무슨 냄새지?'

신기하게도 그곳에는 묵향이 뒤섞인 짙은 서향 말고도 무언가 다른 냄새가 있었다. 어딘지 싱그러우면서도 향긋한, 그러면서도 신선하고 맑은…….

"나뭇잎일세."

천풍의 의아함에 답을 해 준 것은 진현이었다.

"나도 어릴 때 처음 이곳에 와보고 조금 신기해했었거든."

그러더니 진현이 서가에 꽂힌 책을 한 권 꺼내서 천풍 앞에 펼쳐 보였다.

책장 사이에 아직 채 마르지 않아 녹황색 빛을 띠고 있는 넓고 큰 나뭇잎 하나가 끼어 있었다.

"종이란 건 습기와 공기에 약하거든. 이렇게 책장 사이사이에 나뭇잎을 끼워 두면 습기를 흡수하고 공기를 불어넣어 줘 오래도록 부식을 방지할 수가 있는 거지. 아마도 장경각이 지난 천 년 동안 소림의 역사와 같이할 수 있었던 것도 이렇게 그들만의 보존법을 만들어냈기 때문일 것이네."

진현의 설명을 들으니 그 세심함과 철저함에 경탄을 하게 되면서도 한편으로 입맛이 씁쓸했다.

'황산사와는 달라도 너무 다르군.'

황산사의 무공서들은 측간 한 귀퉁이에, 불전의 부처님상 다리 밑에, 심지어 부뚜막 장작개비 옆에도 아무렇게나 굴러다녔었다.

지금 이렇게 잘 보존되고 있는 장경각의 책들을 보자니 괜스레 황산사에 있던 책들에게 미안한 마음이 들었다. 관리를 제대로 해 주지 않은 것에 대해 자책도 하게 된다.

"어이! 거기서들 뭐해? 어서 이리들 오라고."

혜광이 그들을 부른 곳은 서가와 서가 사이가 유난히 넓은 칸이었다. 얼핏 좌우의 책들을 보니 좌측은 불경이었고 우측은 무공서였다. 아마도 칸의 간격이 유난히 넓은 것은 그 경계를 나누어 두기 위함인 것 같았다.

그곳 중앙에 어디서 났는지 작은 상까지 하나 펼쳐 둔 혜광이 그들을 맞았다.

"늦었지만 이제라도 우리 우정을 기념해야 하지 않겠어? 자! 이게 바로 우리의 우정을 기념하기 위한 맹약의 술이네."

그리 말하며 뒤춤에서 두 개의 술병의 꺼내어 흔들어 보인다.

"오늘은 내 특별히 검남춘에다가 천하일미의 강서(江西) 분주(汾酒)까지 뚜껑을 땄으니까 제대로 한 번 취해들 보자고!"

*　　*　　*

그렇게 초대받지 않는 손님들이 치기 어린 주인의 초대를 받아 장경각에서 술판을 벌이고 있는 그 시각, 초대받지 않은 또 다른 손님이 소림사 앞을 기웃거리고 있었다.

천풍의 정체를 파악기 위해 그들 수장의 명을 받고 이곳까지 천풍을 쫓아온 복면인 무리였다.

하나, 안타깝게도 그들에겐 혜광 같은 뛰어난 안내자가 없었다. 그리고 소림은 혜광의 말대로 외곽 경비를 철저히 하고 있었다.

전문적으로 훈련된 그들의 움직임은 은밀하기 그지없었음에도 불구하고 소림사의 눈을 피하기에는 역부족이었다. 그리해 수상한 복면인이 소림사 앞을 얼찡거린다는 소식은 이내 소림 방장 공효의 귀에 들어갔다.

올해 나이 세수 여든의 공효는 그 나이만큼 주름이 있었고 눈썹과 수염은 탈색한 듯 새하얀 빛을 띠었다. 이마에 찍힌 아홉 개의 계인이 아니더라도 고승의 풍모로 부족함이 없는 모습이었다.

"복면을 한 자들이 본사를 살피고 있다고?"

공효가 희디흰 눈썹을 모으며 이상하다는 듯 혜정을 보았다.

그도 그럴 것이 그런 수상한 자들이 기웃거릴 곳이 아니었다. 봉문을 선언한 이후 지난 칠십 년 동안 그 누구도 발길을 하지 않은 곳이었고, 그 세월만큼 무림인들의 관심에서도 철저하게 외면당해 왔었다.

오죽했으면 지금 이 순간 공효의 마음속에 들어찬 것이 정체 모를 외적에 대한 긴장감이 아니라, 그저 생뚱맞고 뜬금없는 어리둥절함일까.

"어찌할까요?"

"음……."

"쫓아 버릴까요, 아니면 잡아다 문초를 할까요?"

긴장감이 없기는 혜정 또한 마찬가지였다.

혜정의 물음에 공효가 고개를 저었다.

"아니다. 본사가 아직 문을 열지도 않았는데 그자들이 수상하다 해서 먼저 손을 쓰는 것은 모양새가 좋지 않다. 무슨 속내인지는 모르나 어차피 본사와의 은원은 아닐 것이니 그냥 내버려 두거라. 그보다…… 광이가 늦는구나. 올 때가 지난 것 같은데……."

공효의 눈에 애틋함인 것도 같고 서운함인 것도 같은 빛이 떠올랐다.

"진현 그 아이와는 워낙에 각별했으니 아마도 그 때문인 듯 싶습니다."

혜정의 대답에 공효가 고개를 끄덕였다. 그런 그의 노안에 기분 좋은 미소가 걸렸다.

"그래, 그랬었지. 그 아이…… 지금쯤 어찌 변했을꼬?"

"얼마 전 다녀가신 해원(海員) 시주님 말씀으로는 이미 태극혜검으로 길을 보기 시작했다 했습니다."

"그 나이에 벌써?"

"예."

"허어, 어렸을 때부터 상당한 대기(大器)임은 알았지만…… 이미 그 정도라면 광이가 당해내질 못하겠구나?"

"재능이라면 혜광 사제도 결코 뒤지지 않습니다. 다만……."

"다만?"

"잡념이 많아서……."

"허허허. 잡념이 많은 것이 아니라 욕심이 많은 것일 게야. 욕심이 많아서 무엇 하나 놓지를 못하는 게지."

"아직은 어려서 불제자로서의 마음가짐이 부족한 것뿐입니다."

"어쩌면 소림마저도 그 아이의 그릇을 채우기에는 부족한 것일지도 모르지."

"소림으로도 다 못 채울 그릇은 세상 어디에도 없습니다."

"그런가? 음…… 혹시 내가 너무 팔불출처럼 굴었느냐?"

"아주 잠시 제 눈에 고슴도치로 보였습니다."

"허허허허……."

혜정의 농담에 공효가 민망한 듯 멋쩍은 웃음을 흘렸다.

"어쨌거나…… 그럼 지금쯤이면 진현 그 아이와 회포를 푸는 중이겠구나. 천성이 진중하지 못한 아이라 무당파에 폐를 끼치고 있지나 않은지……."

"별일 없을 것이니 너무 심려치 마십시오."

"늘 사고를 달고 다니는 아이니 걱정을 않을 수가 없구나."

"지금껏 사고를 쳐도 수습 못 할 사고를 친 적은 한 번도 없었습니다. 그 정도 사리분별은 할 줄 아는 아이입니다."

"그렇다면 다행이지만……."

그러나, 혜정의 혜광에 대한 그 같은 믿음은 무참히도 배신당해 버렸다.

바로 지금 이 시각, 혜광은 이미 사고를 치고 있었다.

그것도 무당파가 아니라 바로 이곳 소림사에서, 도무지 수습 못 할 어마어마한 사고를……. 안타깝게도 혜광에겐 그 정도 사리분별력도 없었던 것이다. 아니, 그것은 단지 혜광만의 잘못이라고는 할 수 없었다. 그 사고는 그야말로 불가항력적으로 일어난 천재지변이요, 재앙이었다.

* * *

재앙의 시작은 역시나 술이었다.

"자자, 오늘은 한 번 실컷 취해 보자고!"

그랬다.

시작은 좋았다.

장경각이라는 장소가 가진 특수성은 그들을 더욱 친밀하게 했고 마음을 나눈 사내들끼리 주거니 받거니 건네는 술잔은 우정을 더욱 돈독하게 해 주었다.

정말이지 즐겁고 유쾌한 술자리였다.

지금껏 살면서 이처럼 많이 웃고 떠들었던 적이 없었던 천풍이다. 아니, 평생 웃은 것을 다 합쳐도 지금 이 술자리에서 웃은 것만큼은 되지 않을 듯싶었다.

술자리에 취하고 분위기에 취했다.

문제는 그 술자리가 천풍에겐 생전 처음 가지는 술자리라는 거였고, 생전 처음 마시는 술치고는 검남춘이나 강서 분주는 지나치게 독하다는 것이었다.

세상이 돈다.

참 신기한 일이다. 자신은 분명 가만히 앉아 있을 뿐인데 왜 세상이 도는 걸까?

"꺼억!"

트림은 왜 자꾸 나오는 걸까? 게다가 왜 이렇게 크게 들리는 걸까?

"히히!"

웃음은 또 왜 나오지?

'가만…… 여기가 어디더라? 아아…… 그래, 장경각이었지.'

한데, 아까는 까마득하게 높아만 보였던 천장이 지금은 왜 바로 코앞에 있는 것처럼 보일까?

그새 키가 커졌나?

'아니구나. 이건 천장이 아니라 바닥이었어.'

사내대장부가 고개를 처박고 있으면 안 되는 법이다. 고개를 들었다.

핑!

어지럽다.

어지러운 것조차 재밌다.

"히히히히!"

그나저나 몸은 또 왜 이렇게 가볍게 느껴지는 걸까?

경공술을 펼치는 것도 아닌데 절로 몸이 붕 뜬다.

지금 기분이라면 소림의 시조 달마가 했다는 전설의 일위도강인들 못 할까 싶다. 갈댓잎 아니라 강아지풀로도 강을 건널 수 있을 것 같았다.

왜 지금까지 몰랐을까?

늘 곁에 있었건만 왜 지금까지는 외면하고 있었을까?

술이라는 것…….

'참 좋구나!'

"이 녀석…… 맛이 갔지?"

혜광이 연식 히죽히죽대고 있는 천풍을 보며 말했다.

"그런 것 같군."

진현이 고개를 끄덕였다.

혜광이 어처구니없다는 듯 허탈한 표정을 지었다.

"뭔 놈의 사내자식이 술이 이렇게 약해? 그러게 내가 적당히 마시자 그랬잖아!"

"모름지기 사내란 한 말의 술에도 끄떡없어야 하는 법이라며 억지로 퍼먹여댄 게 누군데 그래?"

"아아아아, 몰라몰라! 이제 이 녀석을 어떻게 할 건지나 말해!"

"어떻게 하긴 뭘 어떻게 하나? 술이야 한숨 자고 나면 깨기 마련이니 일단 재워야지."

"지금 무슨 소릴 하는 거야? 재우긴 뭘 재워? 내가 이 귀한 술을 왜 꺼냈는데? 내가 궁금해하는 건 전부 다 말해 주겠다고 해서 검남춘에다가 강서 분주까지 탈탈 털었는데, 그랬는데도 정작 궁금한 건 아무것도 못 들었는데 그냥 재우라고? 안 돼! 내가 억울해서라도 싫어!"

"그거야 내일이라도 들으면 되는 거 아닌가?"

"이 살벌한 무림에서 뭘 믿고 내일이야? 무림이 내일을 기약할 수 있는 세계야?"

"하나 어쩔 수 없지 않은가? 술이라도 깨야 뭘 어찌해 볼 수 있을 것인데……."

"아아, 됐어! 네 녀석처럼 고리타분한 녀석한테 뭘 기대한 내가 잘못이지."

진현의 말을 그렇게 잘라 버리고는 천풍을 불렀다.

"어이, 이봐. 여보세요. 정신 좀 차려봐 봐."

혜광의 부름이 수차례 이어져서야 천풍이 혜광을 본다.

초점이 잡히지 않는 눈동자, 초점이 잡히지 않는 눈동자조차 제대로 보이지 않는 게슴츠레한 눈…… 이젠 눈도 잘 보이지 않는지 얼굴을 혜광에게로 바짝 당긴다.

"헤……."

그제야 혜광을 알아보겠는지 씨익 웃는다.

"정신 좀 들……."

"꺼억!"

"……."

참 이상한 일이다. 마실 때는 그리도 향긋한 향기가 이렇게 한 번 들어갔다 나오면 왜 이렇게 역해지는 걸까? 그리고 그 역한 것을 아무런 방비도 못한 채 덮어쓰게 되면 왜 이렇게 또 화가 치미는 걸까?

"헤…… 땡추야, 왜 그러는데?"

천진한 얼굴로 히죽히죽거리니 속에서 불기둥이 올라올 지경이다.

빠드득!

홧김에 이를 갈아붙이는 혜광이다. 성질 같았으면 이미 주먹이라도 한 방 날렸을 테지만, 원하는 것이 있기에 억지로 참았다.

"그러니까 말이야. 나랑 한 약조 안 잊었지?"

"땡추랑 한 약조?"

"그래. 저번에 나랑 한 약조…… 아니 그보다, 왜 자꾸 땡추 땡추 그러는 거야? 진현 저 말코도사한테 왜 고약한 것만 배우고 그래?"

땡추를 땡추라 부르는 게 뭐 그리 대수랴마는 지금껏 꼬박꼬박 혜광이란 승명으로 부르다가 술에 취했다고 땡추 땡추 하니 듣는 땡추 기분 참 더럽다.

혜광의 타박에 천풍이 침울한 표정을 한다. 아니, 침울한 표정을 한다 싶은 순간, 양 손바닥으로 자신의 턱을 받치고 눈을 동글동글하게 뜨고는 화사하게 웃는다.

"땡추를 땡추라 부르지 못하는 난 그럼 누굴까요?"

심지어 음률까지 넣어댄다.

'이건 또 무슨……!'

궁금한 것을 듣고 싶은 마음이 절실하지 않았더라면 주먹이 아니라 자칫 칼까지 뽑아 들었을지도 모른다. 정말이지 주먹을 부르는 얼굴이고 칼을 부르는 주사가 아닐 수 없다.

'참자, 참아. 참는 거다.'

참을 인 자 세 개면 살인도 면한다고 했다.

'이 정도야 계인을 찍는답시고 사람 생살을 태워대는 노친네들의 패악 무도한 짓거리에 비하면 애교지, 애교.'

그렇게 간신히 화를 삭이고는 다시 물었다.

"그래, 땡추라 불러. 땡추 아니라 뭐라고 불러도 좋으니까 일단 정신 좀 차리고 우리가 약조했던 것을 잘 생각해 봐. 기억나지?"

천풍이 잘 모르겠다는 듯 고개를 갸우뚱갸우뚱하는 시늉을 낸다. 그러다 중심을 잃고 휘청하고는 뭐가 또 그리 재밌는지 큰 소리로 웃기 시작한다.

"아하하하하하하하하!"

이젠 아예 배꼽까지 잡고 바닥을 뒹굴기까지 한다.

빠직.

결국 참다못한 혜광이 그런 천풍의 양어깨를 힘주어 잡아 일으키고는 살벌한 기세로 윽박질렀다.

"정신 차리고 잘 생각을 해 보란 말이야! 우리 약조했잖아! 무당파에서도, 남양에서도! 기억 안 나? 장경각에도 데려와 줬고 좋은 술까지 먹여 줬는데, 양심도 없이 인제 와서 생까겠다 이거야?"

그제야 천풍이 혜광의 기분이 그리 좋지 못하다는 것을 알아차렸는지 웃음을 뚝 멈췄다. 그리고 사뭇 진지한 얼굴이 되어서 혜광을 마주 본다.

"그래, 생각나지? 거 왜 있잖아. 무리로는 설명되지 않는 무언가 다른 거, 남양에서 그 시커먼 놈들을 사라지게 한 그거 말이야, 그거! 그게 뭔지 나한테 가르쳐 주기로 약조를 했잖아!"

사뭇 진지해진 천풍이 선뜻 기억이 나지 않는다는 듯 골똘히 생각에 잠긴다. 그마저도 혜광으로서는 미치고 팔짝 뛸 노릇이지만, 그래도 지금 상황에서는 천풍이 이렇게 진지하게 생각해 주는 것만으로도 감지덕지하며 기다릴 수밖에 없었다.

오래도 걸렸다.

대체 그게 왜 그렇게 오래 골똘히 생각해야 하는 건지는 모르겠지만, 아무튼 한참이 지난 후에야 기억이 났다는 듯 자신의 손바닥으로 이마를 쳤다.

"아아아아, 그거 말이로군. 그거! 당연히 기억이 나지."

혜광이 눈을 반짝였다.

지금껏 참고 인내한 보람이 있었다.

"그래? 그럼 지금 당장 가르쳐 줄 수 있어?"

"물론 물론 물론…… 물론이지!"

"오호! 정말이지? 그럼 대체 그게 뭐야? 무슨 무공이야? 무공이긴 한 거야?"

혜광이 조급히 재촉을 하며 자신의 어깨를 쥐고 흔들자 천풍이 그런 혜광의 손을 떼어내며 어느 한 곳을 손가락으로 가리켰다.

"저거…… 저거 안 보여?"

천풍이 가리킨 곳은 양옆으로 빽빽하게 들어차 있는 서책 중 하나였다.

"뭐가?"

혜광은 무슨 의미인지를 몰라 어리둥절해했다. 그건 진현도 마찬가지여서 천풍이 가리킨 곳을 멀뚱멀뚱한 눈으로 보고 있었다.

"저게 안 보이는 거야?"

"그러니까 뭐가?"

"저거 있잖아. 반짝반짝거리는 저거……."

대체 저기에 뭐가 있다는 건지, 뭐가 반짝반짝거린다는 건지 모르겠다.

'설마 이것도 주사인 거야?'

혜광이 그런 생각을 하며 얼굴을 팍 구기는데, 천풍이 답답하다는 듯 벌떡 일어서서는 자신이 가리킨 곳으로 성큼성큼 걸어갔다.

그리고 책 한 권을 손가락 끝으로 툭 쳤다.

순간,

…….

사라졌다.

"아……!"

놀람인지 신음인지 모를 감탄성이 혜광의 입에서 터져 나왔다.

"여기도 있고."

천풍의 손이 그 옆의 책에도 닿았다.

그리고,

…….

사라졌다.

혜광과 진현은 알지 못했지만, 지금 벌어지고 있는 이 기괴한 상황은 언젠가 백무강이 황학루에서 돌부리를 지우고 아름드리나무를 지웠던 것과 같은 것이었다. 천풍이 보고 있는 것 또한 그때 백무강이 보고 있던 것과 같은 것이었다.

한데, 천풍은 거기서 멈추지 않았다.

한 권, 두 권, 세 권, 네 권…….

천풍의 손은 계속해서 움직이고 있었다.

복면인들을 사라지게 했을 때와 마찬가지로 그때의 짜릿함이, 어떤 초월자가 된 듯한 그 기분이 고스란히 살아났다. 아니, 술기운 탓에 그 짜릿함과 그 신비로운 기분이 더욱더 강렬하게 느껴졌다. 그래서 멈추고 싶지 않았다.

더구나 천풍은 이곳이 장경각이란 사실도, 지금 사라지고 있는 책들이 소림의 보물이란 사실마저도 까마득히 잊어버린 지 오래였다. 옳고 그름, 해도 되는 것과 하면 안 되는 것의 구분을 할 수 있는 이성이 지금 천풍에겐 남아 있지 않았다.

그저 본능에 모든 것을 맡길 뿐이다.

덕분에 기겁을 한 혜광이다.

처음 한두 권 때는 별생각이 없었다. 그저 신기했고 그저 놀라울 뿐이었다.

한데 그러던 것이 세 권, 네 권이 되고 점차 빼곡했던 서가에 빈 자리가 늘어 가자 그제야 현실의 심각함을 깨닫고 화들짝 놀라 외쳤다.

"야!"

하지만 그의 외침은 천풍의 귀에 닿지 않았다.

"야! 야! 그만둬!"

좀 더 목소리를 높였지만 여전히 천풍의 귀에는 닿지 않았다.

"야! 그만두라고! 여기 책들을 다 없앨 참이야!"

소용없었다. 흥에 취해 술에 취해 기분에 취해서 완전히 자신만의 세계에 빠져 버렸다. 그렇다고 뜯어말릴 수도 없었다.

뜯어말리자니 무서웠다.

천풍이 만들어내는 저 묘하고 섬뜩한 공간 안으로 들어가게 되면 그 역시 저 책들과 같은 운명이 되어 버릴 것만 같은 본능적인 두려움이 혜광의 손과 발을 묶어 버렸다.

지켜볼 수밖에 없었다. 천풍의 흥취가 한시라도 빨리 끝나기를 기도하는 게 그가 할 수 있는 전부였다. 그리해 조금이라도 더 많은 책이 무사하기를.

"야! 이러다 우리 다 죽는다고!"

지금 혜광의 얼굴은 정말 울음이라도 터트릴 것 같은 표정이었다.

제 13 장

그렇습니다!
분명 저자들이 도둑입니다!

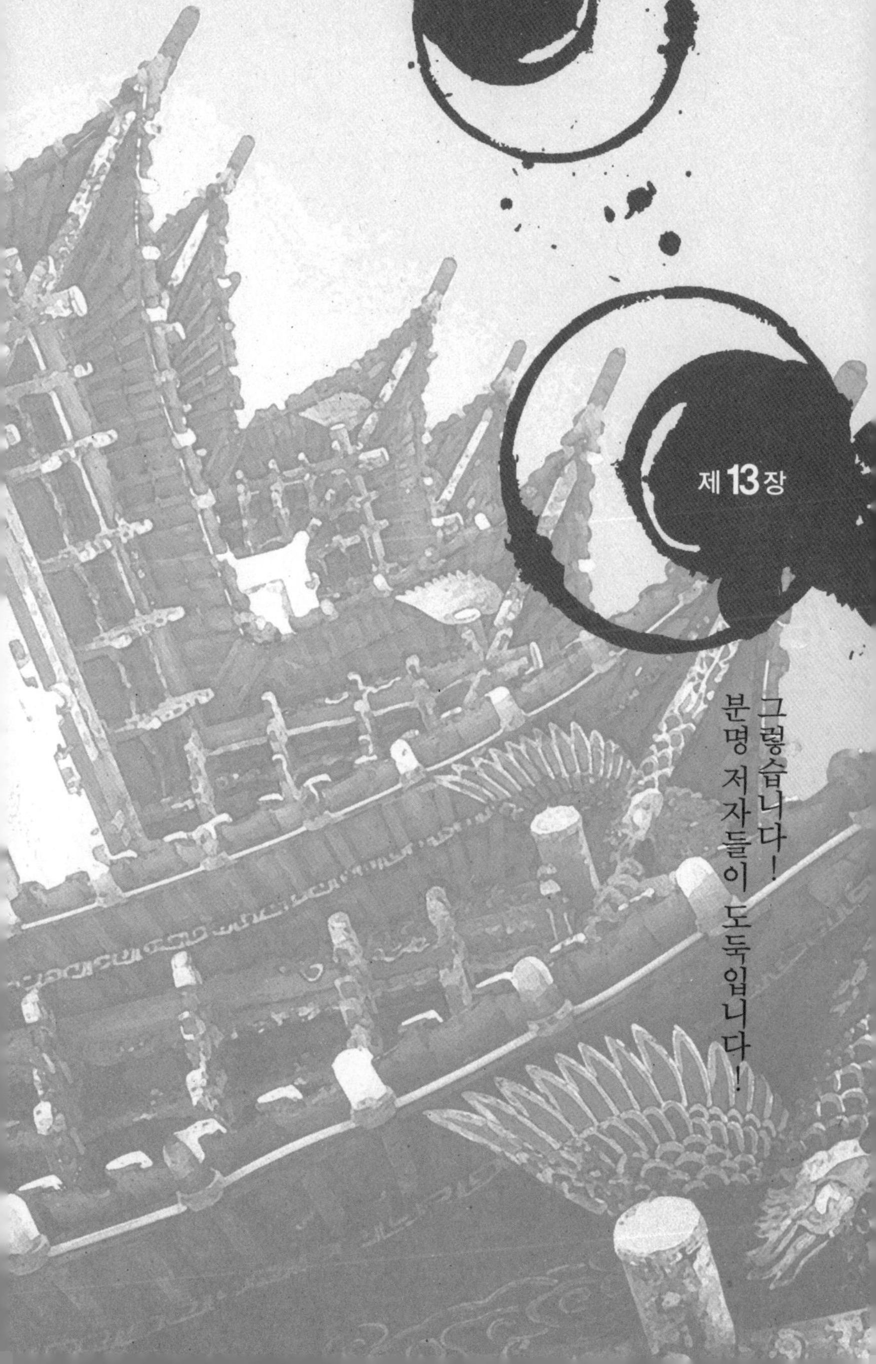

세상이 무너지고 땅이 꺼진다 한들 이보다 암담할까?

사막 한가운데서 길을 잃은들 이보다 막막할까?

"하하……."

혜광은 텅 비어 버린 한쪽 서가를 보며 미친 사람처럼 헛웃음을 터트리고 있었다. 눈물보다도 더 슬프고 한숨보다도 더 기가 막힌 웃음소리…… 혹시 시한부 선고를 받은 불치병 환자의 웃음이 저러하지 않을까? 심지어 그동안의 삶이 이 순간 주마등처럼 뇌리를 스쳐 간다.

대체 어쩌다 이리되었을까?

'나는 그저 술을 마시러 왔을 뿐인데…….'

그는 그저 술 생각이 간절했던 것뿐이다. 그리고 단지 작은 욕심이 있었을 뿐이다.

그래. 모든 불행은 그 작은 욕심에서 비롯되었다.

돌이켜 생각해 보면 정말이지 미친 짓이었다.

만난 지 며칠 되지도 않은 사람을 장경각으로 끌어들이다니…….

의리니 신의니 우정이니, 그런 꼬임에 홀라당 넘어가서 장경각에서 술판을 벌이다니…….

살아오면서 온갖 미친 짓은 전부 해 봤다고 자부하는 혜광이지만, 그중에서도 이번이 역대 최고이자 최악이었다. 그리고 그 대가는 실로 감당이 안 되는 것이었다.

심장이 쿵쾅대고 손발이 떨리고 온몸의 피가 다 머리로 쏠리는 듯한 느낌마저 든다. 그런 한편으로 솟구쳐 오르는 화를 가눌 길이 없다.

'이런 엄청난 일을 저질러 놓고 저 천하태평은 도대체 뭐냐고!'

잔다.

아주 쿨쿨 잔다.

그 얼굴은 마치 깊은 잠이 든 갓난아기의 그것처럼 티끌 한 점 없이 맑고 순해 보인다. 하지만 그 순해 보이고 맑아 보이는 얼굴이 혜광에겐 태어나 처음이다 싶을 정도로 강한 살심을 느끼게 하고 있었다.

"이제 어찌해야겠는가?"

진현 역시 공범의 입장이기에 심히 걱정스러운 표정으로 물었다.

진현의 질문에 반사적으로 대답을 했다.

"죽일까?"

"뭐?"

"그냥 죽여 버릴까?"

진현의 질문에 대한 것이 아니다.

들끓는 살심을 주체하지 못하고 그저 혼잣말로 중얼거린 것뿐이다. 하지만 그 혼잣말이, 곯아떨어진 천풍을 보고 있는 그 눈빛이 예사롭게 느껴지지 않아서 진현이 슬쩍 천풍을 가리고 섰다.

"누굴 탓하겠는가? 천풍을 여기에 데려온 것도 우리고 술을 먹인 것도 우리고 주사를 막지 못한 것 또한 우리 잘못인 것을. 더구나 지금은 천풍을 원망하기 전에 앞으로 어찌 될지, 또 어떻게 해야 할지부터 생각을 해 봐야 하지 않겠나?"

"어찌 되긴 뭐가 어찌 돼? 그냥 우리 다 끝장나는 거지. 아니지, 네 녀석이야 무당파 제자니까 무당파하고의 관계 때문에라도 큰 화야 면하겠지만 나는 족히 십 년은 조사동에서 면벽이나 하고 있어야 한단 말이야. 아니, 십 년이면 다행이게? 이십 년이 될 수도 삼십 년이 될 수도 있어. 무슨 말인지 알겠어? 그 냄새 나고 어둡고 음산한 곳에서 내 팔팔한 청춘을 귀신들과 함께 보내야 한다, 이 말이야!"

생각만으로도 진저리가 난다는 듯 전신을 부르르 떨기까지 한다.

"게다가 이 녀석…… 이 망할 자식은 어쩔 거야?"

혜광이 진현 너머의 천풍을 가리켰다.

혜광의 눈은 실로 복잡하게 얽혀 있었다.

아까의 살심은 그대로였지만 거기에는 안타까움과 연민, 그리고 답답함이 더해져 있었다.

"네 녀석은 무당파로 돌아가면 그뿐이고 나는 내 청춘 귀신들과 알콩달콩 보내면 된다고 쳐. 이 녀석은 어떻게 될 거 같아?"

"으음……."

혜광의 물음에 진현이 답답한 신음을 토했다.

원인 제공의 책임이야 혜광에게 있다고 하더라도 결국 장경각의 책들을 훼손시킨 장본인은 천풍이었다. 그런 만큼 셋 중에서 가장 죄가 중한 것 또한 천풍이었다.

"아마 첫 번째로 사지 근맥 정도는 잘린다고 봐야 할걸? 장로원이 천풍을 위험인물로 판단하여 소림에 해를 끼칠 수 있다 생각하면 단전 파괴도 뒤따를 테고. 어쩌면 백회를 부숴서 이지를 상실케 할지도 모르지."

살생을 엄금하는 소림이니 죽이지는 않는다지만, 그 형벌은 오히려 죽음보다 더 가혹할 것이다.

"젠장! 목숨이 간당간당하는 판국인데 이 망할 자식은 뭐가 좋아서 히죽대고 있는 거야?"

아닌 게 아니라 입가에는 행복한 미소를 걸고는 무언가 기분 좋게 웅얼거리는 것이 무슨 좋은 꿈이라도 꾸는 것 같다.

참으로 얄밉도록 홀로 태평한 모습…… 속이 뒤집어지다 못해 발길질이라도 해야 직성이 풀릴 것 같은 상황이다. 한데도 이상하게 그 행복한 얼굴을 보고 있자니 날 선 마음이 오히려 무뎌진다.

이처럼 세상모른 채 속 편하게 자는 게 차라리 낫겠다 싶었다. 납빛처럼 탁하고 음산한 미래에 전전긍긍하며 침울해 있다면 그것도 꼴 보기 싫을 것 같았다. 게다가 계속 보고 있자니 저 행복해 보이는 얼굴이 새삼 정겹기도 하다.

"내가 그냥 앓느니 죽고 말지."

의리인지 체념인지, 그도 아니면 그저 살고자 하는 발버둥인지는 모르지만 그렇게 투덜댄 혜광이 만취해 널브러져 있는 천풍을 둘러멨다.

"어쩌려고?"

진현이 그런 혜광을 보며 의아히 물었다.

"어쩌긴 뭘 어째? 가야지."

"가다니? 어딜?"

"여기서 이렇게 맥 놓고 앉아만 있을 수는 없잖아."

"도망이라도 치자는 건가?"

"당연하지."

"하나, 그랬다가는 자칫 더 큰 벌을 받게 될지도 모르네."

"그럼 이대로 대장로님을 찾아가서 머리를 내밀고 죽여 주십사 하자는 거야?"

"죄는 감추다 보면 더 커지기 마련 아닌가?"

"지금 이 상황에서 더 커지고 말고 할 게 남았어? 이 보라고, 말코도사님. 여기가 어딘지 잊었어? 장경각이라고, 장경각! 저 망할 녀석은 무려 장경각의 보물들을 없애 버린 거고! 천에 하나, 만에 하나 우리야 자수해서 광명을 찾을 수 있다고 쳐. 저 녀석은 어쩔 건데? 자수한다고 용서를 받을 가능성이 눈곱만큼이라도 있을 것 같아? 실낱같은 희망 하나 부여잡자고 저 녀석을 사지로 내몰자 이거야?"

답답하다는 말투로 뱉어내는 말에 진현도 이내 고개를 끄덕였다.

"그렇군, 달리 방법이 없는 거로군."

저 혼자 살자고 천풍을 버릴 만큼 모질지는 못한 그들이다. 천풍이 혼자 무사치 못했는데 아무렇지 않게 살아갈 수 있을 만큼 뻔뻔하지도 못했다.

어차피 이래 죽으나 저래 죽으나 마찬가지인 상황, 그렇다면 혜광의 말대로 도망 말고 달리 무슨 방도가 있겠는가.

"그래도 살길이 아주 없는 건 아냐. 일단 우리가 이곳에 온 건 아무도 모르니까. 그러니까 다시 아무도 모르게 빠져나가

기만 하면 '귀신이 곡할 노릇' 정도로 만들 수도 있지 않겠어?"

"그렇게만 된다면야 천만다행이겠지만……."

과연 소림이 그렇게 호락호락할까?

'그래도 명색이 소림인데…….'

생각하면 걱정부터 앞서지만 지금은 걱정을 할 때가 아니라 행동을 해야 할 때였다.

"천풍은 내가 업지."

"……?"

"한 발만 잘못 내디디면 천 길 낭떠러지 아닌가? 자네는 소림을 무사히 빠져나가는 것에만 집중을 하게."

"흐흐. 이제야 좀 말이 통하는군. 그럼 내 뒤꽁무니를 잘 좇아오도록 하라고. 네 녀석 말대로 한 발만 잘못 내디디면 천 길 낭떠러지니까."

천풍을 진현에게 건넨 혜광이 여기저기 장경각 안에 남아 있는 그들의 흔적들을 지운 후 성큼 앞장서 걸었다. 그리고 진현이 그 뒤를 따랐다.

그러나 흔적을 지운다고 지운 그들이지만, 딱 하나 지우지 못한 것이 있었다.

조심에 조심을 다했지만 장경각 안에 진동하는 주향만큼은 어쩌지 못했다. 급한 상황이라 주향을 빼낼 시간이 미처 부족했던 것이다.

그리고 불행하게도 그 주향은 일직을 돌던 혜정의 코에까지 닿고 말았다.

주향에 이끌려 장경각에 들어선 순간, 그리고 그 안에서 늘 보던 풍경과는 다른 것을 발견한 순간, 혜정은 외쳤다.

"도둑이다!"

거기에 늘 있던 책이 밤사이 감쪽같이 사라져 버렸다.

"장경각에 도둑이 들었다!"

도둑 말고 달리 무슨 이유가 있겠는가.

긴급을 알리는 북소리가 숭산의 깊은 밤을 깨웠다.

"쫓아라! 아직 멀리 가지는 못했을 것이다!"

혜정의 다급하고 서슬 퍼런 목소리가 야공에 울려 퍼졌다.

그리고 추격은 시작되었다.

바로 그 시각이었다.

소림사를 무사히 빠져나온 혜광 일행과 소림사를 살피던 복면인들이 소림사의 추격이 시작된 바로 그 시각 외나무다리에서 딱 마주치고 말았다.

* * *

그것은 공교로운 일이 아니었다. 무림의 문파가, 더구나 소림사 같은 거대 문파의 출입로가 둘일 리도 또한 셋일 리도 없으니 나가는 자와 기다리는 자가 그 길목에서 딱 맞닥뜨린 것은 지극히 자연스러운 일이었다.

하지만 나가는 자에게도 기다리는 자에게도 그 만남은 전혀 예상치 못한 것이었다. 그래서 사소한 오해가 생겨 버렸다.

들어갈 때와 마찬가지로 나갈 때 또한 혜광은 자신의 지식과 경험과 기술을 십분 발휘해서 무사히 소림을 빠져나올 수 있었다. 그러나 안심할 때가 아니었다.

한 발이라도 더 멀리 숭산을 벗어나야 했다.

그래서 온 힘을 다해 달렸다. 나한보를 극한으로 끌어 올렸다. 뒤를 따르는 진현 또한 전력을 다해 제운종을 펼쳤다. 그런 그들의 모습은 그야말로 섬광처럼 빠르다 못해 성난 황소처럼 난폭하기까지 했다.

그랬다. 그 난폭함이 문제였다. 성난 황소처럼 난폭하게 내달리는 그들 앞에 하필이면 복면인들이 있었던 것이다.

간밤에 소림으로 들었던 그들의 갑작스러운 등장에 놀라고 당황한 것은 당연했다. 게다가 도문의 남양지부에서 동료들이 어떤 참화를 당했는지도 들었다. 도무지 믿기지 않는 일이지만 거기에는 삼대로까지도 포함되어 있었다.

그리해 놀람과 당황 다음은 위기감이었다.

난폭하게 달려오는 그들의 모습에 그렇잖아도 잔뜩 긴장해 있던 복면인들의 마음에 두려움이 들어찼고 그 두려움이 오해를 낳았다.

'들켰다!'

소림까지 쫓아온 것도, 그들을 감시하고자 함도 모두 들켜 버린 거라 생각했다. 그래서 그것을 응징코자 저토록 무시무시한 기세로 자신들을 덮쳐 오고 있는 것이라 생각했다.

피하기엔 늦었다. 등을 보이기도 전에 상대의 손이 자신들의 뒷덜미를 잡아챌 것이다.

피할 수 없다면 맞서 싸우는 수밖에 없다.

판단은 빠르고 행동은 그보다 더 빨랐다.

"쳐라!"

혜광과 진현을 향해 복면인들이 거의 반사적으로 뛰쳐나갔다.

"뭐, 뭐야!"

혜광은 갑작스레 달려드는 복면인 무리에 기겁을 했다.

복면인들에게도 혜광의 등장은 놀람과 당황이었지만, 혜광에게도 복면인들의 등장은 놀람과 당황이었다.

한 걸음이라도 더 멀리 숭산을 벗어나기 위해 내달리는 중이었다. 앞에서 얼쩡거리고 있는 복면인들을 얼핏 보긴 했지만 신경 쓸 겨를이 없던 참이다.

한데, 난데없이 다짜고짜 칼을 날려 오니 황당할 수밖에.

더구나 복면인들의 칼은 간단히 무시해 버릴 수 있는 것이 아니었다. 아무리 기습적인 공격이었다고 해도 가슴이 서늘할 정도로 날카로웠다.

강한 자들이다. 그리고 눈에 익다.

'그놈들이로군.'

여섯 명 모두가 하나같이 도를 쓴다.

남양 지부에서 만났던 복면인들도 그랬다. 게다가 그들이 내뿜는 도기 또한 비슷한 냄새를 가지고 있었다.

순간 떠오른 생각은 '복수'였다. 남양 지부에서 당한 동료들의 원한을 되갚음이라도 하러 온 것이라 그리 판단했다.

"젠장! 하필이면 왜 지금이야!"

한시가 급했다. 여기서 이렇게 미적거릴 때가 아니었다. 어떻게든 숭산을 벗어나야 했다.

"니들이랑 놀고 있을 때가 아니라고!"

짜증이 치밀어 올랐다.

마음 같아선 당장에라도 물리쳐 버리고 싶지만, 그리 간단히 물리칠 수 있을 만큼 만만한 상대들이 아니었다. 더구나 그 만만치 않은 상대가 무려 여섯이었다.

여섯 대 둘, 수적으로 너무 열세였다. 그뿐이랴, 심지어 진현은 천풍을 들쳐 메고 있는 탓에 손발이 자유롭지 못한 상태였다.

그러니 당장에 물리치기는커녕 오히려 그들 여섯 명의 합공에 숨 한 번 제대로 쉬지 못한 채 방어에만 급급해 있는 혜광이었다.

마음은 급한데 발은 묶였고, 짜증은 치미는데 풀 길은 없다. 그 답답함은 원망이 되어 고스란히 천풍에게 향한다. 자신은 이렇게도 궁지에 몰려 있는데, 이 와중에도 홀로 속 편하게 잠이나 자는 천풍이 새삼 죽도록 얄밉다.

"야! 그거 그냥 버려!"

홧김에 내뱉은 말이라고 하기에는 그 어조가 너무도 절절하다. 그리고 그 절절한 진심은 진현이라고 해서 다를 바가 없는 모양이다. 아니, 오히려 혜광보다 더했다.

"그럴까?"

그러고는 주저 없이 천풍을 저 멀리 내팽개쳐 버린다.

너무도 예상 밖의 일이라 혜광이 놀란 눈을 휘둥그레 떴다.

"뭐, 뭐 하는 거야?"

"버리라며? 그래서 버렸잖은가?"

"아무리 그래도 그렇지 어찌……."

"뭐, 덕분에 이제 좀 할 만해졌지 않은가?"

그리 말하고는 진현이 본격적으로 싸움에 합류했다.

진현의 말대로 덕분에 할 만해졌다. 여섯을 둘로 나눠서 상대를 하니, 방어에만 급급했던 것이 이젠 건곤일척의 승부 정도는 할 수 있게 되었다. 게다가 진현이 한층 여유를 가지고 복면인들을 막자, 비록 바닥에 내팽개쳐지긴 했지만 천풍도 그전보다 훨씬 더 안전해 보였다.

아무래도 처음부터 그런 계산하에 움직인 것 같았다.

"아무튼 가만 보면 네놈도 솔직하지 못하다니까."

"아무렴 자네만 할까."

혜광은 콧방귀를 뀌었고 진현은 피식 실소를 흘렸다.

그런 중에도 싸움은 여전히 치열했다. 한 치의 양보도 없는 공방이 이어지고 있었다. 하지만 그 콧방귀만큼이나, 그 실소만큼이나 그들의 얼굴에선 여유가 느껴졌다.

그러나 천풍의 희생으로 생겨난 그 여유는 아주 잠깐의 즐거움일 뿐이었다.

갑자기 주위가 소란스러워진다 싶은 순간,

"멈춰라!"

야공을 가르는 일갈 외침이 그들의 고막을 찢을 듯이 크게 울려 퍼졌다.

이윽고 일단의 무리가 삽시간에 그들을 에워쌌다.

소림사 제자들이었다. 그리고 일갈 외침의 주인은 다름 아닌 혜정이었다.

결국 잡혀 버리고 만 것이다.

"혜광 사제…… 자네가 어찌 여기에……? 거기다 진현 시주까지……?"

모든 것이 끝났다.

꿈도, 우정도, 그리고 눈부시도록 찬란했고 또 찬란할 것이었던 청춘도.

"하면 자네들이……."

혜광은 밤하늘을 올려다보았다.

체념일까? 자포자기일까?

눈앞이 깜깜할 줄 알았는데 막상 닥치고 보니 의외로 담담하다.

십 년의 면벽도 왠지 두렵지 않았다. 여우 같은 마누라와 토끼 같은 자식들에 대한 꿈도 얼마든지 포기할 수 있을 것만 같았다. 심지어 천풍에 대한 원망하는 마음조차 손가락 사이로 모래가 빠져나가듯 스르르 흩어져 버린다. 지금이라면 혹여 그 자신이 사지단맥의 극형을 받는다고 해도 천풍을 용서할 수 있을 것 같았다.

'그래, 체념도 아니고 자포자기도 아냐. 이건 그냥…… 그냥 해탈이야.'

놓으니 보이고 버리니 잡힌다.

집착을 끊고 미련을 놓고 욕심을 버린다는 것…… 그것이 이렇게도 좋은 것일 줄은 몰랐다. 그것이 이렇게도 마음을 평온하게 하는 것일 줄은 몰랐다. 또한 이 평온이 이렇게도 좋은 것인 줄도 몰랐다.

덕분에 부처님께 한 걸음 가까워진 느낌이었다. 이제는 정말이지 불도에 정진할 수 있을 것 같았다.

'그래, 이 모든 것은 부처님의 뜻인 것이야.'

십 년이든 이십 년이든 모든 죄를 겸허히 받으리라.

"하면 자네들이 이자들의 범행을 직접 목격한 게로군."

"……?"

"자네들이 이자들을 막은 것도 그 때문일 테고."

"……?"

무슨 말일까?

'우리가 이분 시주님들을 막은 것이 아니라 이분 시주님들이 우리를 막은 것인데?'

게다가 이자들의 범행이라니?

"어쨌거나 자네들 덕분에 본사가 큰 창피를 면했네."

"창피를 면하다니……?"

"장경각의 보물을 잃고 그 도둑마저 잡지 못했다면 앞으로 본사가 어찌 다시 무림에 얼굴을 들고 나설 수가 있었겠는가 말일세."

"에?"

"왜 그러는가?"

"그럼 이자들이 장경각의 책을……."

"왜? 이자들이 도둑이어서 자네들이 잡고 있었던 게 아닌가?"

혜정이 이해가 안 된다는 눈으로 혜광을 본다.

오해하고 있다. 복면인들이 장경각의 책을 훔친 거라 그리 착각하고 있다. 혜정과 소림 제자들이 살기등등해서 쫓아내려온 것도 자신들을 잡기 위해서가 아니라, 복면인들을 잡기 위해서였던 것이다.

찰나간 수많은 생각이 뇌리를 스쳐 가는 혜광이다.

살 수 있다는 희망…… 살고 싶다는 욕망…….

그리고 깨달았다.

조금 전 그것은 해탈이 아니었다. 부처님에게 가까워진 것도 아니었다. 그것은 그저 도무지 어찌할 수 없는 상황에 대한 절망이었을 뿐이다.

도무지 어찌할 수 없던 절망 속에서 한 가닥 희망이 생겨났다. 그 희망은 끊었던 집착을 다시 잇게 했고 놓았던 미련을 다시 움켜쥐게 했으며 버렸던 욕심을 다시 채우게끔 했다. 그리해 단호히 말했다.

"아닙니다! 사형 말씀이 맞습니다! 본사의 담을 넘어 나오는 것을 이 두 눈으로 똑똑히 보았습니다. 저희가 이자들을 막은 것도 바로 그 때문이었습니다!"

'역시 그렇군!' 이라며 크게 고개를 끄덕이는 혜정과는 반대로, 이상하게 돌아가는 상황을 그저 어리둥절해 바라보던 복면인들은 혜광의 말에 무슨 뚱딴지같은 소리냐는 눈빛을 던져왔다. 혜광은 그런 복면인들의 시선을 당당하게, 아니 뻔뻔하게 받아넘기며 한마디 덧붙였다.

"그렇습니다! 분명 저자들이 도둑입니다!"

제 14 장

말의 탈을 쓴 늑대

천극의 서

할짝.

뺨에 뭔가 질척거리는 느낌이 있었다.

간질거리는 느낌인 것도 같았다.

눈을 감고 있는데도 왠지 아릿하다.

머리도 지끈거리고 목도 갈증으로 메말라서 따끔거린다.

몸이 무겁다.

눈꺼풀조차 들어 올리기가 귀찮을 만큼 노곤도 하다.

잠결 속으로 괴상한 소리가 들리지 않았다면 아마도 한참을 더 그렇게 있었을 것이다.

푸흥흥.

'에?'

그것은 생뚱맞게도 말 울음소리였다.

환청인가 싶어 눈을 떠보니 아니나 다를까 말이다. 말 한 마리가 꿀단지를 핥듯 자신의 얼굴을 참으로 맛나게 할짝할짝 핥아대고 있었다.

그야말로 비루먹은 망아지처럼 생겼다. 그 모양새는 삐쩍 마른 정도가 아니라 뼈 위에 가죽만 얹어 놓은 것 같고, 혀를 날름거릴 때마다 고약한 악취가 코를 찔러댄다. 침은 또 어찌나 흘려대는지 이건 숫제 기름통에 얼굴을 담그고 있는 기분이었다. 그러면서도 칠흑처럼 검은 갈기는 어울리지 않게도 한 가닥 한 가닥 반듯하고 윤기가 있어 무슨 병에 걸린 것은 아닌 것 같았다.

그나저나 이 비루먹은 망아지는 뭐고 여긴 또 어디며, 자신은 또 왜 이러고 있는 것일까?

여러 개의 의문이 한꺼번에 밀려드니 다시금 머리가 지끈거려 온다.

천풍은 우선 그 괴상한 말의 냄새 나는 머리부터 밀쳐내며 몸을 일으켰다.

주위를 둘러보니 산이다. 바로 옆에는 산길치고는 마차가 지나가기에도 부족하지 않을 만큼 잘 닦여진 길이 있었다. 그리고 저 멀리 그 존재만으로도 위압감이 절로 느껴지는 사찰이 보였다.

"아! 소림사로군!"

그제야 기억이 났다.

진현, 혜광과 함께 소림사에 도착했었다. 그리고 장경각에도 들었고 술도 마셨다.

기억은 거기가 끝이었다.

장경각에서 술을 마신 것까지는 기억이 나는데, 그 후는 어찌 되었는지 자신이 왜 여기에 있는 것인지는 전혀 생각이 나지 않았다.

기껏해야 울음을 터트릴 것만 같은 혜광과 넋을 잃은 듯한 진현의 얼굴이 왠지 모르게 단편적으로 스쳐 갈 뿐이었다. 아니, 잠결에 복면을 한 사람들도 얼핏 본 듯하기도 했다.

물론 그래 봐야 꿈이었는지 현실이었는지, 그조차 불분명한 상태이기에 그저 의문만 더할 뿐이다.

간밤에 대체 무슨 일이 벌어졌던 것일까?

혜광과 진현은 어디에 가고 자신만 이런 데서 혼자 잠들어 있었던 것일까?

"그리고 이 녀석은 또 뭐고?"

귀신에라도 홀린 듯한 기분이다.

이 모든 궁금증의 해답은 혜광과 진현에게 있을 것이다.

"아직 소림에 계실까?"

어젯밤에 무슨 일이 벌어졌는지 모르는 이상 확신할 수 없는 일이다.

어쩌면 소림사에는 그 모든 해답이 있을지도 모르지만, 선뜻 걸음이 내키지 않는다. 그도 그럴 것이 혜광과 진현이 소림에 있다는 보장도 없거니와 소림은 아직 봉문 중이었다. 사문의 허락 없이 외부인과 관계를 맺었다는 것 자체만으로도 혜광을 곤란케 할 수 있었다. 게다가 왠지 꺼려지기도 했다.

어떤 본능적인 두려움 같은…… 소림사를 보고 있노라면 잘 기억은 나지 않지만, 뭔가 해서는 안 될 짓을 저질러 버린 듯한 그런 불길함이 엄습해 왔다.

결국 소림으로는 가지 않기로 했다.

혜광, 진현과의 이별이 너무 갑작스럽고 또 섭섭하기는 했지만, 소림이 곧 봉문을 푼다고 했으니 그때 다시 찾으면 되겠지 싶었다.

'간밤에 대체 무슨 일이 있었는지도 그때 물어보면 될 테고.'

그렇게 생각을 정리하고는 하늘을 올려다보았다.

이제 곧 겨울의 초입인데도 여전히 높고 푸르다. 눈부시게 내리쬐는 햇볕도 따스한 온기를 고스란히 간직하고 있다.

미시가 조금 넘은 시각…… 눈부시도록 맑은 하늘 탓인지 유난히 더 적막하게 느껴지는 숭산이다. 그 적막함만큼이나 천풍의 마음도 공허하고 막막했다.

막상 소림을 가지 않기로 결심을 하고 나니 어디로 가야 할지 갈피를 잡지 못하겠다.

갈 곳이 없다. 앞으로 무엇을 해야 할지도 모르겠다.

스승 현야가 없는 현천사로는 돌아가고 싶지 않았다. 무당파로 다시 돌아가기에는 이미 흥이 깨져 버렸다. 그렇다고 전처럼 청무도장이나 염가상단에 몸을 의탁할 수도 없다.

'어쩐다……?'

그렇게 고민을 하고 있는데, 갑작스레 고약한 냄새가 확 와 닿는가 싶더니 까칠하고 질척한 것이 뺨을 쓰윽 훑어간다.

또 그 비루먹은 망아지 같은 말이다.

신기하게도 그다지 싫지가 않다. 지난날 염가상단에서 탔던 한혈마 적운과 굳이 비교하지 않더라도 정말이지 볼품이라곤 없는 녀석인데, 그런데도 왠지 싫지가 않다. 심지어 그 고약한 입 냄새조차 마냥 역하게 느껴지지 않는다.

'뭐랄까…… 쓰디쓴 탕약에서 나는…… 싫으면서도 왠지 싫지 않은 그런…….'

물론 어디까지나 기분만 그렇다는 것이다. 약초 달이는 냄새와는 완전히 다른 것이었다. 지나가는 사람을 붙들고 물어도 열이면 열, 분명 시궁창 냄새라 할 것이다.

어쨌든 녀석의 상태로 보나, 안장은 고사하고 고삐 하나 매어져 있는 않은 것으로 보나 주인 있는 말은 아닌 것 같았다. 과거에는 어땠을지 모르지만 적어도 지금은 그래 보였다.

주인 없는 말, 그리고 앞으로도 제대로 된 주인을 만날 것 같지 않은 말…… 이대로 두면 필경 어디선가 굶어 죽거나 거지 패가 잡아먹을 것이 뻔했다.

"나를 따라올 테냐?"

녀석을 데리고 가는 게 과연 잘하는 일인지, 괜한 번거로움만 만드는 것은 아닌지 순간 갈등도 되었지만 역시 그냥 두고 갈 수가 없다. 앞으로 좋은 주인이 나타날 때까지만이라도 번거롭지만 자신이 돌보기로 했다.

푸르르.

녀석도 싫지 않은 모양이다.

할짝.

말귀를 알아듣기라도 한 듯 한층 더 친근한 태도로 혀를 날름거린다.

"다른 건 다 좋은데 얼굴 핥는 건 좀 참아 줬으면 좋겠구나. 이걸 보거라. 내 소매가 벌써 흥건히 젖어 버리지……."

할짝.

"……."

아무래도 말귀를 알아듣지는 못하는 모양이다. 천풍은 계속해서 자신의 얼굴을 꿀단지 핥듯 핥아대는 녀석의 머리를 손으로 막으며, 일단 녀석을 씻기는 게 급하다고 생각했다. 아니, 그전에 먼저 할 일이 있었다.

'밥부터 먹여야겠군.'

어쩌면 자신의 얼굴을 핥아대는 것이 혹시 배가 고파서 그런 것일지도 모른다는, 조금은 섬뜩한 생각이 뇌리를 스쳤기 때문이다.

덕분에 당장 무엇부터 해야 하는지는 확실해졌다.

우선 산을 내려가는 것이고 그다음은 녀석을 먹이고 씻을 수 있을 만한 객잔을 찾는 것이다.

한데, 그렇게 계획을 하고 걸음을 내딛는데, 웬일인지 녀석이 그의 앞을 막아선다.

"……?"

뭔가를 요구하는 눈망울이다. 머리를 숙여 고갯짓을 하기도 하고 허리를 들이밀며 엉덩이를 실룩이기도 한다.

그 모양새를 보자니 불현듯 떠오르는 게 있어 혹시나 하며 물었다.

"타라는 거냐?"

푸르르 푸르르 기분 좋은 소리를 내며 다시 고갯짓을 한다.

천풍을 주인으로 인정한다는 뜻인지, 아니면 이미 그렇게 길들어 있는 것인지, 그도 아니면 비록 모습은 비루먹어 보여도 자신도 엄연히 말이라는 자존심인지는 모르지만, 그게 뭐든지 간에 과신이자 과욕이었다.

다섯 살 어린아이를 태워도 폭삭 주저앉을 것 같은데 그 등에 어찌 올라타겠는가. 오히려 천풍이 업고 가도 모자랄 판국이다.

"됐다, 네게 신세 질 생각은 없다. 내 두 다리도 튼튼하고."

녀석의 호의를 사양하고 걸음을 옮기는데 그런 천풍의 앞을 녀석이 다시 막아선다.

"아, 글쎄 난 네게 신세 질 생각이……."

천풍은 말을 끝맺지 못했다. 자신을 정면으로 마주해 오는 녀석의 눈빛이 상당히 고집스러워 보였기 때문이다.

쉽사리 물러서지 않을 것 같았다. 그 눈빛은 절대로 양보할 수 없는 것을 마주한 무인의 결연한 눈빛과도 닮아 있었다.

더는 거절할 수가 없었다.

"알았다, 알았어. 타면 될 것 아니냐."

더 거절했다가는 가뜩이나 가여운 녀석에게 한 번 더 상처를 주게 될 것 같아서 내키진 않지만 녀석의 등에 조심스레 올랐다.

"호오!"

막상 올라타 보니 생각보다 꽤 튼튼했다.

당장 힘없이 무릎을 꿇으며 주저앉을 것만 같이 불안했었는데, 막상 등에 올라보니 고삐와 안장이 없음에도 듬직한 것이 안정감이 느껴졌다.

엉덩이를 통해 전해져 오는 근육의 단단하면서도 탄력 넘치는 질감이 왠지 모르게 감동적이기까지 했다.

'잘만 돌본다면 상당한 명마가 될지도…….'

아니, 원래부터 명마였던 것이 돌보는 이가 없어서 이런 모양새가 되어 버린 것일지도 몰랐다. 제대로 본연의 모습을 찾게 된다면 과연 어떤 모습일지 벌써 기대가 된다.

얼른 좋은 사료부터 먹여 주고 싶은 조급증도 생겼다.

그리해 천풍은 녀석을 이끌고 산에서 내려갔다.

내려가는 길에 이름도 지었다.

작명에 관해서 만큼은 어린 시절 책을 만들 때와 비교해 별반 발전이 없다. 아무리 곰곰이 생각을 해 봐도 이렇다 할 이름이 떠오르지 않았다. 결국 그때와 마찬가지로 자포자기해서는 자신의 이름을 거꾸로 해서 붙여 주었다.

풍천(風天).

자포자기해서 붙인 이름이지만 붙여 놓고 보니 썩 괜찮다. 게다가, 적어도 좋은 주인을 만나기 전까지는 자신과 한 몸처럼 아낄 것을 다짐하는 뜻이었으니 그 의미도 좋았다.

한데, 그렇게 흡족해하며 산을 내려가서 산 아래 가장 가까운 객잔에 도착했을 때였다. 그곳에서 천풍은 풍천에 대한 새로운 사실을 알게 되었다.

선불(仙佛)이라는 이름의 객잔이었다.

소림사 바로 아래에 자리를 잡았기 때문인지 이름부터 불가의 냄새를 물씬 풍기는 곳이었지만, 이름과는 달리 그 안에선 오히려 짙은 주향이 더 강렬하게 풍겨 나오고 있었다.

천풍이 그곳을 택한 것은 단순히 가장 먼저 눈에 띄었기 때문인데, 공교롭게도 풍천과는 이미 인연이 있었던 모양이다.

천풍이 문 앞에 이르기도 전이었다.

"어서 옵……."

이제 막 염소수염이 거뭇해지기 시작한 젊은 점소이가 쪼르르 달려 나와서는 넙죽 인사를 하는가 싶더니, 그러다 말고 풍천을 보며 움찔한다.

"어라? 네놈은 어제 그놈이 아니냐?"

그런 점소이를 보며 천풍이 의아히 물었다.

"이 녀석을 아는가?"

"물론입지요. 분명 어제 저희 객잔에 묵었던 녀석입니다요."

"어제 묵었다고? 누구와?"

"글쎄요…… 노인장 한 분이 타고 오시긴 했는데 그 노인장이 누군지는 소인이야 모릅죠. 오호라! 혹시 이놈 이거, 공자님께서 그 노인장께 사신 겁니까요? 석 냥에?"

"……?"

사다니? 석 냥은 또 뭐고?

점소이의 말이 뜬금없어서 어리둥절해 있자 점소이가 답답하다는 듯, 안타깝다는 듯 혀를 끌끌 찼다.

"공자님께서 그 노인네한테 완전 당하셨습니다요."

"당하다니? 뭐를 말인가?"

"그 노인네가 어제 우리한테도 밥값 대신 석 냥에 이놈을 떠넘기려고 하지 뭐겠습니까요."

"그래서?"

"당연히 거절했습죠. 석 냥을 도로 준다고 해도 안 가질 판국에 석 냥이나 주고 이걸 왜 삽니까요."

천풍이 고개를 갸웃거렸다.

풍천에게 늙은 주인이 있었고 그 늙은 주인이 풍천을 팔려고 했다는 것까지는 대강 알아들었다. 하지만 점소이의 계산법은 여전히 이해가 되지 않았다.

그리 좋은 말이 아니라도 한 마리 가격이 최소 이삼십 냥은 하는 것이 말 시세인데, 아무리 풍천의 꼬락서니가 비루먹은 망아지에 불과하다 해도 석 냥이면 거저나 진배없었다. 한데 석 냥을 도로 준다고 해도 안 가질 판국이라 하니 이해가 안 되는 거야 당연했다.

천풍이 영문을 모르겠다는 얼굴을 하고 있자 점소이가 참 딱하기도 하다는 듯 다시 혀를 끌끌 차며 말했다.

"이놈 이거 먹성이 장난 아닙니다요."

점소이가 실로 난감한 일이라는 듯 의미심장하게 말했지만, 천풍으로서는 그게 뭐 대단한 일이라고 유난을 떠는 것이냐는 표정일 수밖에 없었다.

천풍의 시큰둥한 태도에 점소이가 어디 이래도 그리 태평할 수 있겠느냐는 표정으로 물었다.

"어제 그 노인네가 이 녀석을 왜 석 냥에 내놓았는지 아십니까요?"

"조금 전에 밥값 대신이라고 자네가 말하지 않았는가?"

"그러니까 그 밥값이란 게 누구의 밥값인지 아시냐굽쇼."

"그야 당연히 그 노인장의……."

"노인장의 밥값이 아니었습니다요."

"노인장의 밥값이 아니라면?"

천풍이 의아히 묻자 조금은 거만하게 입꼬리를 말아 올린 점소이가 풍천을 척하니 손가락으로 가리켰다.

"저놈입니다요! 그 석 냥은 저놈의 밥값이었다, 이 말씀입니다요!"

점소이가 '자! 어떠냐!' 라는 눈빛을 던져 왔지만 천풍으로서는 어이가 없다 못해 황당할 지경이다.

"예끼! 이 사람아! 그깟 건초가 얼마나 한다고 말 밥값이 석 냥이나 한단 말인가?"

천풍이 무슨 되지도 않는 농담이냐는 투도 따지자 점소이가 콧방귀를 뀌었다.

"건초라굽쇼?"

"……?"

"저놈은 건초 따위는 아예 쳐다도 보지 않는 놈입니다요."

"건초가 아니면 그럼 뭘 먹는단 말인가?"

"고기입죠. 그것도 갓 잡아서 핏기가 선명하게 도는 최상급 양고기라야 하굽쇼."

"그게 무슨…… 말이 무슨 고기를 먹는단 말인가?"

"그러니까 말입죠. 무슨 놈의 말 새끼가 고기만 처먹냐 이 말입니다요. 게다가 앉은 자리에서 스무 근을 거뜬히 해치워 버리니…… 저건 필경 말이 아닐 겁니다요. 말의 탈을 쓴 늑대가 분명합니다요!"

처음에는 그래도 설마 하는 마음에 농담이겠지 했는데, 점소이의 표정이며 태도가 도무지 농담으로 보이지 않았다.

천풍은 새삼스러운 눈으로 풍천을 보았다.

고기를 먹는 말이라니…… 보지도 듣지도 못한 기사(奇事)다. 하지만 골칫덩이 취급하는 점소이와는 달리 천풍에겐 오히려 그 특이함이 더 멋스럽게 느껴졌다.

"아무튼 공자님도 석 냥 아깝다고 미련 갖지 마시고 저런 놈은 애저녁에 버려 버리는 게 좋을 겁니다요. 패가망신이 도박과 계집 때문에만 하게 되는 건 아니니까 말입죠."

듣고 보니 노인이 풍천을 버린 것도 결국 고기값 감당을 못해서 그런 것이 아니었나 싶다.

하지만 점소이의 걱정은 괜한 것이었다.

천풍은 노인과는 달랐다. 그에게는 석 냥의 고기값 정도는 문제가 안 될 만큼, 차고 넘칠 만큼 많은 돈이 있었다.

"돈 걱정은 말고 녀석이 원하는 만큼 최상급의 양고기를 가져다주게."

그리 말하며 다섯 냥을 점소이에게 건네주었다.

점소이가 눈을 휘둥그레 떴다.

"이건 너무 많습니다요."

"좀 씻어도 주었으면 해서 말이네. 냄새가 고약하니…… 나머지는 자네 수고비네."

조금 전까지만 해도 건방을 떨며 조언이랍시고 해대던 점소이가 천풍의 말에 만면에 희색을 띠고는 연방 허리를 굽실거렸다. 죽은 부모가 살아 돌아온다고 해도 저러할까 싶을 만큼 극진한 태도였지만, 말을 씻어 주는 대가로 구리 동전 두 푼이면 충분한 것을 은자 두 냥을 받게 되었으니 죽은 부모 정도는 아니라 해도 죽은 마누라를 다시 본 정도의 기쁨은 되었을지도 모른다.

기쁜 것은 점소이만은 아닌 듯했다.

푸흥흥 푸르르!

대강의 분위기를 파악했는지 풍천도 연방 고개를 주억거리며 기분 좋은 소리를 냈다.

그렇게 모두에게 은혜를 베푼 천풍은 점소이의 극진한 안내를 받으며 객잔 안으로 들었다.

객잔 안은 외진 곳에 위치한 것에 비해 손님이 많았다. 게다가 아직 이른 초저녁임에도 벌써 술판을 벌인 사람들도 있었다. 그래도 눈치 빠른 점소이가 그나마 한적한 곳에 자리를 마련해 준 덕에 그 같은 번잡함이 불편할 정도는 아니었다.

간단히 요깃거리를 주문했다.

주문을 받은 점소이가 주방 쪽으로 사라지고, 곧 특별히 맛있게 해달라는 점소이의 말이 어렴풋이 들려왔다.

그 때문일까? 간단한 요깃거리를 주문했는데 꽤 시간이 걸렸다.

사람이 살면서 시간이 가장 지루하고 느리게 가는 순간을 꼽자면 아마 첫 번째가 물레방앗간에서 연인을 기다리는 시간일 것이고, 그다음이 주문한 밥이 나오길 기다리는 시간일 것이다.

맞은편 식탁에서 천풍의 귀를 쫑긋하게 하는 이야기가 들려온 것은 그렇게 지루한 기다림의 끝자락에서였다.

"뭐? 소림사 장경각이 털려?"

"내 둘째 처남이 소림사 스님들 승복을 지어다 바치는 건 자네도 알고 있지? 이제 곧 겨울이고 동복 문제로 처리해야 할 일이 있어 둘째 처남이 오늘 아침에 소림사에 들렀다가 우연히 들었다는데 말이야. 글쎄, 밤새 장경각에 도둑이 들었다지 뭔가. 분위기가 살벌하기 그지없는 것이 도둑이 훔쳐 간 비급이 한두 권이 아닌 것 같다더군."

"대체 누구란 말인가? 대체 어떤 간 큰 도둑이 소림사 장경각을 털어?"

"그것까지야 모르지. 하지만 말이네. 둘째 처남이 말하기를 소림사에서 이번 일로 봉문을 깰 것이 확실하다더군. 도둑을 잡으려라도 나와야 할 테니 왜 아니 그렇겠는가."

"어쨌거나 그 일이 정말 사실이라면 무림이 또 한바탕 시끄러워지겠군. 천하오절의 비급만 해도 그렇게나 난리였는데 장경각의 비급이라면 오죽하겠는가 말일세. 온 무림이 죄다 눈에 불을 켜고 도둑을 잡으러 다니겠군."

소림에 관한 얘기는 거기에서 끝이 났다. 사내들의 대화라는 게 으레 그렇듯이 뒤는 취선루의 월향이라는 기녀에 대한 이야기로 이어졌다.

비록 그들에겐 한잔 술의 안줏거리에 불과한 이야기였지만, 덕분에 머릿속이 더 복잡해진 천풍이다.

'밤새 장경각에 도둑이 들었다고?'

밤사이라고 하면 대체 언제란 말인가?

'우리가 장경각에 들어갔을 때는 도둑의 흔적 같은 건 없었으니까 도둑이 들었다면 우리가 빠져나온 이후라는 건데…… 도둑도 도둑이지만 나는 장경각을 언제 빠져나온 거지?'

잠시 미뤄 두었던 의문이 다시금 불거져 나왔다.

어젯밤 장경각에선 대체 무슨 일이 있었던 것일까?

기억나는 거라곤 장경각에 들어간 것과 혜광이 내민 술잔을 받은 것까지밖에 없다. 그 첫 잔 이후의 기억은 여전히 뿌연 안갯속에 갇혀 실체를 보이지 않았다.

점소이가 주문한 음식들을 가져온 것은 그때였다.

얼핏 보기에도 상당히 신경을 쓴 티가 났다. 그릇 하나도 다른 식탁의 것과는 달랐고 가지런하게 차려진 음식들도 다른 식탁의 것과는 어딘가 달라 보였다.

은자 두 냥이 가져다준 혜택은 그뿐만이 아니었다.

점소이가 파격적인 선심이라는 듯 척하니 자랑스레 내놓은 것은 주먹만 한 크기의 작은 술병이었다.

"이게 뭔가?"

천풍의 물음에 점소이가 짐짓 대단한 술이라도 된다는 듯 천풍의 귀에 대고 속삭이듯 대답했다.

"이게 바로 삼국시대의 효웅 조조와 시선 두보가 즐겨 마셨다는 바로 그 술! 바로 그 유명한 두강주(杜康酒)입니다요. 제가 가진 것 중에 유일하게 보물이라고 할 수 있는 놈입니다만, 오늘은 특별히 공자님께 선물을 드립죠. 공자님 같은 영웅호걸께서 아무 술이나 드시게 할 수는 없는 노릇이니."

그리 말을 하고는 눈까지 찡긋하며 바쁜 걸음을 돌린다.

'술은 시키지도 않았는데…….'

아무 술이든, 아무 술이 아니든 간에 애초에 마실 생각이 없던 천풍이니 점소이의 그 같은 선심은 그야말로 쓸데없는 오지랖이었다.

하지만 왜일까?

막상 술이 앞에 있으니 자꾸만 눈길이 가고 심지어 침까지 꼴깍 넘어간다.

'술은 영혼으로 마시는 것이라 하더니…….'

기억에는 없지만, 그의 영혼에 그 맛이 이미 깊이 새겨져 버리기라도 한 것일까?

결국 유혹을 견뎌내지 못하고 술병의 뚜껑을 열었다.

금세 알싸한 향이 코끝을 파고든다.

한데, 왠지 그 향이 어제 마신 검남춘과 닮았다. 그리고 검남춘과 닮은 그 향이 뿌옇게 가려진 안개를 흐트러트리며 그 너머의 기억을 끄집어낸다.

"아……!"

생각이 났다.

그래, 술을 마셨다.

한 잔, 두 잔, 석 잔…… 혜광이 건네는 족족 사양 한 번 안 하고 넙죽넙죽 받아 마셨다.

세상이 돌고 하늘과 땅이 붙었다 떨어지기를 반복했다. 왜 그리 웃음은 자꾸 나는지 웃기도 참 많이 웃었다. 그리고…….

"아아……."

지웠다. 손에 잡히는 대로 마구…… 거기까지였다. 거기가 기억의 끝이었다.

기억의 끝자락에서 깨달았다.

'장경각의 도둑은 바로 나였구나!'

황당하다 못해 참담한 심정이었다.

참으로 말도 안 되는 일을 저질러 버렸다.

무림 사정에 그리 밝지 못한 그이지만, 그것이 죽음으로도 씻지 못할 죄라는 것쯤은 알고 있었다.

'그럼 내가 거기에 누워 있었던 것도 혜광과 진현이 날 보호하려고 빼돌려 놓은 건가?'

그들이라면 충분히 그러고도 남았다.

이제야 상황들이 맞아떨어져 간다.

하지만 고마움 이전에 걱정부터 앞선다.

'하면 그 친구들은 어찌 되었지?'

혹시 그 일로 인해 대신 곤욕을 치르고 있는 것은 아닐까?

생각하니 마음이 급하다. 당장에라도 달려가서 그들에게 별 탈이 없는지 그거라도 확인하고 싶었다. 하지만 그러기에는 너무 늦은 시각이다. 가뜩이나 날이 부쩍 짧아진 겨울 문턱, 아무리 서두른다고 해도 밤이 깊어서야 당도할 것인데 소림이 보통 사찰도 아니고, 더구나 봉문 중이기까지 한데 어찌 그런 무례를 범할 수 있겠는가.

결국 이곳에서 하룻밤을 묵고 날이 밝는 대로 혜광과 진현을 찾아가 보기로 했다.

그러나 천풍은 하룻밤을 기다릴 필요가 없었다.

그날 밤, 혜광과 진현에 대한 걱정과 내일 소림을 찾아가서 어떻게 처신을 해야 할지에 대한 근심으로 잠자리에서 뒤척이던 그때, 천풍이 묵고 있는 그 방으로 느닷없이 혜광이 들이닥친 것이다.

갑작스레 문이 벌컥 열리는가 싶더니,

"대체 지금 여기서 뭘 하는 거야!"

불쑥 얼굴을 들이민 혜광이 천풍을 보며 어처구니없다는 투로 그렇게 쏘아붙인다.

"그런 만행을 저질렀으면 한 걸음이라도 더 멀리 도망을 쳤어야지! 지금 이게 무슨 태평한 짓이냔 말이야!"

하지만, 갑자기 나타나서는 뭔가 다급하고 답답하다는 듯, 또 뭔가 단단히 화가 난 듯 그렇게 쏘아붙이는 혜광이 천풍은 그저 아닌 밤중에 홍두깨 같을 뿐이다.

『천극의 서』 6권에서 계속